绝非兵家常事

王 昆

济南出版社

W | 文学新势力
WENXUEXINSHILI

"文学新势力" 文丛·序

张清华　　邱华栋

　　2012年10月，莫言荣膺诺贝尔文学奖，再度激发了国人的文学激情，也唤醒了各界在文学教育方面的旧梦。这其中就包括北师大。因为一段至关重要的学缘，莫言曾于1991年获得了北师大授予的文学硕士学位，而此刻，作为母校的师大自然倍感荣耀，遂立刻决定成立北京师范大学国际写作中心，并邀请莫言前来担任主任。中心成立之初，其核心职能便被提到了议事日程，这就是文学教育和创作人才的培养。

　　需要稍加追溯前缘，才能说明这套文丛的来历。1988年，由当时在研究生院任职的童庆炳教授牵头，由北京师范大学提供学制条件，牵手中国作家协会所属的鲁迅文学院，共同招收了首届作家研究生班。那时的学位制度还相对处于比较早期的阶段，各种规章还没有现在这样严苛和完善，所以运作相对容易，招生考试环节也相对宽松。因此，一批在当时的文坛已崭露头角的青年作家，便被不拘一格，悉数收罗。之前，他们中的很多人并未受过太正规的教育，刘震云几乎是唯一一个，他是北京大学中文系77级的本科毕业生，系出正宗名门。余华便只是在浙江海盐上过中学；莫言之前虽有在解放军艺术学院文学系学习两年的经历，但更早先却是连中学教育也不完整；严歌苓、迟子建等差不多都只是受过中等专业教育；其他人我们未做过严格的统计，但可以肯定，其中多数未曾上过大学。然而不容置疑的是，这些人是那时中国最具希望的一批，是青年作家中的翘楚，未来文坛的半壁江山。从这里出发，二十年过后，他们的确未负众望，为中国文学争得了至高荣誉，也几乎成为一代作家的代言人。

很显然，这一传统成为北师大和鲁迅文学院共同的一个记忆，一笔不可多得的财富，无论从哪个角度看，这都是两所学校引以为豪的历史。在这样一个背景下，再续昔日文学教育的前缘，找回这一无双的荣耀，也就是很自然的事情了。

因了以上的缘由，2016 年，北师大校方经过认真研究，参考过去的合作模式，从全校不多的单招单考的硕士名额中拿出了 20 个，交由文学院和国际写作中心，来寻求与鲁迅文学院合作，并于 2017 年秋季正式招收了"非全日制"学术型文学创作硕士研究生。为了省却过于烦琐的制度性限制，我们特地在中国现当代文学专业二级学科下，设立了"文学创作方向"，并采用了学术导师加创作导师相结合的培养模式，以给学员创造更为合适和充分的学习条件。鲁迅文学院则为他们提供居住和学习的物质条件，提供尽可能好的一切形式的支持，并拟在培养方案中结合鲁院的讲座制培养模式，两相结合，尽显特色互补的优势。

同时还必须指出，有几位至关重要的人物支持了这项事业。时任北师大党委书记的刘川生教授、校长董奇教授，他们在推助写作中心的文学教育工作方面给予了大力支持，在制定相关体制机制方面也给予了诸多方便；晚年在病中的童庆炳教授，多次勉励我们传承好过去的经验，大胆探索，争取把工作尽早落到实处。中国作协这一方面，作协党组、特别是铁凝主席也同样给予了积极支持和热诚关怀；分管鲁迅文学院工作的吉狄马加书记，则在工作中给予了非常具体的关心和指导。

参与该项工作，制定合作规划、培养方案、课程体系，以及日常服务管理等诸项事务的，便是本文的两位作者，时任鲁迅文学院常务副院长的邱华栋，和北师大文学院负责研究生教育的副院长兼国际写作中心执行主任张清华。整个过程中，要想实现两个职能完全不同的单位之间的密切合作，在所有培养工作的环节上都无缝对接，是一个至为琐细的工作，难以尽述。好在这不是一个"工作汇报"，我们在此也就从略了。主要想说明的是，两校之间目前的合作进行得非常顺利，一切都在愿景之中。

迄今为止，该方向的研究生已经招收了三届，共56人。从总体情况看，达到了预期的要求。在学员中，有鲁迅文学奖获得者乔叶、鲁敏，有多位全国少数民族文学奖获得者，有"70后""80后"广有影响的青年作家，像东紫、杨遥、朱山坡、林森、马笑泉、高满航、闫文盛、曹谁、曾剑、王小王，等等，他们在文学创作上都已经有了相当出众的成绩，或是十分丰富的经验，然而他们共同的诉求，又是都有"充电"的渴望，有成大家的梦想，所以因了冥冥中某种命运的感召，汇聚到了一起。

关于文学教育，历来也是分歧明显众说不一的，有人坚称"大学不培养作家"。这话一定程度上是对的，大学的使命很多，成败胜负的确不在乎是否出产了一两个作家。但这话的"潜台词"值得商榷——其意思是有轻蔑的，是说"你培养不了作家"，"作家不是谁培养出来的"。这当然也对，没有哪个大学敢说自己"培养"了几个作家，而只能说，那儿"走出了"哪些个作家和诗人。但这么说是否意味着文学教育是无必要的呢？似乎也不能。因为照某些人的逻辑，我们就可以反问，大学不能培养作家，难道就可以"培养"经济学家、政治家、科学家和法学家吗？谁又敢说，他们"培养"了那些伟大和杰出的人物呢？很显然，各行各业的杰出人才都是很难通过"定制"来培养的。但从另一方面说，大学又必须要提供人才成长和受教育的条件，从这个角度看，宣称大学不培养作家又是不负责任的。回顾当代文学的历史，文学的变革和作家的成长与大学教育的恢复和发展密切相关。"文革"及"文革"前大学教育的草创和荒芜时期，也出现过许多作家，但他们要么是从战争年代的洗礼中锻炼出来的，要么是在长期的自学中成长起来的，因为没有条件受到良好的教育，他们的文学道路多有延宕，艺术成长和成就也都受到了限制，这是人所共知的常识。正是"文革"后教育的全面恢复与发展，才让文学事业出现了人才辈出蓬勃兴旺的局面。

所以，正确的理解应该是，作家是无法培养的，但文学教育是必需的。当然，文学教育对于高校而言，其目标确乎主要不是"培养作家"，而是为所有学生提供一个素质养成的环境条件，这才是成立"国际写作中心"、引进著名作家执教的核心意义所在。换句话说，能不能出产一两个作家或许不是最重要的，其培养的人才是否具备写作的能力，成为文学的内行才是重要的。传统的文学教育虽然有各种各样的问题，但是所培养的读书人大都是既能够研究，又可以写作的双料人才。新文学的早期，大学的教授也有许许多多是学者和作家集于一身者，之后才逐渐文脉不彰，大师不存，大学教育渐趋沦为工具化和技术化的知识教育，名实不符的学术教育。

但无论如何，北师大与鲁院联办的这一培养模式，其目标还是直接而干脆的，就是"培养作家"。当然，这培养不是从根上栽植开始的，而是"选苗"和"移栽"的过程，甚至有的就属于"摘果子"。即便是后者也不是无意义的，当年莫言、余华、刘震云、迟子建、严歌苓等这批人，在进来之前早就是声名鹊起的青年作家了，录取他们无疑也是"摘果子"，但系统的阅读与学习，大学综合环境下的熏陶成长，谁敢说对于他们后来的写作没有助益？所以，我们坚信这一工作是有意义的。

最后再来说说这批作为"文学新势力"的新人。显然，他们都属于"70后"或"80后"的一代，较之他们的前辈，这批新人的主要差异在于代际经验。前代作家的成长期大都经历过历史的大波大澜，童年也大都有原初和完整的乡村生活经验，所以某种程度上还是受到"总体性经验"支配和支持的一代作家。莫言笔下的"高密东北乡"，可以说寄寓了他对于农业社会生存的全部感受和想象，也寄寓了他对近现代中国历史巨变的全部记忆与理解，读之如读一部血火相生、正邪相伴、生死轮替、魔道互换的史诗。这种具有总体性和原生性的经验与美学，在下一代作家这里早已变得不可能，他们都命定地处在某种"晚生"和"后辈"的自我想象之中，不得不在碎片化、个体化的历史经验与记忆中探索前行。

这些都并非新鲜的话题，我们也只是重复了前人既成的说法。但这也是所谓"新势力"的根基与合法条件，"新"在哪里，又何以成为"势力"，这是需要我们想清楚的。在我们看来，所谓"新势力"其实就是指：一是有新的文化特质的，他们在文化上所拥有的"新人"特色或许很难用一两句话说清，但一定是更具有个性、自主性和独立思考的一代，是拥有新知和新的经验方式的一代，是用新的思维与视角看取人生与世界的一代，是在网络信息时代生存和写作的一代；二是有新的美学属性的，这些属性自然更难以总体性的概括来描述，但毫无疑问他们是具有陌生感的一族，是难以用传统范型所涵盖和统摄的一族，是游走和不确定的一族，是空间化和个体性得以充分彰显的一族，当然，也是相对琐屑和相对真实，相对平和和相对日常性的一族。有时我们觉得是这样的不满足，但有时我们又会觉得，他们离着理想的文学，离所谓普世性的"世界文学"的距离越来越近了。

旁观者说一千句，不及读者自己去观照、去体味其中的丰富和微妙，"总体性"之不存，我们的概括也自然显得苍白无力，不如读者们自己去一一打量和细细辨识。

看，这就是"文学新势力"，他们来了。

2019 年 7 月，北京西山暑热中

目　录

射杀青狗腊月

　　麦茬地地身有一百多米长，二叔站在地头，手握双筒猎枪。迎着血红的夕阳，寒风凛冽的射线另一端，腊月笔直地挺立着。

　　"能在射程吗？"站在我旁边的堂哥问道。他比我大六岁，也不过才十三岁，但狠劲儿比我大十几倍。"在的。"二叔眼睛没有离开瞄准器，回答得很干脆。二叔当兵时是部队的狙击手，爷爷的屋子里现在还挂着二叔在南疆战场上的立功照片。轮战结束撤离战场之前，二叔对自己的成绩很满意，总共射杀十七个敌方步兵、炮手和侦察员。二叔曾经得到过将军级首长的接见，只是他实在挂念才刚刚过门的婶子，怕她跟别人跑了，死活回了老家。这当然都是很久以后我才听说的。在二叔举枪瞄准腊月的时候，我能想到的就是哭，我知道这没什么用，可还是慢慢加了些声音，故意想让腊月听见。

"滚一边儿哭去！"二叔的视线暂时离开瞄准线，扭头看了我一眼，"怎么猎户家出了你这么个娘儿们兮兮的。"我躲避着二叔的目光，努力地盯着腊月。麦茬地另一头的腊月仿佛洞悉了这一端发生的一切，它的头稍微低了一下，但顷刻又高高抬起。一条狗的不屑，让二叔的杀机又重了几分。

"开枪吧。"堂哥有点兴奋，迫不及待，也或许是故意说给我听的。他也许不能明白我为什么要哭，在他看来，不就是射杀一条狗吗？

二叔反而犹豫了起来。他突然收起枪，竖在肩上，然后摸摸口袋点燃了一根烟。"再等它狗日的一会儿，让我再看看它。"腊月的命运就在二叔和堂哥的商议之中，没我什么事。"它狗日的别跑了！"堂哥学着二叔的脏话。"不会的，腊月不是那种狗。"二叔这句话回答得干脆，又熟悉得很。和村里其他人比，二叔属于酒场比较多的敞亮人，经常有退了伍的老战友来访。二叔喝醉了酒后常常拍着胸膛跟战友吹牛皮："放心，我不是那种人。"人与狗，一字之差，但听起来品行无二。

腊月一岁多的时候来到我家。腊月是一条青狗，这在农村很少见。农村人讲究吉利，喜欢纯黄色或纯黑色的狗，对于这种少见的浑身发青的狗，一向视为不祥。青狗之所以能活下来，全仰仗着它顽强的生命力和超常的个体能力。青狗是那一年春节前到的我家，我的爷爷在野地里碰到的流浪狗。因为正处在农历腊月里，爷爷就给青狗起了名字：腊月。

有了家的腊月，似乎格外珍惜这份来之不易的家庭归宿感，从此成为我爷爷的得力助手。那个年代，家家养的猪较多，而盗贼比猪更多。腊月在看家护院方面，绝对是一等一的好手。隆冬深夜，即便月黑风高，一旦院墙内外有异常，腊月绝对一个纵身，便将偷儿们摁倒在地。几年以后，一个认识我爷爷的改邪归正了的偷儿曾对我爷爷说："你们家的腊月是真厉害，那一年我想偷个猪过年，差点没被你家腊月给捂死。"

那年月，喂养种猪是个赚钱的买卖，但种猪要吃得好，也非一般家庭能喂养得起。在我们村子往南十几里地的葛家村，爷爷的一个朋友家养了一头健硕的种猪。种猪通常每周或每天都要为各地赶来配种的母猪交配多次。为了能赶上凌晨的第一次交配，养母猪的家庭，都要半夜三更把母猪赶到那里，给喂养种猪的主人塞上一包好烟，然后假装按照顺序排队。等到正儿八经交配时，种猪家的主人则把关系户家的母猪偷偷牵到种猪圈里。主人们则在一旁抽着烟袋，眯着眼算计它们交配的时间，以推测此次交配是否完美，是否成功，是否还需要再来第二次。那种熟练，那种陶醉，仿佛交配的不是畜生们，而是人与人。

我家是养猪大户，有三头母猪轮流生产。靠着我爷爷和种猪主人多年的交情，三头母猪每次牵过去，都会被交配得比较抒情，至少是幸福指数比较高，因此生出的猪仔，不但数量多，而且质量好。爷爷每次赶着母猪出门时，腊月都是最好的帮手。那年月，地广人稀，各种动物多，各种灵异事件也多。"鬼下障"是最常见的。明晃晃的月夜，经过一片水洼，旁边是一片坟地，恰好又是刚刚埋了冤死的小媳妇，上吊而亡。月光突然隐去，一团团浓雾顷刻弥漫四周，伸手不见五指，别说照看母猪去哪儿了，自己去哪儿了都不知道。惊慌中，总有乌鸦发出凄惨声。爷爷完全不知所措，即便在这条道上行走了几十年，碰到这样的事也全然慌了神。恍惚间，腊月嘴里叼着母猪颈上的绳圈牵到我爷爷跟前，把绳头交到我爷爷手里之后，腊月就坐在我爷爷的脚背上，前腿收起，威严而立。每逢此时，惊慌失措的爷爷心里就有了底气。而不久之后，我们村里另一户养母猪的人家，在同样的地方中了同样的"招"，不仅丢了母猪，自己也跌落水塘，落下了嘴歪眼斜的病根。我爷爷去他家里看望时，还看到他满脸浮肿，而且都是巴掌印痕。那人说，"鬼下障"时，他着急找猪，四下不见时，有人拍了拍他的肩头，而且瓮声瓮气地说："给我根烟抽。"那人说："我不抽烟，身上也没有。"接着就觉得啪啪被抽脸，疼得眼泪都出来了。打完之后，朦胧中见一影形似猪，以为是自家母猪，便跟着去抓，谁知一把抓空，一头扎入水中，一番挣扎几近淹死。忽然此时一声人语，但并不见人，浓雾瞬间消散无影，低头一看，水面才不到膝盖而已。

　　这些经历之后，爷爷更加看重腊月。爷爷从年轻时就不吃肉饺子，全家人都知道。但从腊月来了以后，每逢家里包肉饺子，爷爷都不再反对，而且吃饭时碗盛得特别满，只是他不会和我们一起吃，自己端着碗就走了。我们小孩子都奇怪，我奶奶则会和他吵几句嘴："你盛那么一大碗，都倒给狗吃，就是会败家！"我爷爷也不反对，空碗一放，说："这顿饭我不吃了，我省给腊月吃的，行了吧。"爷爷的嘴里从不说"狗"这个字，只说"腊月"，不了解的，还以为腊月是家里的人呢。

是的，腊月确实是家里的人了，我就是这样认为的，也是这样感受的。因为胆子比较小，我不敢玩他们玩的游戏，我的伙伴也基本没有，腊月就是我童年的全部承载。我想干什么，腊月都会陪着我，我想拿什么，根本不用跑腿，伸手指指，腊月就会用嘴叼着过来。尽管我胆子小，但其他大孩子想欺负我也根本没门，腊月整天跟在我左右，形同保镖，别的孩子别说想着欺负我了，看见腊月，他们只想着保住自己的小命就不错了。

二叔狠狠地抽了最后一口烟，使劲把烟屁股甩在地上，这次是下了决心。而我也已经没了哭意，我才六周岁，不懂偷懒，之前已经哭了两个小时，别管真的假的，力气卖了不少，这会儿实在太累了，体力有点跟不上。哭干了眼泪，人的悲伤就会有所减缓，思维也冷静下来。

看着二叔枪口下的腊月，我突然有些恍惚，有点灵魂出窍，脑子里不由自主地浮现出一幕幕腊月纵身腾跃的身影。我生在一个猎人家庭里，从小的知识构成大多与打猎有关。"兔子上了路，让狗十八步"，这是我听得最多的一句话，也是唯一一句被推翻的猎人谚语，它的推翻者便是腊月。

很多年后，我仍然对腊月的死耿耿于怀，提到这事，二叔也不再是当时的英勇无畏，常常是红着眼睛说："不是非得打死它，因为实在太爱它。"我开始不懂这句话，后来看了很多恋爱的人，因为太过爱慕，自杀、互杀，我就大概明白了。

那句猎人谚语被推翻的事例，腊月确实是第一例，也是唯一一例，这让我爷爷以狗为荣很多年。确实，在一个猎户较多的地域，养了这么一条狗，很有面子。就像村里某个小伙娶了一个能干活的媳妇一样，家里人总会说：赶上一头牛呢。腊月的存在，也很容易让他人想起那句"英雄莫问出身"的豪言。论出身，腊月曾经是一条野狗，当然，是一条四处流浪但不缺肉吃的野狗。腊月有此殊荣，得益于它有超常的体力和速度，这让"上路的兔子"也白搭。

那一次，爷爷端着猎枪在一片地瓜田里搜捕一只五六斤重的野兔。这个体重和状态对于野兔来说，正属于壮年，无论体力和速度都堪称一流，而能够在猎户众多的地域生存到五六斤，可见其反捕能力也非一般。爷爷在方圆几十亩的地瓜田里搜捕这只野兔已有半天的时间，半天时间里，人兔双方一直是侦察与反侦察，渗透与反渗透，不间断地进行着全方位的较量。眼看就要太阳落山，仍无法准确跟踪到猎物，在这片偌大的地瓜田里，磕磕绊绊，走路十分费劲。我爷爷意识到碰到真正的对手了，不得已，他悄悄地退出地瓜田，一个口哨唤来腊月，然后把帽子放在腊月嘴里，让它叼着回去叫援兵。很快，二叔背着猎枪就到了。爷爷和二叔划定区域，面对面搜索，腊月仍旧按指令端坐地头守护。对于我爷爷来说，野兔在地瓜田里转来转去不要紧，要紧的是一旦野兔上了路，那就完全失控了。

夹击很有成效，半个小时后，野兔的活动区域被压缩了三分之二，眼看就要暴露目标，野兔冒死一搏，纵身奔向地头的公路。我爷爷还没来得及看清野兔的逃逸方向，只听得一声呼啸，腊月像一道闪电一样绝尘而去。很快，野兔和腊月都没了踪影。

我爷爷收起枪，默不作声。我二叔叹了口气说："白搭了，又让这个兔子跑掉了。"后来爷爷说，他和这只野兔至少已经打过三次交道了，但每一次都被它逃脱。二叔也说："是的，有几只兔子鬼得很，快成精了。"爷俩一边说一边往家走，快到村头小河边时，远远看到腊月站在桥头。看着爷爷兴致不高，二叔又悻悻地说："腊月也不行啊，毕竟是兔子上了路。"

爷俩一边走一边说话，很快到了桥头，爷爷仔细一看，使劲拍了我二叔一下："你看看，腊月的面前是什么。"二叔抬头一看，可不是嘛，腊月的面前，野兔在那儿趴着呢。看着爷爷走近，腊月把野兔衔起来，叼着送到爷爷手里。爷爷对我二叔说："今天剥了这只兔子，必须把两条后腿给腊月吃。"爷爷之所以说这句话，是因为腊月真的很特别。腊月跟着我爷爷回家的第一天，爷爷扔给它一个馒头，腊月看都不看，直愣愣瞅着我爷爷的脸。我爷爷骂了句："狗日的东西，比人还鬼！"然后捡起馒头扔回猪槽子里，转身回了院子给腊月扔了一只鸡腿。我爷爷说："敢问主人要肉吃的狗，那是好狗，敢点着要吃的，都自己有数。"后来看，腊月的表现的确证明了它"不是吃素的"命。好在千里马碰到了伯乐，腊月碰到了我爷爷。

爷爷是村里的好猎手，远近都有名气，他如此钟爱一条狗，那是英雄和英雄的惺惺相惜。两条兔子后腿，就是人与狗的交流，也是人与狗的互相认可。从此，腊月死心塌地生活在我家。再后来，我爷爷因为眼神不好不再出猎，腊月就跟着从部队退伍回来的神枪手二叔南征北战，几年间擒获野兔、野鸡无数。

一开始，我爷爷或许并没认为腊月会在我家待很久，但是腊月却住了下来。我们没有人要求腊月怎么样，但吃肉的腊月显然不受"嗟来之食"。为了显示它自己存在的价值和尊严，到我家的第三天，腊月就独自出去在村头树林子里捕了一只四斤多重的野兔。腊月依然不卑不亢，很明白地把野兔叼到我奶奶的脚跟前，放下就走，这让我奶奶从此和我爷爷吵架没了底气。

腊月离开我家，是因为它误食了偷儿投下的毒食。在那个年代，每逢夜晚，偷狗、偷猪的偷儿比较多，他们白天踩好点，夜间就会带着毒饵过来，猪狗吃了后，便束手就擒。到现在我们也不知道腊月吃下的是一种什么毒食，从第二天开始它就疯了，连着咬伤了三个老人和孩子。疯了的腊月再不回家，它游荡于村子四周，只有见到二叔的时候，才有少许正常。它会静静地站在那里眺望，却不走近。是腊月看到二叔想起了什么吗？我不能知道，但那一刻的腊月，绝对不是疯了的状态，这一点我一直肯定。

对于腊月的遭遇，爷爷也很悲伤。在反复咒骂过偷儿之后，爷爷对二叔说了句："腊月是一条好狗，但是这个样子，没办法了，给它个了断吧，免得再伤到村民。"临走时，爷爷再次叮嘱："一定一枪毙命，不要让它太难受。"二叔领着我们出发前，一生从不喝酒的爷爷，一口气喝了半瓶啤酒，然后说："我老了，死了就要埋掉，腊月死后，也给它找个好的归处吧。"

二叔再次举枪，甚至没有刻意瞄准，我大体可以了解他没有刻意瞄准的复杂心情，他是想从良心上推卸责任，把腊月的死说成是"碰巧了"，理由就是他根本没有瞄准。但这都是自欺欺人罢了，作为射杀过十七名敌人的战场狙击手，他的大脑比他的良心更清楚自己的枪法。

　　一股青烟冲出枪筒，腊月轰然倒下，甚至没有丝毫挣扎。二叔叹了口气，丝毫没有打猎后的喜悦。他收拾好枪，冲着我和堂哥说了句："你们俩，把腊月扛到村南河陇上，找个向阳的坡岭把它埋了。"走了两步，二叔又停下来补充一句："记住，土堆要大些、高些。"然后就头也不回地离开了。这一走，就是十多天才回来。后来听我二婶说，二叔回家后喝了半斤酒，然后又去了外面的一个朋友家，一口气在那儿睡了半个月。

　　如今，二十多年过去了。春节回来时，与爷爷再提起腊月，爷爷仍不无感慨："腊月是一条好狗，难得一见的好狗……"

狼来了

那些在海岛上守了十几年的老兵常说，在岛上生活久了，人的性欲就会下降。我不相信这个说法，一没科学根据，二没临床实践。但是那个外号叫"小灵通"的老兵却犟得很，甚至拿一个胡须茂密眼睛近视的中士当了例子："就说他吧，你瞧，爷们的架势虽在，但眼神都不犀利了，像被骗了的公鹿。"

我说即便下降也是疲劳性下降，一旦休假回家见老婆，就瞬间满血恢复战斗力。"小灵通"晃动着瘦小的脑袋，嘴巴一撇，说："你不知道回家那滋味，孩子生疏得像见了外星人，一会儿喊叔叔一会儿喊舅舅，就是不喊爹。"大胡子中士更有感触："兔崽子胡踢乱踹，死活不让老子上床，俺想和老婆亲个嘴，都得等小东西睡踏实了才行。"

看我皱着眉头，"小灵通"马上转换口气说："也不都是坏事，在咱这岛上，也有好运。"我说："啥好运？""小灵通"说："咱们岛上有一头神鹿，要是在岛上能遇见它，肯定会有好运！"

我来岛上虽然说不上时光漫长，但也算有些日子了。说实话，谁愿意苦守这里？那些老兵说得是，半年见一次老婆孩子的日子实在是难熬。他们提到会有好运气，我当然心跳剧烈，像是得了心脏类急症一样，有点心梗的感觉。

那一年我的确面临提职，"小灵通"和一帮老兵把这个关于"好运"的话题便说了又说。大家讨论热烈，让整个小岛充满了躁动。我一边批评老兵们的封建迷信思想，一边心里还是有些希冀。说得含蓄一点吧，我虽说不信什么神鹿，但从内心来说，我还是希望看到它。

但是，我不知道我是幸运的还是不幸的。见到神鹿的那一刻，它正伫立在悬崖之巅含泪与鹿群告别，它那跳崖前绝望的眼神一直让我记忆犹新，现在还会时时想起它，心理感受万般复杂。

我见到神鹿的那一天，是岛上淡水断绝的第五十八天。那一天正好是阴历腊月二十九，第二天就是年三十。作为营长，作为驻扎在这座远离祖国大陆偏远小岛上的最高军事长官，我不仅要担负起国家赋予我的神圣使命，更不能让这全营三百多人民子弟兵因为断水断粮在我手里遭遇不测。

我们所驻扎的岛叫大竺山岛，面积不算太大，我所在的营，有着海防第一哨的美称。但美称只能是美称，在关键时刻，美称不能当粮食吃，也不能生出哪怕一滴饮用水来。大竺山岛是典型的"四无"岛，岛内无耕地，无居民，无航班，无淡水，一切补给全靠补给船艇不定期运送。当然，能不能及时运送到位，那还得看天老爷的心情如何。

初上大竺山岛，我是个生把式。到了营部，见条件虽然简陋，但也整洁有序，通信员小张把我的住处布置得井然有序，这让我很满意。我到的时候是上午十一点钟，因为是夏季，我满身是汗，衬衫贴在肉皮上，很是不舒服。"吃饭前得洗漱一下吧？"小张一听，就打来一盆水放在房间然后张罗打饭去了。门口有连队训练回来，队伍一边走一边唱着"日落西山红霞飞"，士气不错。我带着满意，三下五除二，把脸洗了个痛快。我换上塑料拖鞋，端着水站在门口青石板上，看了看队伍里战士们湿透的衣衫，然后一盆水冲在脚上，算是暂时凉快了许多。但是，不承想我这一举动，差点在岛上引起一场地震。

没过多久，小张就气喘吁吁地跑回来。他一只手指着我，急得说不出话来："你……你！"我心想，这家伙也太大胆了，敢这样和营长说话。我一屁股坐在门前马扎上，故意拿着腔问他："有屁快放，你小子乱指什么？"小张憋了几下，终于发出一句完整的话来："你，你这人太官僚了，你不会在这儿待多久的，你很快就得走！"

我坐不住了，腾地站了起来。虽然我不知道他何出此言，但肯定发生什么事了，只是他又那么针对我，我还真有点蒙了。我很快冷静了一下，心想肯定自己哪里出问题了。虽是营长，但毕竟刚到第一天，还不知深浅。于是，我态度缓和下来问他："别急别急，你说怎么了？"

小张指着一地的水对我说："这是你冲脚的？"我说："是，怎么了？"小张说："谁让你冲脚的？"我说："我自己，我这么大个人冲脚还要别人教会？"小张又急了，直跺脚："你瞧你这态度，吊儿郎当，你就不是来当营长的，你是来当老爷的！"我被小张骂晕头了，哑口看着他。小张眼睛睁得圆圆地说："你就意识不到你的错！你不能这么败坏水！在这岛上，水比血还值钱！"

哦，我算知道怎么回事了！一年前，我还在机关的时候，曾经有一个副团职干事到大竺山蹲点。第一天，通信员给他打了一盆水，这位干事老爷比我还厉害，洗完哗啦泼出去了。然后，紧接着一个路过的列兵看见了，啪地一个敬礼后说："领导，您不能这么用水。"那位干事觉得这个列兵很可爱，嬉皮笑脸地问："请问班长该怎么用水呢？"那位列兵回答："在大竺山岛，不分官兵，每人每天只有一盆淡水，早晨刷牙一杯，或者半杯就够了；洗脸再用一杯浇湿毛巾擦洗；上午训练回来，再用一杯打湿毛巾擦洗；晚上，一杯刷牙后，其余的则先擦洗身体，然后洗脚，洗脚后再拿去浇菜地。"这个干事有点不以为然，找茬说："你们不是'四无'岛吗？哪来的菜地？"列兵说："我们的菜地很小，是每次老兵或干部探亲出岛返回时捎带回来的土壤，几十年了，才圈出那么一块菜园子，我们种了不是用来自己吃，是怕您这样的蹲点干部来到岛内不适应，偶尔给您改善生活的。"

干事惭愧到了极点，在蹲点的半个月里，他每天除了正常工作外，都要去帮着收集淡水。在岛上，收集淡水是个任重道远的事。那个干事后来说，那也是个壮观的场面。在岛上，淡水分为三类，一类淡水是通过登陆艇运送过来的食用水和收集的山崖渗透泉水，这些水都要被直接输入储存池。二类淡水和三类淡水都是雨水，这要靠现场收集。每逢下雨，大家都拿着锅碗瓢盆来接雨，然后再倒进蓄水桶里。二类淡水可以简易过滤后直接食用。等雨停了，又是另一番忙碌，大家拿着各种可以舀水的工具，在山道坑洼处拉网式收集。碰到面积大而水层又比较薄的水面，战士们则通过撮箕等工具将水铲起，这样的水会倒入一个单独的蓄水池，这是三类淡水，沉淀后可供洗菜、洗漱之用。

干事说，在岛上干这样的活时，大家都热火朝天，自觉性特高，不会有谁偷懒，存亡与共，这是大家都要面对的。而在他离开海岛的那天，干事还特地给岸上的人打电话，通过补给船给岛内送来了几麻袋新鲜的优质土壤。而今天的我，不正是重蹈那个干事的覆辙吗？小张骂得好，我心服口服。不但服了，还要给全营官兵真诚道歉。

洗脸水风波处理得还算得当，我以实际行动为大家补了一份安慰，并在当天再未多用一滴水。尽管小张当晚又给我打来一盆水，说是司务长"特批"的，但我还是坚持到了第二天早上才开始用水，并严格遵守岛上的一盆水用水步骤。虽然我能够及时改正，但是洗脸水事件还是带来了一些负面影响，在一些老兵，特别是"小灵通"之类比较资深的"人士"口中，更加剧了我只是来"镀金"的说法。

一种想法一旦在人的内心扎了根，想轻易抹除也是比较困难的。因为一些人对我存有"过来镀金"的看法，所以他们在对待我的意识上就存有误差，因此，就会做出一些不可避免的错误举动，我也是在这次洗脸水风波之后狠狠修理了岛内资深人士"小灵通"

的。

在岛上，生活环境相对狭隘，大家彼此之间也就非常熟悉。虽然来岛时间不长，但我能约莫感觉出"小灵通"之流在官兵中的威望，或者叫势力，或者也叫群众基础。对于海岛来说，我是一个新兵，但我之前有过十年野战部队的生涯，又是一个地道的老兵。所以，对于"小灵通"这样的兵油子，我也深知他的多样性和双刃剑作用。通过刚进岛时"小灵通"和我唠嗑时的肆意，我看得出，这家伙不是个省油的灯。虽然表面上是在调侃，其实他是摸石头过河试探我的底线，好在官兵面前展示他的实力。我发觉的时间晚了点，行动上晚了些，第一个回合我算打了败仗。但是，我也清晰地预感到，我和"小灵通"还会有一次遭遇的。

没想到，遭遇来得那么快。我进岛一个月后，教导员要到军事院校参加中级军官培训，出岛去了北京。在岛上，我虽是营长，但海防工作这方面我比较欠缺。好在我在野战部队时曾经干过八年作训参谋，按照触类旁通的原则，想要迅速掌握海防要识，估计于我也不是什么难事。但是，官兵眼里估计并不这么看，"小灵通"们的眼里更不会这么看。

海岛兵要学会应对敌人的侦察渗透，因此，捕俘与反捕俘训练是一个重点。不可否认，"小灵通"有他的长处，在捕俘与反捕俘训练中确实出类拔萃。但是，一个小时训练下来，我看出了问题："小灵通"俨然以教官自居，这可能是之前的惯例，我倒是不好断然否定。但是，在我提了很多建议之后，"小灵通"仍然坚持自己的训练方法，对我的意见充耳不闻，甚至引起战士们的一阵阵哂笑。

我指令值班员收拢人员整理队伍。列队完毕后，我对全营官兵说："捕俘与反捕俘训练讲究方法多变，因为在实战中，我们会面临不同的实际情况。现在，我们只会练习由后捕俘，而且是双腿叉开式的，但在实战中如果敌人双腿并立，那如何找到下手位置呢？"

全营官兵皆不语，"小灵通"仍冷眼瞧我。我接着说："我来做示范，请全营最好的捕俘手出来配合我。"可以想到，大家一致推荐"小灵通"当我的假想敌手。按照"小灵通"的灵通大脑，此刻应已知我意，但他既然把自己架在火上，那我只好多添柴了。

"小灵通"远远并腿站定，双手持枪站立，目视前方。我以蛇形步弯腰快进，在至"小灵通"身后五六米时开始加速跑动。由于"小灵通"是并腿站立，我无法将一只脚直插他的裆部以使其上体快速前移进行锁喉，只能选择下手时用重力使其瞬间仆倒。因此，待我弓腰急速抵达"小灵通"身体左侧平行时，我的右手一个环绕动作，跨过他的右腿抓住他的左小腿处，狠狠地一把提起。我速度之快，精度之准，力度之大，虽没有使用锁喉动作，但已使"小灵通"失去任何防备能力，犹如一根木杆"啪"地落地，直面黄土，满脸花开。

可以说，一次捕俘训练，彻底打掉了"小灵通"在官兵中长久以来的张狂。这个"小灵通"在这座大山中，也彻底没了信号。接下来的日子算是按部就班了，我也慢慢融入这个大环境了。当然，时间一久，心里的那份焦躁也就慢慢熄灭了。其实，不熄灭又能如何呢？能不能出岛不是自己说了算，不是上级说了算，一切都要看老天。既然这样，既来之则安之，我也就心里彻底平静了。

和大家打成一片，大家也就愿意和我聊话题了。老兵们虽然时不时还是和我开些玩笑，但已经懂得了分寸。"小灵通"则是改变策略，开始温顺地当起了我训练场上的好助手。虽然他是有点鬼了些，但人无完人，还是要看到长处，在很多事情上，他的眼光看法还是非常老到的。

当然，这种颇具见风使舵能力的人也不太会记仇，这不，好了伤疤忘了疼，一次当着众人的面，"小灵通"又问我："营长，你真不是'镀金'，是要在这扎根？"我说："绝非'镀金'，我挺喜欢这个岛，在这要扎根，而且还要扎深了！"另一个比较稳重的老兵叹口气说："扎得再深也就三四年。"大胡子中士说："三四年足够了，但是你一定要把这大竺山岛走个遍，这岛不但景美养人，最重要的是碰碰运气，看看能不能撞见那头神鹿。"

虽然不可否认岛上或许有鹿，但我还是觉得他们有点过于玄乎了，非得带个"神"字。大胡子中士看出我的不屑，马上就说："营长你不要不信，我也不是迷信，慢慢你就知道了，没有神鹿，咱们这些人不知死多少回了！"我斜着眼看着这个嘴角翻沫的大胡子中士："你讲讲，怎么死又没死的？"大胡子中士急于要验证他的话，就滔滔不绝讲开了。

"神鹿就是一头普通梅花鹿。什么时候来的，那是有点年头了。据说，岛上刚刚驻扎官兵的时候，上级首长来慰问，曾经带过来一些猪牛羊鹿之类的活物，希望它们在遍地丛林的大竺山上能够存活并繁衍生息，为这四无岛增添一点生命的气息。但是几十年下来，猪牛羊都相继死亡灭绝了，即便稍有庆幸活着的，也都被那些经年驻守岛上的老兵们忍不住嘴馋给吃了。而由于生存环境过于恶劣，尽管后来陆续引进了多种生物，都无法存活，而唯独梅花鹿一直活得很好！"

老兵们相继补充说，最开始是有好几头梅花鹿，官兵们先是圈养它们，虽然上级机关明令禁止屠杀食用，但是经年生活在这里的官兵实在没有什么改善生活，特别是每到风浪天气无法通航的情况下，什么都得拿来吃以保障守岛任务顺利进行。因此，梅花鹿也不可避免地被下了刀。当然，守岛官兵懂得细水长流的道理，绝不会把这些梅花鹿全部塞进肚子里，他们根据鹿的繁衍情况，一直让它们保持着一定的数量。

自然环境的恶劣，加上饲料的匮乏，很快，圈养着的梅花鹿开始出现瘟情。先是死了两头，再后来看情况不妙，官兵们杀了几头。剩下两头恰好一雄一雌，当时的老兵们说，放了它们吧，留点种子，要不以后没得鹿肉吃了。于是，这两头梅花鹿幸运地进入到山林。二十年过去了，两头鹿依然坚强地活着，而且繁衍着。那些忍不住嘴的老兵们，孤独闲暇之余，自然忘不了以战术名义对梅花鹿实施持续追杀，而且美其名曰：猎鹿行动。

大约五六年前，部队开始管控老兵们的猎鹿行为，虽然有一定的作用，但效果甚微。在这座远离大陆的小岛上，老兵们虽然性欲下降了不少，但野性却与日俱增。老兵们说，根据被吃掉的数量，这岛上应该只剩下一头鹿了，而且老兵们断定，这应该就是最开始的那头雄鹿。老兵们嘴头上的能耐，我着实佩服。

忘了交代一下，在这座四无岛上，除了长期驻扎的官兵，还有一类不速之客：搞养殖的渔民。这些驾驶着渔船的渔民居无定所，风口浪尖来回穿梭，他们或者待天气而来，也或者带着食品在岛上驻扎数日。我以为他们很逍遥自在又浪漫，老兵们马上纠正了我的观点，说这样的渔民算是高危行业。

老兵讲了一个他们亲眼看见的惨剧：一次，一家人驾驶着渔船在大竺山岛北侧的一处悬崖下打捞海参。我打断话说为啥要去悬崖那里呢，老兵不满我对大海常识的无知，只得停下来先给我解释这段，说："只有在岛的背面，也就是北面，海水是相对静止的，也只有在这种静止的海水中，海参鲍鱼等珍贵海生物才能够稳稳吸附在岩石上生长。同时由于岛的背面没有阳光照射，海水更凉，海洋生物生长周期就长，因此，海鲜的味道就好，营养价值就高。"我说这个不用再解释了，我去过很多次南方，现在算是明白北方的海鲜要比南方的海鲜贵很多的原因了。

接着刚才的话题，大胡子中士继续说："那天，那家渔民到了悬崖下面之后，正好赶着退潮，裸露出了一片礁石，渔民不知咋想的，就自己跑到礁石上站着。渔民的老婆驾驶着小船，上面坐着渔民的儿子和媳妇以及刚刚十八岁的女儿，往悬崖边的一处碎石滩靠拢，他们打算在那里停船下来，然后拣拾搁浅的海珍。在岛的背面虽然不至于起风浪，但谁也不敢保证没有暗涌。"

"小灵通"显然不甘寂寞，也要卖弄一下他的见识，马上岔开话题补充道："在海上吃食的人，大风大浪不可怕，最可怕的是暗涌。在大海里，浪只是大海的表象，再大的浪也不可怕，但前提是你得迎风破浪，而不能避让。比如你要是驾驶着船只，有巨浪袭来，你迎着浪冲去，浪也就破了。如果要是选择避开，则船体侧面暴露了出来，掀翻便在常理之中。而大浪之下的涌，其实就是巨大的漩涡，世界上比较出名的百慕大，其实就是无比巨大的涌。"

大胡子中士说："行了行了，都不要插嘴了，我得接着给营长讲故事呢。那天，其实并没有什么风，渔民站在礁石上，低头看了一眼脚下，再抬头时，就只能看见自己的渔船还剩下桅杆，正摇晃着沉没在海水里。非常不幸，渔船恰好碰到了涌，沉没了，四个人也没了，连个尸体也见不到。"我说那怎么办，大胡子中士说能怎么办，别说渔民没法，就是皇帝老子也没法，只能眼睁睁看着，大海就是这样。

老兵们总结说，正因为这样，这里渔民们的作风显得比军人还彪悍。也正因为这样，同在一个岛上生存的人类结成了伟大的朋友，在最不得已的时候，渔船也是岛上官兵的一种希望。这些从生活里得到的友谊真知，是上级机关大楼里看书读报的人所不能体会的。因此，当渔民们发现了岛上的梅花鹿并开始猎杀时，军队并没有阻止。当然，他们不违法，岛屿是国家的，军队不是某种保护协会，也没有阻止他们的理由和权力。

持续的追捕，让梅花鹿越来越少，再后来，想见到都难了。而对于鹿来说，这片丛林茂密的岛上，即便没有完全可靠的藏身之处，但也足以让围猎者费尽周折。当双方都成为高明的对手之后，长久的对峙就开始了，而正是在这种漫长的战术对峙中，梅花鹿成了大家口口相传的神鹿。神鹿到底有多神，我没见过，但战士们说的故事，那真是精彩绝伦。那一次，是多日未曾下雨，而海上风浪较大，岛上又用水告急。指挥部无奈，便派出一艘大型登陆艇前来送水，顺便把教导员新婚不久的妻子也送上来。

大竺山岛从地形构造上就比较恶劣。凡是背风的地点都有暗礁，凡是便于登陆的地点都是风口。不过，考虑到人船安全问题，航海人往往宁可选择风口也不会选择暗礁。而岛上官兵能做的，就是在不同地点多修建几座简易码头。每次登陆艇到来，根据风向不同，选择合适的登陆地点。

这次登陆，登陆艇选择的是东面的一处简易码头。但是，在登陆艇驶近码头十几米的时候，几次登陆均未成功。海浪的张扬让船的动力不值一提，一次次将船体卷向远方。经验丰富的老兵心里都清楚，这样的天气，靠岸是不可能了。但是，教导员的妻子还在船上，一年来这么一次，很不容易，大家都眼巴巴地对望着，希望能想个办法出来。考虑再三，艇长出了个主意，说船不能靠岸就不能靠岸吧，先看看能不能把人弄下去。

艇长亲自驾驶，利用浪涛停息瞬间，一次次将船体硬着向岸边撞去，岸边的官兵则寄希望于船体与码头接触瞬间将教导员妻子拉上岸。但是，最理想的一次也只是教导员与妻子手指相触了一下。筋疲力尽的登陆艇被撞得遍体鳞伤，像是泄了气的皮球，随波逐向深海。直到登陆艇消失成一个黑点，教导员还在岸边久久招手。

教导员的妻子是专门请假过来进岛看望的，这也是她第一次进岛。当全岛官兵都以为她的这次上岛之行可能就此泡汤的时候，她却在第二天上午坐着一只小渔船漂洋过海地又来了。登陆艇停靠的码头有点太高了，渔船无法靠岸，只能选择一处天然石滩处停靠。停靠地是渔民们自己挖沙修建的一个水洼，风力不大时能够比较顺利靠进去，但是像这样的大风天气，就很难说了。

驾驶这艘渔船的是一位上了年纪经验丰富的老汉，小船接近岸边时，他一次次把绳子扔向岸边，希望绳子的套圈可以套在岸边设置的木桩上。在没有风的季节里，对于渔民来说，这如儿戏。但是在这样的大风天气中，就比登天还难了。渔船和前一天的登陆艇一样，几次靠岸均未成功。

就在这时，一群鹿突然出现了。鹿群似乎是来寻找吃的，一路走到这里，走到渔民停船的水洼。平时鹿群见到人就会拼命狂奔逃散，但这次看到渔船后，却一反常态地停了下来。渔民也是突发奇想，一甩手将绳圈撒了出去，恰好套在一头鹿的鹿角上。受惊吓的鹿群掉头就跑，渔船被嗖地拉进了简易码头的水洼里。

大家口口相传的这个故事，我只能当作一个美丽的传说来听听了。我每次探寻这个故事的真伪时，大家也当然笑而不答。不管如何，教导员的妻子确实坐渔船进岛了。当她了解了岛上的艰苦生活后，再也没有因为分居和教导员吵架。而对于这段关于神鹿的故事，这段颇具传奇色彩的真情故事，我也权当是真的了。

登陆艇不能送来淡水，但岛上的日子还得过下去。根据以往的生存经验，每到这个时候，官兵就要全体发动，出去寻找水源。延续以往寻找水源的责任区分，各连分工明确。一连官兵主要是搜寻岩石低凹处存积的天然水；二连官兵主要负责搜寻岩石壁缝的渗水点，在大竺山岛复杂的地下防空洞体系中，这样的取水点不计其数，只不过每一处都水量有限；营里的新兵都放在营部新兵排，考虑到新兵对岛上还不太熟悉，由三连带着营部人员行动，负责搜寻丛林中可食用的植物叶茎。布置完任务后，我和通信员小张每人带着一把战备锹去了码头，运气好的话，在码头的石头缝隙里，能够找到一些拇指大小的海蛎子。

码头上风力更大，海浪像炸弹一样砸向码头的石块。我对小张说："这样的风浪，咱们至少要距离岸边十米以内行走。"让我们欣喜的是，在水汪汪的石头缝隙中间，很多拳头大小的海螺被海水从深海卷到这里。小张把迷彩服外套脱了下来，将两只袖口系死，对我说："营长，咱们把这个上衣装满，然后我再扛回去喊人手来。"我说好，把这片海螺捡完，全营一顿晚餐绰绰有余了。

我和小张忙得不亦乐乎，一会儿就捡了四十多个，将迷彩服的两只袖筒撑得满满的。小张正要扛着送回连队，我腰里的对讲机传来了值班员的呼叫。我一听，出事了，两个来自大凉山彝族自治州的新兵在山林间失踪了。丢失了两个少数民族新兵，这可不是小事。我让小张背着海螺慢慢往回走，自己赶忙向着山里奔去。那天，大家找到深夜也不见两个失踪战士的影子。

夜晚，我安排新兵回营休息，老兵们则留下来继续寻找。地形复杂的大竺山岛，白天走起来都比较费劲，更何谈晚上搜寻。大竺山岛上没有水，更没有电，官兵日常办公所用，都是靠着一台汽油机发电。汽油机功率并不大，发出的电也仅够照明使用，如果是给手机充电，要比家庭用电多用四倍的时间。因此，在岛上能用得起手机的人寥寥无几，这不是有钱没钱的问题。因为用电困难，各种电源灯的备电也就很难满足。很快，大家的手电筒就只剩下一丝暗红的光了。

找到下半夜时，"小灵通"过来提醒我，问是不是要到沿岛的岸边寻找一下。"小灵通"的提醒让我心里咯噔一下，我坚决地说不用，就在山上找。我相信两个新兵还活着，反过来说，即便他们是掉到了山下滚落海里，在这巨浪滔天的夜里，也早已被大浪卷走，去岸边找又有什么用呢。不过，我也不得不防备万一，提前做好各种预案。在和几名营党委委员沟通之后，我说，以早上八点为限，如果还找不到，就上报团里。

大家疲惫一夜。就在天将黎明之时，小张一阵飞奔过来，大叫着说木乃呷和扎可杜回来了。我气呼呼转身就往回赶，心想非得先上去踹他们两脚。等到一见到人，我有点傻眼了。两个战士脸色发白，衣衫破烂，筋疲力尽地喘息着，不停地重复着一句话："岛上有狼！岛上有狼！狼来了！"

木乃呷和扎可杜，都是大山里长大的孩子，属于体力超凡的那种。听了他们的讲述，我认为他们是身上附了某种魔力。但他们的喋喋不休，也基本还原了一个故事的全貌。

木乃呷和扎可杜一开始跟着班长在林中寻找野菜，途中遇到几棵枯树，班长说这是好东西，就让他俩把这些枯枝收拾了送回炊事班去。在大竺山，尽管驻防营区的各种生活设施都能配备到位，但由于后续维护保修不能够及时跟进，一些设备也就只能摆放那里作为一个展示和摆设。而对于长时间生活在这个岛屿上的老兵来说，在某些方面，原始的方法更受官兵的喜爱。比如一日三餐，大家更喜爱和习惯埋锅造饭，相比陆地营区的大食堂炊事设备，更为省时省力，方便速效。

大竺山岛驻扎了一个营的兵力，连队的大锅可以同时供应一百余人饮食需要。由于地处偏僻，几十年来，岛上全靠木柴烧火做饭。上级机关多次就驻防部队的后勤保障问题研究讨论过，并提出木柴换煤炭的方案。但由于大竺山岛的地理位置处于大风口地带，一年中有一半以上时间登陆艇是无法靠岸的，木柴换煤炭的方案也只得一次次搁浅。而对于植被茂密的大竺山岛来说，只要不肆意砍伐，正常的炊事烧用是不会破坏这里的生态环境的。

木乃呷和扎可杜是在打理木柴时发现神鹿的，随后一路狂追。其实，我对神鹿这个称呼不太感冒，鹿就是鹿，非得说什么神鹿。但是，为了照顾大家的情绪，姑且这么叫吧。而无论是这两个战士还是神鹿，此刻都已经筋疲力尽。

神鹿与两名战士飞奔约数公里，辗转于丛林之中的三个活物都累出了淋漓大汗。按照时间推算，那鹿再怎么神，也是近二十岁的高龄了，能有多大的体力？木乃呷和扎可杜虽说年轻，又是大凉山彝族里脚力好的，但又怎能与四只脚的动物比体力？所以，神鹿在前，木乃呷和扎可杜在后，他们若隐若现地起伏于丛林之中，互相谁也不服输。木乃呷和扎可杜累了，脚步慢了，神鹿自然也就停下了步子。木乃呷和扎可杜鼓了鼓劲，神鹿也就放开步子撒开丫子。直到傍晚，出了事。

木乃呷和扎可杜异口同声地形容，当时，他们紧跟神鹿身后到了一处断崖。准确地说，那是一处悬崖，是大竺山唯一一处悬崖。神鹿比人更熟悉岛上的地形，它为什么要把两个战士带到这个地方，我有点不能理解。

神鹿站在那里，眼神凄迷而悲伤，它一步一回头地打量着战士，也打量着茫茫山林，似乎要做最后的诀别。其实，作为一头体重二百多斤的鹿，不可能会害怕两个体重百余斤的战士。如果神鹿猛冲过来，两个战士根本无法抵挡。偏偏两个战士又得寸进尺地逼着它，一直把神鹿逼到了悬崖的最边缘。

神鹿已无法再退，木乃呷和扎可杜也已经抓住了它的犄角。对于两名战士来说，这是个危险的举动，而在悬崖之上做这个危险的动作，无异于自杀。只要神鹿稍一用力摆头，木乃呷和扎可杜自然就飞到悬崖底下去了。但神鹿似乎已毫无力气，任凭战士怎么拉扯，始终不上前一步。木乃呷和扎可杜岂肯放过这个抓住神鹿的机会，百般拉扯着要把它拉到下面的一处平坦地上。

神鹿显然也看出了木乃呷和扎可杜的意图。可是，就在两个战士以为可以生擒神鹿的时候，一只狼突然出现了！木乃呷和扎可杜的讲述到这里把所有人都吓了一跳，因为这个岛上一直没有过狼的传说。

木乃呷和扎可杜继续描述着这个关键时刻的剧情转变：眼看着狼一步步逼向他们，而他们这时早已吓傻了。木乃呷和扎可杜都认为这次完蛋了，这时神鹿却从悬崖上下来了。神鹿突然加速奔跑，两只长长的鹿角直冲着狼插去！

狼吓坏了战士，神鹿也吓坏了狼！在神鹿迅猛的攻击下，那只狼落荒而逃。这时，木乃呷和扎可杜才回过神来，冲着狼一阵狂喊乱叫。等到狼跑远了，再一回头，神鹿也没有了。两个战士坚持说，在他们绕道后山时，远远地看到了神鹿的尸体漂浮在海面上。他们肯定地说，神鹿是跳崖死的。跳崖这个说法我不能接受，如果换成坠崖那倒可以理解。但两名战士一直坚持神鹿是跳下去的，否则不可能会摔下悬崖。不过，无论怎么争执，神鹿的死已经不是这个故事的重点了。

大竺山发现了狼，这可不是小事。一大早，我就召开了营党委会进行防狼任务部署：第一，暂停一切打柴工作，即刻起，任何人不允许进入岛上丛林腹地。第二，加强岗哨值班，特别是夜哨值班，并由单人执勤增至为双人执勤，昼夜都要有巡逻队。巡逻队五人一组，执勤人员除了配备必要的棍棒铁锹等，还要在哨位放置上营连的锣鼓队家什，一旦发现狼的踪影就猛敲喊人。第三，将这一情况迅速上报团值班室，请上级机关保卫部门介入，并希望地方相关动物专家介入。

请示上报后，立即有了回音：大竺山发现狼的事情已于午饭前上报到军一级机关。据说，分管安全管理的副军长一边大骂太扯淡，一边狠狠做了批示：军队保卫部门协同地方野生动物保护部门全力出动，以确保祖国海防线的安全！

副军长将一只狼的事上升到海防安危的高度，地方政府岂敢怠慢，立即指派特警、动物专家等相关力量准备开进大竺山岛！同时，市里的报社、电视台以及三家网站都派出了得力干将，准备将大竺山的这只狼进行案情大起底。

万事俱备，东风不停。发现狼的第二天起，风却更大了，一切行动也只能是个方案，要等风停了再继续。但是，这只狼带来的动静却丝毫不受风的影响。副军长的郑重批示在当天下午就漂洋过海传遍了大竺山岛的每一寸土地。那只狼听没听到风声我不知道，几个大胆的渔民反正都不敢再去深山了。渔民们猫在距离营区不远处的一个小水泥房里，啃着干粮，坐等官方的行动。

由于执勤力量突然成倍增加，在尽可能保持训练秩序的情况下，战士们有点疲惫不堪。最原始的恐惧感和新鲜感过去之后，大家开始埋怨和牢骚起来，甚至有人大骂两个战士发现狼的说法纯属放屁，扰乱军心，该拉出去枪毙！

枪毙不枪毙那不是一句话的事，但木乃呷和扎可杜大病了一场是摆在眼前的麻烦。自从事件发生以后，两人不仅持续萎靡不振，还反复发烧，都病了起来。"小灵通"耸人听闻地说，神鹿已有灵性，木乃呷和扎可杜把神鹿逼到悬崖是触犯了神灵。但是也有人说，神鹿不可能怪罪于两个战士，否则不会去救战士了。要我说，都是屁话！

作为营长，我必须及时纠正这些不讲科学的说法，但是，两名战士的病情却让我焦心。营里只有简易的卫生所，小病可以，一旦情况严重，就要出岛治疗，但持续的大风天气就摆在这里，无法通航是肯定的，这是最大的困难。

在这断断续续的大风中，上级机关也断断续续地打电话询问关于狼的事情。上级机关领导认为，持续的大风天气，再加上深冬的萧瑟所带来的食物匮乏，可能是狼频繁活动的因素。但对于一直没再发现狼的踪迹，各级领导都表示出深深的失望。这让我每次接电话时面对领导的询问，都犹如接受法庭审判回答法官的提问，心情无比忐忑。

将近一个多月过去了，两名战士的病情有了好转，但关于狼的消息却连半点都没有。我着急，领导更急，我有预感，领导快要发飙了，而领导发飙的后果，可能就是我所有好运的终结。如果天气允许，我真想立马出岛去买一只狼回来。

关键时候还是老兵们给我点亮了思路。那个吹嘘在岛上久了性欲也会下降的老兵"小灵通"，袖筒里插着双手进了我的房间，开门见山就来："营长，你不能再给上级汇报岛上见不到狼的事，你得说见到了，但是狼跑得太快追不上，或者说偶尔能见到，被官兵们敲锣打鼓吓得不敢出来了。"

我问为什么，"小灵通"慢条斯理，一副军师的模样："上级那么多领导关注着狼，你不能提供任何一丁点有价值的信息，显得你太失职了，有点对不起组织信任；从另一个角度来说，大竺山岛上有狼，这是个稀奇的事，领导最需要的是他们好奇心的满足，天天在办公室多乏味啊！"

不得不说，我这样一次次让领导失望，未免有点太残酷了。而对于我一个做"官"的人来说，"小灵通"说得太有道理了。这不仅仅是有没有狼的事，可能还会是我能不能继续当这个营长的事。

想想自从来岛上的一波三折，我和"小灵通"也算冤家聚首久，心有灵犀了。第二天一早，正如我所期盼的，全营疯传"小灵通"去树林里大便时发现了狼。通信员特地跑进我的宿舍向我转达了"小灵通"的描述：狼的眼睛发着蓝光，狠狠地龇了龇牙，然后被"小灵通"一阵石头甩出去后，跑掉了。我立即吩咐通信员，将这一情况传真发报到上级作战值班室。除此之外，我还专门逐一拨通了领导们办公室的电话……

狼又出现了，紧张的情绪再次弥漫。"小灵通"现在是我亲密的战友，大家敢怒不敢言，但对木乃呷和扎可杜的唾骂声却日益高涨。为了警惕狼的入侵，大量的公差勤务已将大部分官兵拖得筋疲力尽，我可以理解，所以也就当听不见吧。但是，正当烦恼于频繁执勤的战士们认为也许根本就没有狼时，又有两个战士亲眼见到了狼与神鹿的对决。

木乃呷和扎可杜终于完全康复了，天气还是没有好转。他们之后谈论最多的就是神鹿跳崖，警告大家千万别到丛林里面去。他们还说，经常梦中见到神鹿，而且常常在半夜时分听到神鹿的叫声。木乃呷和扎可杜甚至怀疑，这是神鹿的魂灵。

有些事可以被证实是真的，因为，我也开始听到了鹿的叫声。这次我不再批评战士们的疑神疑鬼，因为这叫声非常真切。渐渐地有人说，在林子里又见到那头神鹿了，这让木乃呷和扎可杜关于狼与鹿的决斗故事受到了公开的质疑。

我无法解释这种现象，也无法回答大家的疑问。奇异的事情越来越多，"小灵通"说，我们碰到了至少二十年来的第一次五十天不通航纪录。说实话，这五十天里，从最初的"狼来了"，到现在的神鹿再次出现，里面的话题风波太多了。我应该庆幸这五十天大风，是这五十天大风让诸多好奇心浓郁的领导从热情高涨到归于平静，在持续的亢奋之后，他们对狼的期望强烈度已经消融了太多。我也压力渐轻，并尝试着相信关于狼的另一种说法。同时暗下决心，去山里走一趟，给大家一个可靠的回答。

断航的五十多天是艰难和漫长的，但现实中的困难，远比传说中的报应更为残酷。水是最为可贵的，全营三百多兄弟一直干着嘴。看着他们满嘴是泡，像小猫一样蜷缩在防空洞里等着排队，然后接石缝里的水滴解渴，我真不好说他们能不能挺得住！这个生死之际，狼的传说也已像被遗忘了。上级机关已经开始联系驻地海军，寻求新的给水方案。

该了断的还是要有个了断，最起码，在大风停下来之前，我要给自己一个答案。断航第五十八天时，是阴历腊月二十九，我决定不等了。一大早，我把三个连队主官叫到营部会议室，我说今天不是提要求，而是我提请求，现在到了山穷水尽之际，谁也不能置身事外，最重要的是对兄弟们的生命负责。我说："明天就是年三十，登陆艇能不能来不知道。但是，我们的团圆饭必须要吃，而且要吃饱。现在，无论哪个连队，谁有什么东西、宝贝，都不要掖着藏着，今天我把话撂在这里，私藏的，抓住就处分，主动拿出来的，算是我借的，等天气好了给养进来，我加倍偿还！"

几个连主官听我说完这样的话，啥也没吭，都红着眼出去了。不大会儿，营部门口送过来两袋大米，三十斤挂面，一袋土豆，一袋萝卜，四十个鸡蛋，一扇快风干的猪排。全营三百多号弟兄的年三十团圆饭，就这些了。我问司务长这些菜怎么布置，司务长苦思冥想好久，才安排出尽量不重复的食谱：午餐是蒸米饭土豆块萝卜丝，晚餐是清汤面萝卜块土豆丝……

我不想告诉战士们我去找神鹿了。给副营长简单交代了几句，我抓起一把战备锹就出发了。虽然大竺山岛我也摸得差不多熟悉了，但真正走起来，寻找便道还是有一定难度。不过，对于深谙军事地形学的我来说，这一切也不会过于困难。

凭着直觉，今天有点反常。出发不久，我就隐约间听到鹿叫声。浑身一阵兴奋，我拔腿向着声音追赶过去。跑着跑着，我觉得我花了眼，眼前出现了一群鹿。大的小的，老的幼的，它们的步伐并不快，在我面前时隐时现牵引着我的脚步，一步步走向密林的最深处。

忽而，鹿群一阵狂奔进入林子深处，超出了我的视线，但我听得出脚步向着两个方向奔去。正当我判断着去哪个方向更近便时，那头神鹿一头扎到我的面前，然后又掉头跑去。神鹿似乎不想完全甩开我，在我能够保持住速度的情况下，我紧跟着神鹿狂奔不止。

又是木乃呷和扎可杜提到的那个山头，又是那处悬崖，在大竺山这个地形奇特的荒岛上，也唯独这个悬崖是官兵们不轻易过来的。神鹿跑到这个地方，就是抱着死命一搏的态度，看追捕者敢不敢走向悬崖。

我不敢走近神鹿，因为稍不注意它就会把我拱下悬崖，我没有那两名战士那么大的勇气。但是，我有韧性，我选择了守株待兔。神鹿面向我，屁股冲着悬崖边际，我则蹲坐在平坦处的石洞旁边，就这样相互对望着。坚持了大约一个小时，太阳快到晌午了。我已饥肠辘辘，相信神鹿此刻也该饿肚子了。但是，我决定不放弃，一直等着神鹿。

就像两个战士之前描述的那样，没有任何征兆，只是看到神鹿流下了眼泪。然后，神鹿一步步向着悬崖顶部走去，伫立在那里，不停地向着远方发出一阵阵悲鸣。

我找了一个平坦处的石洞口，决定坐在这等它下来。过了很久，神鹿还在不停地悲鸣。许久以后，悲鸣有了回音，我听到遥远处，竟有一阵阵悲鸣在回应。是神鹿和它的子女家人在做最后的交流？被发现即意味着被杀戮，人类已让它们如此恐惧？还是神鹿和我们人类一样，在遇到灾难时会互相含泪地告慰诀别？

突然的心有灵犀让我心头一暖，我迅速起身离开。

回到宿舍，暖洋洋的室温让我迅速找回了家的感觉。想到这严冬中，年三十万家团圆之际，回想那神鹿与家人的长久哀鸣，我的眼角湿润了。

泪滴缓缓流下，我知道这不是软弱，不是矫情，而像是擦拭我心灵的圣洁哈达。这哈达应献给神鹿，献给木乃呷和扎可杜，当然，也要献给那只我至今不愿承认是真确存在的狼。因为膜拜，因为释然，我突然间心怀悲悯。我有一万个理由相信：大竺山岛，狼来了……

抢滩登陆

  事情过去一年多了，我仍不能抚慰自己的心灵，那沉甸甸的一等功勋章，每逢报告会戴上它时，常常压得我喘不过气来。我的脱稿演讲总是很顺畅，声情并茂，再加点眼泪。听过的人都说我很真实，讲得特别好。我却说，这不是讲我自己，也不是我在讲，那是许多的战友，在我的思绪里，和我的血液一起流淌。

  当然，我也没有完全悲观，事情过去那么久，也有一些事让我至今仍感到内心安慰和温暖。集训队里那些曾与我共同出生入死的兄弟，戴着墨镜叼着烟卷的队长老葛，我们都保持着相互的问候。当然，还有那个淳朴的渔村姑娘海浮，她的笑容也会经常出现在我的眼前。

一

一团团浓雾像是从天空直甩下来，将登陆口堵得严严实实。抵滩距离太近，驾驶室里的雷达进入盲区，整个屏幕一片空白，防空警报也随即响起。舰艇指挥员一遍遍在甲板送话器里发布指令：战斗登陆部署！战斗登陆部署！战三、战四就位！枪帆兵前舱瞭望，避让礁石，报告登陆位置！报告登陆位置！

管他是谁在指挥舱里大呼小叫，部队抢滩登陆那天，那之前的几分钟，我还没事人一样站在登陆艇的后甲板上冲着大海撒尿。那天的军事行动规格很高，听说来了一个班的将军，头发花白地坐在指挥所里，通过视频系统关注着整个演习的进程。指挥所像是一个大盒子，上面覆盖着迷彩衣，进进出出的参谋人员全都昂着头，踩着碎步，好像里面养着一群亟待交配的雄鹿。

和他们一样，我也穿得全副武装，身背钢枪。钢盔压得我脖子疼，汗液也不停地顺着脖子流到身体上。但海风是凉的，流出的汗液也跟着变凉。

海水清澈，有点蓝莹莹的光，阳光的闪耀下，光线扑朔迷离。在虚幻一般的光芒下，我看见一群漂亮的海浮游了过来，她们花花绿绿的，色泽光亮得好像通体透明，就像村头小河边那群边洗衣服边嬉笑打闹的妹子们，心也是透明的。我撒尿的时候想到村头的妹子们一点都不脸红，村头妹子们是看惯了光屁股撒尿的男孩子的，她们三五成群在那些容易下脚的地方，一边依托青石板搓着脏衣服，一边冲着那些正在上风头撒尿的跟屁虫弟弟们说："滚滚滚，尿到下风头去。"

有点扯远了，但绝对没有跑题，因为我有病，这种感觉与想法都是病情发作时我才会产生的。我妈是个没有原则的赤脚医生，当着我的面时就说我得了一种叫通感症的病，背地里给别人说我时就认定是脑袋被挤了，有点毛病。我这人最大的爱好是鱼，不管什么鱼，只要颜色漂亮我都喜欢，我给这些鱼们起了一个共同的名字——海浮。我妈说不知道海浮这个词哪来的，但是我知道，很久以前我去过海边，有一群漂亮的小鱼浮在水面上，其中一个会说话，告诉我她叫海浮。这事我当然不能说给我妈听，她只会说我是神经病。我妈心胸开朗，她经常拿我那些健硕的兄弟姐妹打着比方，说我是不合格产品，出厂时稍微有点瑕疵。我比较认同得通感症这种说法，虽然我并不能判定这种病到底是否真实存在，但我觉得能生这种病也是不简单的。

太阳光越来越强烈，我的听力就越来越敏感。在对着那群花花绿绿的海浮撒尿时，我有点神情恍惚，我看到尿液落入海水后，潮水涨了，涨起的潮水一波波向着远处扑去。而且，由于我的尿液流量超大，竟然导致了海水变淡，很多海生物的生理结构也发生了改变。

不过，差点忘了告诉您，我有如此大的尿量，在很多年前我是特战兵时就很出名。

二

2008 年 3 月 24 日，清晨 5 点，我被装在一辆遮蔽严实的特战车里运到了位于泰山脚下一处幽深的峡谷中。军区特战兵集训中心的负责人、中校指挥官葛兆云却提前了两个小时就站在训练场等着迎接我们了，我顿时预感，这不是一个好兆头。从几百公里外的部队驻地赶来的时候，因为天气不好，能见度很差，行驶速度打了折扣，晚到了两个多小时。

能看出来葛兆云一脸的怒气："为什么你们晚到了两个多小时？是必须要惩罚的！"他向车里望了一眼，走了两步靠近车窗，车辆里值勤的两个兵还在昏睡之中。因为一路上他们对我和其他十几名参赛队员大呼小叫，相互之间产生了矛盾，所以下车时队员们谁也没有喊醒他们。

葛兆云靠近车窗的玻璃，举手猛拍："睡什么觉！滚出来！"两个兵从惊悚中跳了起来，用了不到一秒钟的时间就飞蹿下车，像冬天里枯枝上蹲着的乌鸦一样，笔直地站在葛兆云面前瑟瑟发抖。

葛兆云没有理会我们，目光扫描了一遍。我们看得出，我们面前的绝对是一个不同寻常的人，葛兆云的眼神里凝射出坚定和干练的寒光。而我们这些在自己部队里个个犹如猎豹般勇猛的战士，不得不一下子给了自己重新的认识与定位。

葛兆云继续这样扫视着我们，不是检阅，而是从骨头里看透我们。每个人的头上都开始冒出汗水了，因为我们确实遇到了一个强有力的"统治者"。

葛兆云把他脚上穿着的长筒陆军作战靴故意走动出一些动静来，我们的心怦怦地紧张起来。葛兆云抬了下手，突然从迷彩服上衣口袋里摸出一支雪茄来，他点燃后，显得心情平静了许多："这样吧，今天不算惩罚你们，背上自己的行李，围绕这个操场跑步。"

有人问："跑多少时间？"

葛兆云不说话，只是用脚上的陆战靴在地上画了一条线后才缓缓说道："从这里开始吧，到太阳升到这个高度就可以结束了。"他举起胳膊，谁也没注意他抬起的是多大的角度，然后他拿出一副太阳镜戴上了。

人群开始向前窜出去了，我也跟着追了出去。所有的人都在围绕着指挥官站在操场中央的这个中心，用脚步和汗水一圈圈划着自己脚下的圆。

我们来的时候拿的东西每个人也就是有三十公斤吧，有的箱子还是在地上拖的，让跑步了那只好抱着跑。我怀里抱了两个箱子，连续跑步了30分钟，有10公里的样子，也不敢慢下来，更不敢停。麦收假的时候，我也曾经这样转过圈。爷们儿们站在场地中间厚厚的小麦秸里，手里一根绳子，牵着两头骡马，拉着一个石磙，拖着一块捞石。骡马转圈走着，爷们儿们也转圈走着，特别的是，他们的另一只手里通常会举着一个啤酒瓶子，眯着眼地喝，一副沉醉的样子，不时还含混不清地呵骂着骡马。那个年月，骡马在前面走，后面就会跟着我们这样的小孩子。

葛兆云的脸在太阳镜的后面藏着，谁也看不出他的表情来。我实在憋不住了，提出要去厕所，葛兆云想了一会，然后批了。但是，当我二十多分钟以后才回来时，葛兆云暴跳如雷，指着我的鼻子大骂："你他妈的，你这是多大一泡尿！"

三

太阳光强得让我睁不开眼睛，产生了耳鸣。我就是这样，会因为光线影响听力，又会因为声音而影响嗅觉。太阳光越来越强烈，我的听力就越来越敏感，开始是耳鸣，后来是轰鸣，再后来，我就看见真正的渔村姑娘海浮了。

我还沉浸在五官的通感和撒尿的快感的时候，轰鸣的机器载着一条小渔船靠近了我们的登陆艇，我的通感仿佛一下消失了。渔船船头站着一位身穿粉红雨衣的女子，雨衣遮住她的身体，但遮不住她的身材，她的头露在外面，面容姣好，海边的人总是很白，也有晒黑的，但是在房子里捂上几天就会变回来了。女子扎着一个马尾辫子，眉清目秀地盯着前方，也正是我的方向。

船头上，那个我后来知道她叫海浮的姑娘冲我笑了一下，笑得很浅。而不久以后，这位叫海浮的女孩告诉我，那天她看到我在甲板撒尿，心曾经剧烈地跳过。

我是有通感症的，但有时候比谁都清醒。登陆艇冲滩之前，透过浓雾，只有我能洞察滩头的一切，直升机盘旋着袭扰轰鸣，机枪手飞快地摇动手柄将瞄准镜对准目标。

防空警报像厉鬼一样号叫着，指挥员继续发布短促的指令：战三、战四注意！右舷三十度，长度十五链，高度三千米，敌机两架，锁定目标！

登陆艇快速抵滩行驶。雷达上仍然是一片盲区，指挥员的指令已经有点杂乱无序：枪帆兵！枪帆兵！前甲板迅速就位！迅速就位！

我还在恍惚，但听得见战三、战四在复述口令：右舷三十度，长度十五链，高度三千米，敌机两架，目标！

指挥员发布指令：放！

一串密集的高射机枪弹打向高空，一架小型无人机尾巴拉起青烟，摇晃着栽进海里。我知道他们都看不到这些，这是演习，也不是真正的飞机，只是两只航模，他们的机枪只不过是一番空射而已，没有任何实质性意义。但是有通感症的我却看得真真切切，一架航模尾部拉长了青烟，摇曳着栽在我的脚下。

指挥室仍旧在喊：枪帆兵前甲板就位！迅速就位！

哦，我是负责登陆口瞭望的那个枪帆兵，我却给忘了。我提着裤子站在后甲板上，眼前一片空白，什么都没有了，那群五彩缤纷的海浮也不见了。

大雾哗地隐去，像是突然扒光了自己的衣服。七里长滩，海天翻覆，地倾山斜。

岸，像一座浮动的山，缓缓靠过来。突然间，天际绽开一片雷电，好似同时悬挂着几十个灼目的太阳。蓝军已发现了红军的行动，子弹随之骤发，如狂雹疾雨。

登陆艇开足马力，像流星飞矢，冲刺，靠上去！船底与浅滩拥吻的刹那，人借着震颤和惯性已经跃下。喷吐火舌的枪口顶着对方的枪口作答。

到达岸边的登陆艇像是大肚子孕妇，从前面不停地向外分娩着人。步枪手像是一道道闪电，那些黑黑的脸膛和我们一起生活了好多天；我看见重机枪的支架搭在副射手的肩上，像是一条瘦而凌厉的猎狗扑在人的身上；我看见气喘吁吁的参谋长胸前挂着个红牌牌，像一头大肥猪一样吭哧吭哧跑着，伴随保障的通信兵不堪重负，背着几十斤的电台，像个小脚老太太一样，频繁地倒着小碎步。岸边炸起的硝烟里，炮车逶迤而过；双管高射炮的炮筒子两柱擎天，靠近水面；完成特战任务的侦察艇奋力返回，像离弦的箭一样掀起阵阵气浪。

我还看见一片杂乱的礁石矗立在滩头海面上。登陆艇像疯了一样，直刷刷地冲了上去。一阵地动山摇的晃动，割开铁板的声音和尖叫，登陆艇半倾斜着身子挺立在礁石堆上，像是高水准的艺术家摆出的一幅绝美的画。

人员陆续下来了，顺着倾斜的前甲板呼啦啦跳了下来。跳下来的登陆兵冲向滩头，转眼没了踪影。

我终于不用考虑报告方位的职责了，穿过沙滩那一刻，我低头看了看，登陆艇冲滩时形成的细细的波纹已经包围了海滩，炮轰声仿佛致命的军乐越来越响，铺天盖地。火箭弹闪着火光，在登陆兵的头上面嗖嗖地飞过。烟雾覆盖着海滩，被火燃烧的野草冒着一缕缕浓烟，懒洋洋地从悬崖上飘下来。

完成了编队的后撤，空旷的海滩只留下一具庞大的登陆艇躯体，翘立于礁石堆之巅。底舱门呼啦啦地向外流着水，和水一起流入礁石堆的，还有黑得发亮的燃油，尖利的礁石割破了底舱铁板。

船体继续倾斜，演习指挥部没人顾得上这一条触礁搁浅的登陆艇。指挥员需要自己做出决定。时间过去一个小时，最低潮时间过去，潮水开始漫涨，但是等不到海水托起船体，登陆艇已经倾斜近三十度了。指挥员无比沮丧地说："弃船部署吧。"

指挥部里，参谋长拍着桌子破口大骂："就这么一条航线，每年都来，随便舀起一碗水，里面都有三滴我们撒下的尿，每个地方有什么情况心里不清楚吗？！这么大的雾能全指望枪帆兵吗？！今天是阴历十五，天文大潮，你跑那么高蹲着，就等到下一个十五再下来吧！这是航海人的耻辱！奇耻大辱！"

四

很久以后，海浮神情凄婉地向我讲了她的故事，她说她想摆脱这种生活。讲述的时候，我们正好在海边，她的两瓣屁股坐在我的钢盔上，看着海水里游来游去的海浮，她说："我要是它们就好了。"

邻居马金才第一次向海浮的父亲表达这个意思时，海浮还不懂这其中的含义，海浮的父亲红着脸支吾不出一句话来，他没有具体的感觉，他不懂荒唐，也不知所措。母亲显然心里明白，但她是个外地流浪过来的哑巴，她只是表情出现绝望和惊愕，其余什么也没表达。马金才说就这么定了，从口袋里拿出一卷钱塞到她父亲手里。然后仔细看了看海浮的脸，走了。

马金才是个鲦夫。马金才一不养殖二不种地，全靠在海滩上捡海参，却竟然发了财。但是，发了财的马金才还是没找到老婆，他也就一直这么过着。

海浮初二的时候，家里实在没钱供她上学了。她父亲是个一句话也说不出来的窝囊人，榆木疙瘩能翻身他都翻不了，所以他只有捡了一个哑巴老婆，这一点他又比马金才强些。哑巴女人很争气，先给他生了漂亮的海浮，又给他接连生了三个泥鳅一样黑黑的儿子。父母养活不了这些孩子，海浮也指望不上上学。马金才过来了，把钱塞进海浮父亲手里说："养孩子的钱我付，学费我付，海浮上到初三，归我。"海浮讲述这段事情的时候，非常平静，就像我第一次见到她时一样。那时候，我们分别是"特殊"的人，她安静地站在船尾，我安静地站在船头，只是偶尔相顾一望。

参谋长发完火以后，冷静细致地挖苦了下达弃船部署命令的艇长一番："艇就是你的阵地，艇长当与阵地共存亡，最差也得是最后一个离开的，可是呢……"参谋长像想起什么一样，从口袋里掏出一包烟，捏出一支塞到嘴里，艇长赶忙去点火，参谋长说："你在那儿站好就行了，我怕你一把火把我给烧了。"抽了烟，参谋长思维就开阔多了，说："你他妈的倒好，刚有情况，全艇弃船，换成抗日战争年代，你就和当年宣布不抵抗的东北军一样。张学良不抵抗有蒋介石给他撑腰，谁给你撑着？指望我吗？那我得办你！"

艇长头上的汗珠是一串接着一串地往下流，小腿站得也有点哆嗦了，脑袋低得颈椎都快出毛病了。艇长一定最恨的就是我，可是这也不是我的错，我是个病人，有通感症，虽然我不说，但是我的病症很明显。听着参谋长在那儿摆龙门阵，我的通感症又犯了。看到一群花花绿绿的人围在登陆艇周围，我不得不掐了掐自己的大腿，然后四处走走，以转移自己的注意力。

房间里的参谋长灭了烟，拿起潮汐表，又看了看电子海图，哇里哇啦地发了一通指令，然后大手一挥，艇长像是一只瘪气球刹那间充满了气，嘭地冲了出去。

潮水终于漫过了登陆艇整个底部。这时候已是深夜十二点了，因为是阴历十五日，这个当日的最高潮，也正是当月潮水的最高值。如果撤不出去，那就只有等到月底或者下一个阴历十五了。

岛屿上的居民是在晚上十点左右赶来的。他们手里拿着各种盘和编织袋，不远不近地围着，还有一些驾驶着渔船散落在登陆艇的周围。乍一看，这是被包围了。渔民的情绪显得很激动，互相推挤、叫嚷着，都想往前站。

艇长紧张地部署任务，指挥登陆艇退陆。其实已经不需要退陆了，巨大的潮水加上风力的影响，登陆艇整个躯体已经在向着海面浮动。

我就站在登陆艇的船头，看着尾部围观的那群渔民的身后，是一位身穿花布小衫的女孩子。她的头发很长，在海风的轻拂下，一簇簇散开着。和其他人的注意力不同，女孩子没有一直盯着船体，而是看向海的方向。

螺旋桨的部位率先离开了礁石滩，机器浑身抖动着发出了轰鸣。艇长用汗水洗去了紧张的情绪，沉着稳重地指挥着登陆艇滑入海中。螺旋桨排起的浪涛反复地扑向滩头，礁石堆掀起一堆堆人群。渔民终于等来了机会，他们疯了一样扎在礁石堆里，展开了疯狂的抢夺。但是，女孩还是站在那里，没有动，因为她这样瘦弱的身躯实在没有下脚的地方。

很多年以后，这位叫海浮的女孩告诉我，每次涨潮都会在礁石间漂过来很多海货，一些带有吸盘类的软体海物会紧紧攀附在长满绿苔的船体底部，在船体离开的时候，产生的波浪会将大量的海货冲上来。海浮说，对于船来说，到了礁石滩是个麻烦，但是对于渔民来说，是一场难得的收获，渔民把这叫作捡滩。

而我，就是在那一晚的船头，内心再不能抹去对海浮的印象的，当然，我的通感症却离奇地好转了。

五

到葛兆云的队伍里来，是很突然的一个通知。说实话，我的心情确实很复杂，当兵 5 年了，立功 2 次，我所等待的是机遇，一个可以改变身份与命运的机会。当然，未来是一条无法预知的漫长道路，但是我的梦想——提干，还在折磨着我的心。父亲在给我的信中说："5 年对你来说，足够了，你要能对得起自己，机会不多了。"

集训队员睡在峡谷中贴近南侧山坡的帐篷里，幸好，帐篷是已经搭设好了的，只要搬进去住就行了。都是通铺，密密麻麻的，一个多余的空铺都没有。

我们的东西放在两个铁皮箱里，没有锁。帐篷一字排开，全部依山搭建，负责具体管理的是一个上尉副队长，隔壁的都是其他部队的侦察兵尖子。

这个幽深的峡谷里有很多场所可以训练，特别是在山地障碍方面的天然场地设施，实在是太精妙了。峡谷深处有一个水库，正好可以作为一个大大的综合游泳场，副队长说旁边就是加压仓。这些设置，看了之后感觉如同传说一样。

我要求给老部队打个电话，这个小小的要求被无情地拒绝了，上尉副队长说："峡谷里没有信号，这是天然的封闭训练。"

我旁边睡的是一名干部，叫庄炎民，以前听说过他，特战技能很优秀。不能算同行是冤家，但对于他，我从内心里就和他有距离，不愿和他多说什么。庄炎民似乎很有号召力，也很有训练方面的经验。有一个叫张志敏的第二年度兵可能是他连里的战士，这个战士素质不错，我们同属于四十公里定向越野组。张志敏很可爱，每件背心里面都缝着小口袋，里面藏着秘密，一有间隙就会拿出来眯上几眼，有时还会叭叭亲几下。张志敏告诉我们，那是他的小乔，亲爱的小乔同志。张志敏说的时候，眼角都会流出蜜来，但是我们要看照片他就不愿意。于是我们定向越野组的几个人就动了动脑子。有一天，一个战友故意说："张志敏你那女朋友照片昨晚我偷摸看了，你睡着时候偷看的，不咋样，挺丑的，最要命的是怎么长了个扫帚眉，这样的女孩子不好。"张志敏一下急眼了，也顾不得说别人侵犯他个人隐私权了，一下就掏出照片给我们看："你们看，你们看，谁说这是扫帚眉，这是典型的柳叶眉。"我们都说："哦，这是柳叶眉吗？有点像……"我们就接过照片一个个仔细看，看完都叭叭地亲着响嘴，说："还是这小嘴好啊，樱桃小口，哈哈哈。"

张志敏知道上当了，就气得不和我们说话。我们笑够之后，就一本正经地夸他的小乔同志如何美丽又有魅力。张志敏高兴了，说："这不是什么秘密，小乔本来就如此美貌。"

那些天，张志敏搂着小乔的照片每晚睡得很香，我们调侃完关于张志敏和小乔的话题后也睡得很香。

后来，张志敏收到小乔的一封信，他自豪地让我们大家都看了。小乔在信里反复说她想念张志敏了，张志敏就有点心动了，晚上就睡不着，装作很担心地问庄炎民要是跟不上训练进度，会不会很快被淘汰。庄炎民翻过身照着他头上使劲敲了一下："你那点鬼主意，少打！给我好好训练就行了，别想着淘汰，就是淘汰了你也别想回去，我用根绳子拴着你天天和我一起练。"张志敏吓得不敢吭了，庄炎民又说："你这素质，要想赶上你们组里的几个老班长，还有段距离，但是你身体好，是种子选手，是好种子，那就得施优质肥，明天起，每天比他们晚睡三十分钟，早晨早起十分钟。"

但是集训队里的艰苦远非特种兵们能想象的，那种对精神意志的磨砺，将对我们一生都起着重大的作用。第一个月是适应期，要知道，把身体、精神、各种习惯通通改成一种固定的模式，这是多么可怕的一种自我转变。我们开始按照规定统一理了光头，副队长还报告了第一个月的训练计划：每天一次的 10 公里考核，每个星期两次的 30 公里考核，每天水库泅渡 10 公里。射击科目本来是个可以让身体放松的训练，但葛兆云没有放过我们。为了弥补这个科目训练时体能不足量的问题，他规定，每出现一次脱靶，要围绕训练场跑5圈，也就是两公里。

巨大的压力在每个人身上都有不同形式的表现，一到了晚上，那么多人都会说梦话，我曾亲耳听见张志敏几次喊出小乔的名字。

<h1 style="text-align:center">六</h1>

残酷的、超强度的训练使我一天比一天脾气暴躁，越来越感觉到这种折磨带来的难以喘息的压抑气氛。在这里，训练内容倒是经常变换的，主要是根据每一阶段的身体状况，有些时候，一连数天都是射击，连续几天狙击射击之后，每名队员似乎都着魔似的和枪结下了缘分，耳朵里全是子弹的轰鸣声。

集训队的纪律非常严格，有一天几个人不知从哪儿弄来了一瓶白酒偷着喝了，结果晚上点名的时候有两个直接站不稳了。第二天上午，太阳刚刚出来葛兆云就集合部队，让队员们戴着防毒面具行军15个小时。

天气非常炎热，戴上防毒面具，再穿上厚厚的服装，集训队员在这15个小时里只有在吃饭的时候才能取下来10分钟，过不了多久里面就全是雾气。后来我们热得实在不行了，葛兆云就说："下面有一个小游泳池，里面的水是干净的，可以洗脸。"因为热，我们都要脱下防毒面具来洗脸，正在这时，埋伏的教练员乘机同时扔出四五个发烟CS毒剂手榴弹出来，使人来不及擦干皮肤就要戴上防毒面具，而皮肤上的水会吸收毒气，让人马上就会有一种灼烧的感觉,不敢碰不敢挠。最后我们被赶到一个地堡里,教练员向里面扔烟雾手榴弹,防毒面具功效很好,但是最后让我们出来的时候,教练员说必须解下防毒面具出来。出来的时候个个都废了,像是秋后霜打的茄子一样四肢无力,只有趴在地上呼吸的劲,呼吸道还有一种强烈的灼烧感,眼泪突然不停地流出来,鼻涕也开始了,一波接一波。

到了晚上,老葛吃完晚饭就突发奇想,决定拉练,计划行程是到济南再回来。我们当时真的是有点害怕,简直不敢相信自己耳朵,但是无须犹豫,十分钟的时间我们的个人物资就全部准备齐全了。老葛让司务长搬过来一台磅秤,挨个给我们称个人物资的重量,统一为30公斤。

一路上,我们走得晕晕乎乎,因为是个阴天,还飘着小雨,大家没有清晰的视野,只能凭着感觉深一脚浅一脚地向前迈,这样走得久了,整个人犹如喝醉了酒一般,似走在云里雾里。我们是晚上7点左右出发的,到济南近郊的时候,大家都松了一口气,因为毕竟走完了,不管如何,总算可以找地方休息了。大家这个时候总算有了一点生机,一些对济南比较熟悉的队员已经开始盘算在具体某个地方休息了。

我们就要接近市区了,再走下去肯定要扰乱居民的休息了,大家都约莫这下该是休息的时间了,走的步子也开始散漫起来了。但是越是我们渴望的就越是我们注定失望的,葛队长的喊话器响了:各班长注意,马上组织好人员,按原路返回!几乎没有时间调整,作为班长,我迅速清查自己的所属人员,汇报后随即折头往回走。

这一路上那个折腾，真不是一般的痛苦，到了凌晨快两点的时候，我们到了驻地，大家这时心里的气愤仍没有泄掉，觉得老葛今晚这个训练有点过火了。特种兵们的情绪老葛是比较清楚的，而他又是那种火星子脾气，有事可以当面讲，但容不得怄气的。果然，他做出让我们又大吃一惊的举动：去水库。

特种兵们在惶恐中到了水库边，然后被迫下了水，老葛说："泡上3个小时吧，清醒一下脑子，到了起床时间就可以上来出操搞体能了。"半夜里，那水真是凉啊，透骨的凉，特种兵们蹲在水里瑟瑟发抖，大家都蜷成一团，但根本无济于事，凉气直逼进心里去。

老葛坐在岸边，他也不睡觉，他让通信兵拿来白酒，自己举着一口一口地喝。特战兵们就在水里带着绝望又带着希望地看着老葛，既希望他能开恩让队员们上来睡觉，又觉得这根本不可能；但即便这样，仍然没有人提出放弃，大家都有荣誉感啊，这可不是那种空话大话，这种荣誉感可以说是个人的比较多一些，回去没法交代啊。但是老葛又出新招，他说："看着我自己喝酒不给你们喝，这样不公平，通信员，去把冰箱里的几瓶冰冻的啤酒拿来，大家传着喝点凑合吧。"我们都麻木了，连生气的力气都没了。通信员拿来啤酒，那个凉啊，拿在手里就是冰。老葛说："啤酒不多，是个心意，每五个人喝一瓶。"

大家开始传着喝，谁也不愿多喝一口，谁也不敢少喝一口，大家在哆嗦中完成了这个特战兵集训史上的壮举，完成了从里到外、从头到脚、完完全全的四肢冰凉。那次也是唯一的一次，我站在水里，却没有去想海浮。看来，我的通感症也是可以治疗的，训练就行。但是，我宁愿有病，也不愿在这个集训队里再待了。自从老葛的高压强化训练实施之后，我更是死心了，管他什么荣誉不荣誉的，从内心里已然和我无关。

以前我是个倔强得倒了都不会散架的人，但是这些天，我恍然间有点麻木了。我那个即将分手的女朋友在信里骂我：你就是个傻子，只知道训练，跑得比驴都快，又有什么用？她还举了一个例子，说她村里一个在哪个后勤仓库里当兵，因为及时解除了险情，避免了一场火灾，荣立了一次三等功，而在当年的提干名额上，整个仓库里就他一个人立过功，所以虽然他只有一个三等功，但却去上了军校。

这个事情让我想了许多，毕竟，我是带着想法来的。我综合了集训队里的情况，进行了细致的比较分析。虽然我已经有了两次三等功在身，但是在这个高手云集的比武队里，立过两次三等功以上的人多如牛毛，几乎算是进入这个集训队的敲门砖，甚至还有十多个荣立过二等功、一等功的，他们都是数次参加过国际特种兵比武的尖子，为国家取得过荣誉。我虽然仗着四十公里定向越野第一的优势在集训队里有一席之地，但毕竟军事技能过于单一，而且缺乏大赛的经验和履历。在这里，我像是个扔进人堆里就找不到的角色。提干，几乎看不到什么希望。

树挪死，人挪活。此路不通，我就开始想别的招数了。家里是指望不上了，我那负债累累的家都还指望着我呢，就连谈个身材矮胖的女朋友都还对我挑三拣四提出一堆要求，我也算是孤家寡人穷途末路了。思来想去，我只能试试运气了。

训练休息时，我假装上大厕，一个人蹲在角落里掰着指头扒拉当兵这几年认识的"人物"，数来数去，我就想起新兵时的老排长了，眼前一亮。老排长正好在上级机关的军务部门，调动兵员对他来说不是大事。我向集训队请了一天事假，说得事情很急，说得老葛于情于理不得不批。在和女朋友反复商量后，我说我必须得有充足的理由才能去，我老排长的脾气我知道，只要能说服他，他办事很快，如果理由不成立，那就彻底泡汤了。女朋友亲自给我编排了一出戏让我来演。

那天，我一进老排长办公室的门，来不及寒暄就扑通跪下来了，哭得鼻涕一把泪一把的，说父亲得了绝症，剩下时间不多，想调到离家比较近的一个后勤单位去，也好尽点做儿子的责任。老排长被我整得也感动了，眼角湿湿的，就说他问问情况再说吧。我怕夜长梦多，势必一举拿下，就哭得更厉害了。这点我自己都佩服自己，说哭能哭说笑能笑，怪不得小时候就有人说我是个演员的命。老排长实在受不了我的"攻势"，虽然没有准信，但也表了态：马上就办。

咽下这颗定心丸，我就和特种大队关系不大了，和这个集训队也很快就可以一刀两断了。就这样，我以一副无所谓的态度开始混日子了。但是，我调动的事情还是被大家知道了，不需要猜想，是调令到了。

那几天我甚至不敢经过葛队长的帐篷，而同时又希望能碰见，希望他能把我喊住，通知我可以打背包走了。虽然我还不知道会去什么单位，但任何单位也比这个鬼地方强。

七

队员中开始弥漫着一种情绪，一种强烈的对我看不起的情绪，我和大家的冲突开始表面化了。以前，我是四十公里定向越野的头号选手，大家都敬着我，现在没人正眼看我了。只有张志敏，这个还算是个孩子的小战友，还会经常喜滋滋地告诉我关于小乔的话题。我告诉他，喜欢的人，就一定要把握好，付出再大代价都值得。而对于其他人的冷眼，我才不在乎，鸟有鸟路，蛇有蛇道，我能走是我有能耐，你们就羡慕去吧。

但是也有让我纠结的事，那些天，正值三天一次的模拟演练，一个萝卜一个坑，在没有正式通知我离开之前，我毕竟还是队里的核心队员，还要担负着自己的那一个角色。不参加演练是不可能，但不再去卖命是完全可能的。我就想起张志敏了，我找他聊了聊，因为我是四十公里定向越野组的组长，和张志敏说话等于半命令半商量。我让张志敏顶起我这摊事，虽然我也全程跟着，但基本上都是由张志敏来完成。几个演练下来，张志敏居然可以组织得有模有样了，我心里稍微宽慰一下，对张志敏说："等有一天你得请我客啊，拉着你那小乔一起请我，不是我锻炼你，你能进步这么快？"张志敏嘿嘿一笑："好，一定请你，你壮得像头牛，就吃牛排！"

我让张志敏组织四十公里定向越野训练的事很快传得人人皆知，当然，这是我故意放的风。其实，我最希望老葛能听到，哪怕只有他一个人知道就够了，那样他就能明白，不把我放在一号种子位置完全可以，地球离了谁都照转。但是，这种自诩性质的话我只能在小说里说说，平时训练中哪好提这个呢。

当月的综合演练总结会上，老葛把全部队员集合起来讲话，先是讲评了一番，有轻有重，提了几个科目搞得不错，也提了几个不好的。不管好的与不好的，都没提到四十公里定向越野组的事，我有点放心，又有些忐忑。果然，老葛有话要说，话说得很重，而且我感觉就是在说我，老葛说："不要太自以为是，不要觉得自己了不起，一个抛弃集体利益与荣誉的人，一定会被集体所抛弃，迟早的事。"

老葛的话让我想了很多，但最后，走的欲念还是战胜了其他一切的想法，因为女朋友一天一个电话的追问让我实在无暇多顾。于是，瞬间的良心不安又变成了焦躁的等待，希望老葛会找我谈这个事情。

终于，我和葛队长碰面了。他说："你的调令就在我的桌子上，你拿去吧，拿到就可以走了。"葛队长说完就走了，剩下我一个人茫然若失。

很快，帐篷门口聚集的人越来越多，有人把我的被褥扔在了外面，他们在喊："要滚就快点滚吧，别他妈的在这里占名额！"

我无法形容自己那个时候的难过与窘迫，我的脸在发烧，在众人的目光炙烧之下，犹如一个偷了东西的贼被当场抓住而游街示众，只不过现在我不是偷，而是毫无犹豫地在损害这个集体的利益。而这个集体，是曾经和我一样，用一滴滴汗水不停累积着荣誉的战友们。但我还是走了，送我到大门口的，竟然是我一直极为排斥的庄炎民，还有稚气未脱的张志敏。庄炎民握握我的手："人各有志，我理解你，希望新的单位能完成你的梦想。"

我要去报到的单位是某后勤船运大队。这让我非常兴奋，船运大队，胯下骑着军舰，那是多么威风的事，再不和这帮土包子一样了。

然而，后勤船运大队的情况完全不是我所想象的那么简单。在这个绝对依靠技能而非依靠体能的地方，我几乎无用武之地。我干不了航海和机电专业，只能去枪帆部门，当了一名负责整理缆绳的大头兵。

在特种大队，我是四十公里定向越野的种子选手，在这里沦落为打下手的角色。我心里不服，也无法平衡。我瞧不上别人，别人也瞧不上我，好像大家互相都很别扭。我觉得我的通感症突然间就严重了，不但进入了幻觉，而且茫然无序。

在漫长的航行中，我什么都不会干，也什么都不想干。我天天对着一群鱼说话，这群鱼就像是我养的一样，每到吃饭的时候它们就游弋在登陆艇后甲板，我会把剩菜剩饭倒给它们，而它们吃得无比欢快。我可以和它们交流，但别人未必相信，我可以从它们的摇头摆尾中读懂它们的话语，这群海浮，一定是大海最漂亮最善解人意的精灵。

但是艇上开始弥漫着一种情绪，一种强烈的对我看不起的情绪，我和大家的冲突开始表面化了，谁也不会因为我曾经在军事上的突出而尊重我。

登陆艇的触礁搁浅，指挥部进行了严肃处理。指挥员说我魔障了，也没有追究我的责任。军务部门找我谈话，说考虑到专业带来的工作障碍，准备把我退回原单位，但是先征求我的意见。

那天，我一个人坐在码头，突然接到电话让我去门卫接见客人。在这里我还会有客人？我兴奋地想，难道是海浮？

八

我去会见的客人竟然是庄炎民。庄炎民说他来这个城市是参加张志敏的葬礼的，又让我惊愕得喘不过气来。庄炎民说，集训队要夺荣誉，压力大，任务重，四十公里定向越野和渗透破袭这个科目是比武的压轴，我走之后，是张志敏接替的。但是，在比武前的最后一次演练中，张志敏在翻越一座山谷时不幸掉进山崖牺牲了。

我的脑袋轰的一声响起来了，简直无法相信，也无法面对。我几次张嘴，但久久说不出一句话，也不知说什么，眼泪哗啦一下涌了出来。最后我对庄炎民说："你和我一起去军务科，我想现在就回到集训队。"

手续办理得很顺利，军务科长说，从野战部队调到这单位的人不少，但同意退回原单位又主动过来办手续的我可是第一个。我想我没必要和他们解释太多，他们永远也不会明白一名真正特战队员的内心与使命，还有那份视荣誉为生命的拼劲与韧性。在这条路上，我曾经迷失过，但所幸，我凭着一名特战队员的灵魂，还能原路返回……

办完了手续，我如释重负，回到艇上，庄炎民帮我一起整理完了个人物品，我和登陆艇做了彻底的告别。艇长组织全艇人员到甲板上列队送我，仿佛我不是一个犯过错误的人，而是获得了很多荣誉。是的，我曾经获得过荣誉，非常多的荣誉，但那都是在特种大队。而在这里，我做出了什么呢，什么都没做，唯一能让人记忆犹新的是，由于我的失误，整个登陆艇差点报废，想想我都后怕。没有人埋怨我，也没有人遗弃我，战友们与我一一拥抱、一一握别。我的艇长，一位十八年的老艇长了，攥着我的手意味深长地说："不是你不优秀，而是你不适合，到能发挥自己的岗位上去，我们都支持看好你。或许将来，你比我们更出彩，但你永远要记住，兵，要有兵的职责，军人有军人的担当。"

我眼睛湿润地离开了后勤船运大队，感谢他们善良淳朴的友谊，给了我更多的勇气和毅力。我提出要去张志敏的墓碑前看看，庄炎民想了想答应了。我们没有惊动张志敏的父母，假如见了怎么说呢，难道是告诉那对悲伤的老人，他们儿子之所以牺牲，是因为顶替某个人执行任务，而那个人现在就站在他们面前，而且还有着强烈的通感症？这是我也无法承受的。

张志敏被安葬在一片政府公墓里，沿着台阶，我们到了张志敏的墓碑前，我的眼泪哗啦一下无法止住，黑白的照片，是刚入集训队时我们一起去照相馆照的那张。英俊的脸庞似乎还留有一丝稚气，微微笑开的嘴角，还是那熟悉的模样。墓碑上的字很简单，刻着"烈士张志敏之墓"，当兵的牺牲了，能给父母给下什么？只有"烈士"二字，或许能给悲伤的心一些安慰。每个人都要死去，最重要的是生命的价值和意义。或许就像临行前艇长的那几句话：永远要记住，兵，要有兵的职责，军人有军人的担当。张志敏烈士，正是用兵的职责和军人的担当，给国家，给军队，给父母，完成了一份富有分量而又饱含金子般价值的回答。

墓碑下面放着一束鲜花，一束红色玫瑰花，微风吹拂下，仿佛一团跳动的火焰。花束下面压着一张心形的信笺：志敏，今生无缘，来世再见，一路走好……

我的眼泪又一次涌出，我和庄炎民都知道，这就是那个小乔，那个在张志敏嘴里活蹦乱跳的小乔。可惜，她再也不能见到她爱的人了。而我呢，还在因为一个极具功利心的女朋友而置集体荣誉于不顾。但是现在，不会再有了，在知道我无法提干之后，她已经彻底离开我了。

和张志敏说些什么呢。张志敏的牺牲，我有责任；张志敏的悲剧，因我造成。我无法原谅自己。庄炎民将我拖起，说走吧，别让牺牲了的战友再受惊扰，如果要还回这个心愿，那就比武回来带着功勋章再来看他吧，那也是他的心愿，更是整个集训队的心愿。

回来的路上，我最担心的是别人怎么看我。庄炎民说兄弟们永远都没把你抛弃。庄炎民还说，他之所以去找我，并不只是他个人的意见，还有众多战友的想念和期盼，特别是老葛，训练中还是坚持把我当作标杆。我谢谢庄炎民，给了我这么好的理由，也谢谢老葛，还会宽宏大量地对待着我，但是我心里还是万分不安。特别是想到张志敏，我就感觉像是做了一回窃贼，偷了东西被捉之后，又敲锣打鼓送到家里一样自卑。毕竟，我偷过自己的良心。

回到集训队后，我发现我的种种担心都是多余的。根本没有人还有时间考虑我这些破事，大家就像看到我请假外出刚回来一样，骂我："王八蛋，出去了，回来不知道带点吃的，哪怕一块熟牛肉也行啊。"我有点机械地点着头："好好，我下次带。"大家哄堂大笑："带个屁，赶紧收拾东西，今晚就进入情况了。"这么着急的节奏！难怪庄炎民死活不愿在外面吃饭，直接赶回来了。

九

终于，我们出发了，去迎接那场具有非凡意义的全军特种兵大比武。作为军区的特种兵尖子，我们使命重大。在汽车上，临近烟波浩渺、青云浮动的白马山，一种慷慨的斗志感油然而生。

考核现场在一处侦察兵综合训练基地里，基地很大，前冲大海，背靠群山，真是英雄逐鹿的好场所。主席台前，各个军区的参赛队排成方队，他们都精神抖擞，这里不仅是个人的荣辱，更是集体的荣辱。而作为特战队员，在经历许多磨难之后，追求胜利的渴望会变得更加强烈，就像森林里一头饿狼对着血淋淋鲜肉的渴望。

各种车辆都被要求远远地停在距离作战区域遥远的一片平缓地上，被裹住了迷彩伪装网予以封存，作战区域边缘最高的一处山头上，考核组的作战指挥帐篷已经搭构完毕。

第一项比赛是综合战术利用，地点设在一处靠近群山冲沟的大海港湾处。我是一个背负良心重负的人，我是一名特战队员，那就用特战队员的方式来洗刷自己的耻辱吧，首战用我！经过我再三要求，集训队同意我除了挑头四十公里定向越野和渗透破袭科目之外，同时参加综合战术比武。

综合战术比武主要是评判特战队员对水上、水下特战技能的使用及对滩头工事和防御之敌的战斗。面对严阵待发的各特战分队，身材高挑的现场考核指挥员在下达着战斗任务："特战分队对滩头冒犯之敌进攻，可能得到步兵、炮兵、防空兵、电子对抗兵、工程兵、通信兵、防化兵、陆军航空兵等的配属，还可能得到航空兵的支援。通常进攻正面：6~12公里；纵深：1~2公里。

"特战队员待机地域距敌前沿：15~20公里；进攻出发阵地距滩头前沿：1~3公里。担任登陆战斗任务时，登陆正面：6~8公里，纵深：2~4公里。通常可以自行选择2~3个登陆地段，每个登陆地段的正面和纵深各为2~4公里。陆上作战队员由冲击出发线距滩头2~5公里。

"战斗分界线从任务后沿起算，小组之间距离1~2公里。差时发放小组，其中，第二小组在第一小组发起进攻后3分钟跟进，为分辨清晰，两舟距离最短保持在2~3米。展开线为30公里，从行进间发起攻击时，距前沿2~5公里。陆地战斗队可在此时直接支援海上分队的滩头主攻和侧后火力配置。"

车辆迅速调整，准备把陆上战斗人员运送到出发阵地。行动小组分为水上和陆上两个小分组，我和三名队员负责水上任务，庄炎民和另三名队员负责陆上任务，整个行动以协作精神为主。

远处的橡皮舟冲锋队正在集结，我和其他所有负责水上任务的特战队员们，全被冲锋舟送到了离岸边20公里处的一处孤岛上。我们每4人一艘橡皮艇，但是在到岸边的20公里的距离中，却漂浮着近百颗轻度杀伤水雷。

近处的特战队员正飞身跃下运兵车，他们都迅速到达自己的活动区域，在隐蔽好后，像真正的猎手那样，等待捕杀猎物的最佳时机。

指挥所的信号灯在不停闪耀着，一双双眼睛在注视着平静的海湾。太阳隐去，雾气上来……两发红色信号弹打入上空。湖面的滩头阵地，机枪开始密集射击，橡皮舟冲锋队在隐约的水面上猛然闪动。陆上战斗队员猛然屈身，他们豹子一般跃离出发阵地，向两公里以外的战壕和掩体抢去。其余区域的敌情都无从估计，大批的假设敌人，在强烈的火力掩护下，拥有可以开枪的权利。

雾色当中，隐约出现橡皮艇的影子。空中的直升机再次巡飞过来，打出一梭子弹，从我面前的水面嗖嗖飞过。特战队员樊国庆举枪射击，但毫无用处。崔大建拼命划桨，后面的假设敌追赶而至。一艘橡皮舟扶摇直追上来。

"超过他！超过他！"我起身大吼。崔大建把桨划得飞快，"咚！"一声巨响，水雷炸开了，刚刚超过我们的那艘橡皮舟在大火中翻过去。尽管这种低度水雷不会带来伤亡，但人被掀翻在水里，要经过好长时间的折腾才能重新启动。

又一艘橡皮舟飞驶而过，是西北特种兵组成的一个队别，西北特种兵虽然水上科目不是强项，但特别能吃苦，不容小觑。岸边壕沟里假设敌的机枪狂吼，子弹更加密集，但是都在一定的高度之上，保持正常的行进高度就可以避免。特战队员在机枪的扫射下巧妙绕过炸点并完成了规定战术动作，在陆上队员的火力掩护下向纵深的丛林挺进，消失了。

庄炎民匍匐在岸边灌木中注视前方。橡皮艇陆续接近岸边，我正把手榴弹的拉环盖打开翻身下水："快跟上，侧身前行！"樊国庆、陈荟杰、崔大建分别从各自就近的地点抢滩登陆。爆炸声此起彼伏，阵阵沙土飞扬，和浓郁的雾气混合在一起。

"摧毁滩头战壕！"庄炎民冲我一挥手，自己率先起身向自己小组登陆地的滩头战壕冲去，不摧垮战壕里的敌人，我们无法上岸，而按照规定，又必须在他们登陆瞬间摧毁。我甩手就是六颗捆绑一起的手榴弹，轰轰轰轰！一阵浓烟掀起。

庄炎民机枪掩护："快进树林！低腰前进！"我飞速奔跑，慌忙中被什么绊了一跤，一个缩头，再一个翻滚，人已在几米外站住。崔大建和陈荟杰边跑边还击，庄炎民则把机枪直对着战壕，"哒哒哒"一阵狂扫，那些假设敌早已钻入掩体，只激起一阵烟尘。

指挥所里，将军坐在大屏幕前观看着行进过程，皱紧了眉头。没有亲身经历过这种比武的人，永远无法想象出穿插途中的窘迫之状。

一队假设敌蜂拥而至，我们被迫进入一处沟底，假设敌经过时胡乱地用空炮弹对着沟底一阵扫射，子弹从庄炎民鼻子尖上飞过。幸好雾气太大，假设敌并没有发现我们。

这时，浓浓的雾气笼罩了整个岸边……天好像完全黑下去了，四周影影绰绰，我们其实都没什么方向了，就是要死劲地蹿出密林。

天空，雾已经浓得像看不到边、窥不见底的深潭，更增添了几分恐惧的寂静。凭着直觉，我起身绕到离战友很远的一处壕沟里，接着往对面密林点射，然后迅速趴下。这时，密林深处潜伏的狙击手慌乱还击，霎时间响起一片激烈的枪声。庄炎民默数着敌方火力点，对身后的队员说："总共七个火力点全在右边，我们从左边找出突击路线。"

狙击手射来的橡皮子弹蝗虫般在我们身边乱跳。每分钟内，我们都承受着十几次"中弹"的危险！我们分散开在密林左侧狂奔，四十分钟后，小组八名队员全部汇合，完成第一通过带，我们的综合战术运用拿下第一板上钉钉了。单项比武都不用担心，丢分也没事。剩下的最重要的，就是四十公里定向越野和渗透破袭战了。

十

海浮把船开得飞快，发动机轰鸣中，她来回穿梭着身形，她的驾驶技术好得就像海风一样流畅。天气却不好，无人飞行器预报的是，未来 10 小时之内云层将会增厚，还会有大风和雨。就是现在，海面上已经在刮着强劲的风。海岸并不远，那儿有一座高耸的山峰，被一片绿色覆盖着，海浮说，当地人称这里是死亡谷。

死亡谷的正面纵深，是巨大冲沟形成的一条便道。在密林似的地雷群和障碍物后面，俯瞰着茫茫海面的是假想敌的队伍，他们守候在被层层铁丝网包围的地堡、水泥掩体和交通堑壕里。

由于濒临大海，气候不同，在内陆条件环境下最富经验最优秀的特种兵，一到这里也有点不适应。前期特战阶段，他们一整天猫在潮湿闷热阴暗的观察堡中不能活动，又要长时间进行枯燥呆板且乏味劳神的观察，直至把对方每一细小地形外貌及附近地物分布特征烂熟于心。

有人边发牢骚边嘲笑地说，搞个演练都演成真的了。司令部却表示，从难从严从实战练兵，是从中央军委传达的最高指示，再不能把演习当成演戏了。

海浮的小船上是我的队伍，七名化装特战队员。去找海浮之前，我受领了化装特战的任务，假想敌的指挥部在另一座岛屿上，我的任务是带领特战小分队实施四十公里定向越野和渗透破袭任务，这是比武的最后一项。

据当地老渔民说，那座岛屿是典型的"四无"岛，无居民，无耕地，无淡水，无班船，常年少有人去，只有船只在海里遇到大风浪的时候才会到那里避风。而不久之后，海浮提供的情报更让我觉得困难重重，那座岛屿地形复杂，冲沟较多，形成接连不断的深谷，如果走上一个纵深，实际距离差不多为八十公里。

去找海浮那天，是个下午，我和她谈了很久。她抹掉那滴眼泪之后又说，还有两个月她就必须嫁给那个马金才了。我们聊了很久，也聊到很晚。我见了她的父母，那对可怜的父母，他们攥紧我的手，久久不放，无声地哭了。但是在他们确信我要带走海浮作为执行任务的向导时，他们又很激动，使劲地点着头。我看了看海浮，她的笑声如银铃一般。

夜，静悄悄的。强劲的风息了，海水也悄悄的。远处的岛屿大山隐没在蓝幽幽的雾霭之中，想必林中的金丝鸟儿早已沉睡。草叶正与露珠团圆，灌木在微风中轻轻漾动。这绝不是我犯了病，而是海浮给我带来的兴奋。

反复观察之后，根据实地情况，特战队员们以扫描的方式把对方阵地进行了详细的观察记录。虽不能知道具体，但也能知道一个大概，每一方都是这样的，但是我们都是向着一个前方目标行进，这决定了在最前面的可能会同时产生多个对手，而在后面的可能一个对手都碰不到。很多对手会在离自己指挥所很远的地方布设欺骗的篝火炊烟，以使人以为那是指挥所在那里埋锅造饭。战斗一旦打响，任何一方的指挥所都可以被攻击。

实践，是一部创造人类智慧的伟大机器。实战，把士兵的智商提升到了战地学专家教授的水准。

遍地生长的植物更多的是一种矮小多节的灌木。这些灌木丛对于这些特战兵来说，是再好不过的隐蔽和栖身场所了。

死亡谷保持着原始的交通封闭，道路蜿蜒曲折，山地间大都是些羊肠小道，由于植被茂密，这些小道已被带着尖刺的植物侵占了很多，人员只能一个一个地通过，但这里的森林为徒步的特战兵提供了极好的隐蔽条件。无数狭窄的山谷、羊肠小道以及刀刃一样的山岭，能使处于被动地位的对手充满时刻会被猎杀的恐惧。

十一

我睁大后的眼睛贴紧杯形橡皮眼罩，慢慢地转动潜望镜，在那层扭曲图形的闪光的水沫从镜头上消失之后，前面的朦胧景象变得清晰了，假想敌的指挥部就出现在面前。而最让人担心的是，左右两边沙滩上摆满了抗登陆障碍工事。

雾气如乳白色的牛奶，带着清新的鲜草的味道，团团地裹住这片充满杀机的谷地。茂盛的丛林之间有一股强烈的穿透力，那是布谷鸟的声音如尖刀般插进每名队员的心里面。海浮拨拉开跟前的一簇荆棘，青翠欲滴的枝叶让人无法和尖锐的针刺联系到一起。远处看不到边，半透明的空气中只有无数细密的小雨珠在树枝掩映下构成厚薄不均的幕布一般的屏障，却又随着山风的摇曳，左右摆动不已。我看着海浮，目光游离，向前走了一步，枝丫上晶莹的露珠立即就扑簌簌滚落下来，在裸露的皮肤上立即生起一片鸡皮疙瘩。

这样的早晨，本来应该是寂静的，不被打扰的，可是现在，大家的心中被一层比雾气更浓郁的东西所覆盖。

越过了与海滩相接的沙石地段，在冲沟里艰难行进了一个小时的路程后，我们进行了简单的情况综合汇总分析：破袭渗透的路线只有一条山间小道，道的右侧是丛林密布的原始森林，陡崖峭涧，就是半小时之前在海上隐约可见的死亡谷。

"如果这条道路是唯一通往破袭目标的通道，不可避免，他们会在山顶设置巡逻队和观察点。现在的关键是他们有没有估测这条道的可行性，如果根本不可行，那我们是最安全的，他们就不可能设置人员了。"一名经验老到的特战班长这样补充他的观点。

清脆的鸟啼回荡在幽静的山谷。海浮打头，我们紧紧跟在后面，在茂密的灌木丛里，鱼贯而过。天已经完全黑了下来，但在海浮的带领下，我们仍能够顺利前进。一阵响声传来，在前面远远的半山腰洞口，两盏马灯来回闪动，还有铁锹撞击石头的声音，这是在设置要道上的障碍。

海浮说背着的这些武器响声太大了，在夜里会传出很远。我们就把枪身拴牢，然后把特战器材都用雨衣和青草捆紧绑牢。在那处半山腰的垂直谷底，我们爬行通过。海浮说她对这种岛礁地形比较熟悉，说她在前面开路比较安全，我就和她一起在前面，轻轻地用手把草拨开，慢慢地用身体把草压平，将可能碰出响声的石头挪开，一步一步向前摸去。

通过这个地段，已经是凌晨两点钟。浓黑的云层里，挤出了一弯月亮，把惨淡的光辉洒在荒寂的大地上。我和特战队员们蒙着雨衣，亮开电筒，用地图和现地对照着。已经连续行军五个多小时了，但是距离预定的潜伏地点还有二十来公里，刚才敌情的变化，耽误了宝贵的时间，看来只有抄近路才能按时赶到目的地。海浮对近道不太认可，她认为那可能走不通，但是由于时间紧迫，我们还是这样决定了。

凌晨四点，我们深入假想敌控制区腹地有二十多公里，在一处海湾失去了道路；而正对面的指挥所，隔水相望，就矗立在那里。我们进行了简短的商量，认为如果顺着岛的沿线绕过去，还得一天时间，如果返回去开船，显然又不太现实。

这样的地形根本无法靠近，我们都盯着海浮，看她还有什么办法。她转身看了看四周，说这里就是渔民避风的地方，正常情况下这地方会有一些破船。

我们分头找了一番，果然找到一条破船，虽然十分破，但是对我们已是最大的帮助了。

把船放下水后，我们顺利地到了指挥所下面。把船固定以后，我们登上岸边。确实没路，但有些地方植被稀疏，海浮说："就沿着这些稀疏的植被走，容易些。"

大约两个小时的光景，我们攀登到了距离山顶的一百米处，进行了简短的休息。再攀上一处陡峭的崖壁，一座大帐篷映入眼帘。帐篷右侧的一处大石头上坐着一个观察员，头耷拉在胸前，基本上是睡着了，这让我们放心多了。

太阳像用鲜血涂抹过一样，穿过浓厚的白雾，夹杂着一股难闻的苦腥味升在假想敌指挥所的上端，看着手里寻获的假想敌军事部署图，我竟能闻到敌人尸体的味道。

十二

按照我们的情报，抢滩登陆的部队一路长驱直入。发起攻击的时刻，我们都匍匐在一片稠密的灌木丛中。闷热的空气像刚打开蒸笼的热蒸气一样，扑面而来。身体湿漉漉的自不必说，内衣黏糊糊地贴在皮肤上异常难受。因为整个肌体水分的缺乏，嘴唇总是干得要命，连唾液也没得咽。灌木丛的生命力是比人的生命力强烈得多，只有它们还绿油油的。迷彩服像是刚从水里捞出来的一样，因为身体热量的蒸发，可以清楚地看见上面的汗一点点变成白色的汗碱。气压很低，心脏变得憋闷发慌，需要大口地喘气，心慌得跟揣了一只兔子一样在里面七蹿八蹬的。

几发红色信号弹将傍晚的天空映得一片鲜红。我听得到清晰的口令：预备——放！上百门大炮射出的炮弹从我们头顶呼啸而过，准确地落在由我们提供的准确情报的炸点上，激荡起一阵阵浑浊的烟雾，幽灵般漫布整个天空。一队队假想敌在浓烟过后离开阵地，按照演习规则，他们已经阵亡了。

坦克野马般冲出登陆艇前舱门，沙滩上的防御工事被涤荡干净，伴随着步兵流星般的步伐，整个山顶杀声四起。

我看了看表，对着身后的队员们说："是时候了。"我为每个人分配好了具体任务："樊国庆、陈荟杰从左路持燃烧弹进攻，崔大建带两名队员负责火力掩护；我负责发射催泪瓦斯和火力打击，要一举破坏假想敌基地设施和歼灭假想敌守护人员。"

海浮坚决要跟着我们，她说打仗时候军民团结，何况她作为向导已经参与了这场演习，就必须参加到底。我没有好的理由推辞她，就点头同意了，但是只让她跟着，没有给她武器。

除了微弱的虫子叫声，周围一片令人窒息的安静。片刻的寂静带来的恐惧像蛇一样钻入人的心灵，钻入密集的丛林深处。悄无声息，真正的悄无声息。

假想敌的指挥所就在三百米处，一个担任警戒的哨兵突然发现了樊国庆，瞬间枪声大作。我一看不可能隐蔽接敌了，便迅速将催泪瓦斯喷入帐篷窗口上，随后拔出五颗发烟手榴弹甩到帐篷里。

几个灵活的假想敌士兵已经蹿了出来，直扑过来。显然，这些人都训练有素。

又一轮燃烧弹接连地从樊国庆手中飞出去，散落在基地中央的宿营帐篷上，在经历短暂的沉默之后，疯狂的尖叫开始了，那是被火烧到后的叫声。

崔大建蹲在一处深坑里，把身上的火箭投射器解下来，这是很老式的那种，但有绝对的制服威力。我挥手示意这个不必了，让他赶紧发射信号弹，告诉别的参赛队不用再考虑假想敌指挥所的事了：猎物已经是我们的了。

耀眼的亮光显现了猎物的狼狈：那些蒙着迷彩布的高低错落的钢盔，以及那钢盔下面涂抹着油彩的犹如原始部落战神的脸，还有那么可怜惊恐地举起来的双手……

站在指挥所里，可以俯瞰山下。看着队员们在摇曳的炮火中冲上山顶，我和海浮紧紧握住了手，这是我们共同经历的时刻。演习结束后海浮就要回家了，但是她再也不会迷失了，更不会走离我的视线。海浮懂得我的内心，我也探视了她的整个情感世界。身后的特战队员们已是疲惫至极，他们偷空眯着眼休息片刻，这让我想起永不会醒来的张志敏。但是，直到今天我内心终于可以有一丝的欣慰了，在张志敏付出生命代价而未竟的道路上，我们用毅力完成了余下的接力。

靠着准确的情报，在四十公里定向越野和渗透破袭这项科目，我们取得了第一名，比第二名高出整整三十分。总部的一位考官说，这是十年来这个科目获得的最高分值。

十三

比武回来不久以后，特种大队组织了盛大的颁奖仪式，听说军区主要首长也要赶来参加。仪式上，我作为四十公里定向越野和渗透破袭科目比赛的第一名受到了特别的礼遇。四十公里定向越野和渗透破袭科目是整个特种兵大比武中含金量最高的科目，在每名特种兵心中都有着特殊的地位和情结。仪式前，别人都在忙着搭建指挥台，我却被指令在后场休息，我的任务是作为比武队员代表，在仪式上发言。从我回来后，葛队长没怎么搭理过我，但是这个难得的发言机会，他却定下了我，还给我报请了一等功。

我很感激，也很惭愧，内疚到无法自持。拿着宣传干事给我写的发言提纲，我看不下去，那根本不是我要说的话。站在指挥台后面，看着战友们在忙活，我无法说清自己的感受。老葛过来了，指着我说："妈的，这个发言给老子整好了，要是弄得掉链子，回去老子收拾你！""谢谢葛队长，哪怕你这样骂了我，我也很开心，很幸福，这是对待一名真正特战队员的语言！"

指挥台是用十几根竖着的木桩和石棉瓦临时搭建的，非常简陋。正好是大风天气，漫天的尘土飞扬，强劲的风把指挥台上的石棉瓦吹打得砰砰直响，卷起的沙粒石子在特战兵的钢盔上又纷纷落下。

勤务兵又一次拂去指挥台桌子上厚厚的沙土，风沙如此肆虐，怕是只有这样恶劣的天气才配得上优秀的特种兵。而这样的天气也绝不适合太过矫情的言辞，我决定不用这份机关提供的发言提纲，我要自己说我想说出的话。

当我再一次抬头的时候正看见缓缓驶进营区的车队。指挥台侧道上，特种大队的领导们起步向停车坪跑去。

车到。人到。

军区特种兵比武集训队队长、中校葛兆云向前踢了一步，敬礼，报告："首长同志！全区特种兵比武集训队、军区特种大队全体官兵列队完毕，请您指示！"满头白发的首长神情庄重："部队很辛苦，稍息！"

葛兆云只觉得喉咙一阵哽咽，其他的大队领导心头一阵发酸。从集训队成立到载誉归来，历经二百多个日夜的磨炼，其中苦乐，恐怕也只有自知了。军区首长能说出部队辛苦，那是最大的褒奖与体谅了。

葛队长主持整个颁奖仪式。这位身经百战的一代特战老兵，绝对有资格在这种场合有一席之地。当连长时，他率队参加首届国际特战兵比武，斩获五项个人第一；当营长时，他入委内瑞拉总统卫队指导反恐作战两年半，带回一身荣誉。而我，能作为他麾下的一名小卒，当兵生涯足矣。

在雄壮的军歌中，军区首长检阅了我们这支征战数日的特战队员。"请首长检视！"一声霹雳的吼声，整个方队的吼声，首长的身子微微一震，随即满意而激动地点点头，这是他的骄傲，因为这是自己的部队，虎一样的部队！

一条横幅打开：陆地猛虎。将军知道这是武装侦察分队的官兵，他们擅长陆地作战。分队长庄须周曾赴土耳其特种部队留学，在有 4 个国家共 78 名学员、最终仅剩下 18 人的情况下，以优异成绩完成学业，获得北约特种部队"海峡雄鹰低空跳伞"荣誉勋章；回国后荣立了一等功，并提前晋衔。

"请首长检视！"声音向左侧蔓延。又一条横幅打开：水中蛟龙。

首长微笑，这是特种作战分队的官兵，他们擅长水下作战。首长没来得及思索完，右侧又陡起一条横幅：空中雄鹰。

这是以跳伞空降为主的特种技能分队。分队长刘副旅是特种兵中的"全能猎手"，先后在委内瑞拉特种兵作战学校、陆军特种空降旅、海军基地等 6 个单位受训，他勇敢面对美国、意大利等 8 国学员的挑战，在学员从最初的 66 人减少到 21 人、全程淘汰率近 70% 的情况下，取得了第五届"国际特种兵班"总分第一名的优异成绩，并荣获"特种兵精神荣誉勋章"。他的头像被刻在委内瑞拉"猎人学校"荣誉墙上，留下了中国军人永恒的辉煌，归国后荣立一等功。

阅兵仪式完毕，我作为参赛队员代表发言，我的发言很短，但说的是我的心里话，我只有说出这些，才会心里好受。拿着话筒，往事历历在目："我当特种兵，已经有六年了，六年的时间不短也不长。虽然我的一生还有很长，但如果有一天别人要问我最值得庆幸的是什么，我会回答，我庆幸我曾经是一名特种兵，一名真正的特战队员。

"特种兵名气大，荣耀非凡，但是这些成果不是别人给的，是我们用一滴滴汗水、血水堆积出来的，甚至付出了生命的代价。我的战友里，有活着的，有牺牲的。今天，在这个庄严而隆重的场合里，请允许我先向两个人鞠躬，一个是我们集训队的葛队长，谢谢你对我们的培养，不仅有体能，还有高贵的品质；另一个是已经牺牲的战友——张志敏，虽然他未能参加最后的比武，但这个沉甸甸的军功章里，有他血液的一抹红。"

主席台上的领导们纷纷站了起来，掌声雷动，我的眼泪又开始打转了。军区首长举手敬礼，然后走下指挥台，拉起我的手，对着全体队员："同志们，你们辛苦了！我代表军区党委向二百八十天来辛苦奉献在全军特种兵大比武一线的军区特种兵比武队官兵们表示崇高的敬意。"我相信，首长的话，张志敏一定听得见……

仪式过后不久，我专程去了一趟张志敏的老家，看望了他的父母。我也去了渔村，看望了海浮。

东山上　西湖里

一

那个年代的淮北，流传着这样一首歌谣："八路军，驻家庙，多咱兴的银圆票？银圆票是张纸儿，多咱兴的大铜子儿？大铜子没有眼儿，多咱兴的洋烟卷儿？洋烟卷吸得香，多咱兴的盒子枪？盒子枪打得远，多咱兴的千里眼？……八路军小米枪，破袜子破鞋破军装；没有枪子儿打格挡，吓得敌人光叫娘……"

歌谣里的"银圆票""大铜子"和"洋烟卷"，都是淮北南部西湖镇西湖村的一个王姓大地主家制造的。在那个不足万人的小镇上，唯有王家一个大地主。王家不仅有成千上万亩耕田，数不尽的骡马，还有生产银圆票和大铜子的钱庄，并垄断了清末以来洋烟内传该地区的销售垄断权。在整个西湖村，王家一家独大，可谓"富可敌镇"。

那个年代的西湖镇，蒋、汪、八路军兵力对峙，土匪和王家势力相互交错，经济上一度有着回光返照式的浮华。但是，这一切并不能否定她是一块抗日的热土，不仅占据着河南、安徽、江苏、山东四省交界的敏感地区，而且处于日寇占据的徐州、蚌埠、淮阴三大军事重镇夹角，是八路军和新四军的联系枢纽，战略地位十分重要。

比战略地位还要重要的一件事，那就是王家说也说不清数目的金银。战争这座大机器一旦开动，就得拿白花花的银子往里投。因此，各方势力在争斗的同时，也在觊觎着王家的财产，他们有分寸地围着西湖村驻扎下来，划分出自己的势力范围，等待着最宝贵的时机。但王家显然也不是伸头挨刀的肉，王家最后一代地主王学成在世的时候，巧妙利用各方势力以平衡矛盾，虽说时刻有如履薄冰之感，倒也能安身自保。至于需要出钱出物以维持关系，这对他来说也不过是九牛拔掉一毛而已。而这王学成，就是"王大爪子"的爷爷。

这年春节，一件事传得人人皆知，让庄稼人好好快活了一阵子：几名八路军战士奇袭了位于西湖村地界日伪军的一个指挥所，击毙了十几个鬼子，并且俘获了春节期间旅行度蜜月的一对日本男女。男的叫山本青一，女的叫本田石川，女的舅父是驻徐州日军的第17师团长平林盛人，公爹是日军陇海铁路徐海段军事段长，都是日本陆军将军。日军请人来谈判，赎买不成，恼羞成怒，随后调集重兵对淮北抗日根据地进行扫荡，叫嚷要血洗淮北平原。一时间，日寇重兵压境，趁机将势力强化渗透到西湖村。

被袭击的日伪军指挥所在西湖村东边村口，原先是一座关帝庙。西湖村地处西湖镇中心，西湖不是湖，是一条小河的美称。在这四省交界的地方，西湖河弯曲环绕，不仅天然地划分着各个村镇的地界，更滋养着沿河两岸的百姓生灵。西湖村的村民大多姓王，是明朝初年从山西大槐树迁移过来的。从明朝起，王姓村民就从经济上打下了牢固统治的地方势力根基，主宰着西湖村的命运，并走出一个个极其成功的企业家。但到了上世纪初风云突变，多数王氏子孙一夜破落，撑得起门面的也就只剩下村子里唯一的大地主王学成了。而唯一能和王学成家比比家产的，那就只有卖狗皮膏药的阮大哈了。

在西湖村说起有钱人当属王学成，但要说起名人，阮大哈绝对算一个。阮大哈是王毛子的太外公，他出名是因为他的狗皮膏药。那些甚至更早的年月，人们身上长的最多的不是虱子跳蚤，而是疮，要么在腰上，要么在大腿上，先是一个红红的斑点，然后是硬疙瘩，然后变颜色，当地人称之为"未老先白头"，"白头"之后就是化脓淌水了。

在早年的西湖村，那时候还没有日本鬼子，还没有西医。一般情况下，身上的疮一旦长到"未老先白头"的时候就意味着只能去找阮大哈拿几贴狗皮膏药糊上了。一旦误了，轻者肌肉溃烂，重者伤及骨髓，所以一般人不会小视，阮大哈也因此名声大噪。

阮大哈的女儿，也就是王毛子的奶奶阮穗，小时候也贴过这狗皮膏药，不过她不是长疮，是起"蛤蟆瘟"，就是今天的腮腺炎。得过腮腺炎的女孩子在农村是不好出嫁的，这种病被传言是不能生养的病。生过"蛤蟆瘟"的阮穗一直待嫁多年，直至遇见也生了相同"蛤蟆瘟"的王朝祖。相同的病产生了相同的命运，相同的命运将相同的人牵到了一起。

狗皮膏药黏性惊人，阮穗永远忘不了咬牙切齿撕下来那层牛皮纸的时候，那种连带扯掉脸上汗毛和鬓角头发的疼痛感。

阮穗接连生下两个儿子之后，打破了患"蛤蟆瘟"不能生养的怪论，但也打开了另一个局面。从此，战乱和苦难再也没有离开过这片土地。先是军阀混战，后是国民党围剿"红匪"，再是日本兵来了，最后二儿子夭折……

战争需要实打实的银子来维持运转，阮大哈和王学成世代积累起来的财富自然被各方势力死死盯住。就在鬼子到来之前，被土匪敲诈得已浑身空空的阮大哈选择了投井自尽。而王学成凭着大商人的老到与智慧，早已将一笔重要的金银埋藏在了比较稳妥的地方，埋藏地点只有他一个人知道。王学成在妥善打点各方势力之后，手里尚有富余，他把这些银圆交给王朝宗，说只有这些了，藏起来的那笔钱就是打死也不能动，是留给子孙后代的。

王学成一直守口如瓶，王朝宗几次想探听情况都未成。日本兵来后不久，一向忧心忡忡的王学成突发重病，倒在了土炕上。王朝宗拒绝王朝祖过多的探望，生怕老爷子走漏了埋藏金银宝藏的秘密。王学成坚信自己还能好起来，尽管王朝宗一再跪地哀求金银埋藏的地点，他还是坚持要到最后一刻再说出。

但一切并未如王学成所愿。在一个暴雨浇注的夜晚，已经几天未进粮水的王学成突发饿感，恨不得吞下一筐馒头。他知道死亡前的回光返照到了，他想喊人但叫不出声来，等到王朝宗进来看望他时，王学成只剩下最后一口气了，没等着王朝宗问，他断断续续说出"东山上西湖里"六个字，然后死死地合上了眼睑。揣着这六字谜底，王朝宗百思不得其解，满眼凄惶。

有名又有钱的西湖村自然引起了日本兵的特别注意，但沿着胶济路从台儿庄方向一路杀过来，到了淮北这地界，鬼子就剩下得不多了，不过，西湖村仍是兵力加强的重点。日伪政权不但在西湖村放置了十多名真鬼子，还大肆搜罗一些"鬼变子""黄皮溜子"借以充数。"鬼变子""黄皮溜子"是当地人对假鬼子，也就是给日本兵卖命的汉奸、伪军的称谓。西湖村除了一个排的真鬼子之外，还编有一个营的伪军兵力，这是其他村镇所不具备的。

日本兵的加强，让伪军们都信心大涨。真鬼子指挥着假鬼子，假鬼子用枪押着庄稼汉子，在西湖村街市最中心，也是最高的地方又修建了一座结实且高大的炮楼，他们砍倒了满街的参天大树，用步枪打掉了几乎整条街的老鸹窝。

此时，一支共产党县大队的骑兵队伍也悄悄到了西湖村附近。这支队伍是被打散的彭雪枫骑兵团人员就地整编扩充的，夹杂着大量刚刚背上枪支的庄稼汉子，作战能力相对较弱，但威信较高，深受群众爱戴。群众中早就流传着：共产党派去个彭青天，不抢夺，不拉冤，打日本，抓汉奸，老百姓都愿跟他干。此次他们瞄着西湖村来，一是想盯着沿线过来的日本人打一仗，重新找回自己的尊严；二是守住王朝宗家的巨额金银，八路军不会去抢群众的财产，但也绝不能让这财产落到其他势力手里。一旦这些金银换回的是武器和补给，这对困难的大后方将是不堪设想的后果。西湖村一时间风声鹤唳，比其他村庄更显得慌张。有人开始举家远走，有人吓得生病卧上了床。

此时，那些杂姓人家无甚牵挂，有的早已携家远走，而村里的大户王朝祖和王朝宗却躺在各自家中还没有拿定最终主意。王朝祖是王毛子的爷爷，王朝宗是王毛子的二爷爷。王朝宗的儿子不能生养，王朝祖就把王毛子过继了过去，说去二爷爷家能吃饱饭，金窝银窝，饿不着。王朝宗也给王朝祖说过老爷子撒手西去之时没有明确告诉他金银的下落。王朝祖哪里会信呢，说："知不知道都是你的，和我没有什么关联了。"

王朝宗没有急着走，是因为那笔埋在"东山上西湖里"的金银让他牵挂太多，走了实在放不下心，守着还是份希望。王朝祖没有走，是因为身体病了，肚子疼得要命，好多天一直躺在床上。

婆娘阮穗颠着小脚扛着一捆烟叶进了房，解开绳子，压得如同薄纸一样的焦黄的烟叶片子舒展着，已经快要睡着的王朝祖突然来了精神，他翻身下床，拿起一片闻了闻说："好烟，这是哪家的？"

婆娘说："东边李家的。"王朝祖说："拿出去晒晒，别捂了。"婆娘说："晒个屁，你整天躺那不问事，啥天都不知道。"王朝祖问是啥天，又回清朝了？婆娘白了他一眼："半个月了，都是阴天下雨的。"王朝祖没搭她话，接着说："下次还买他家的。"婆娘说："先养好你的病吧，操心不少。"王朝祖说："这次病我心里有数，不死都得脱层皮。这几年家里不是驴不走，就是磨不转。盐坛子生蛆，放屁打脚后跟。"婆娘说："噘嘴骡子卖个驴价钱，毁就毁个嘴上。"王朝祖抬了一下眼皮:"我这把年纪了怕个啥?!快点,烟拿过来。"

婆娘唠唠叨叨拿过来烟筶箩,里面放着一些碎烟叶末子和几盒火柴,揉了几把烟叶子刚放到烟筶箩里,王朝祖摆摆手:"我抽着,你给我揉一会儿。"

婆娘坐在躺椅前,王朝祖斜躺,他的烟袋细长,但玉石烟袋嘴子和铸铜烟窝子却特别大。王朝祖抓了一把新的烟叶子装到烟袋锅里,用手指摁得严严实实的,然后哧啦点着了火,一口口吧嗒吧嗒地抽上了。

婆娘开始给他揉肚子,一边揉一边唠叨:"肚子疼,找老能,老能不在家,找老八,老八割豆子,疼死你个小舅子……"王朝祖得意地吞云吐雾,顾不上和她说话。婆娘不识字,却能背上很多歌谣,而且相信这些歌谣能够治病,这是王朝祖几十年来感到比较好笑的。

婆娘继续念叨,突然跑了嘴,把一首哄儿郎睡觉的歌谣唱出来了。王朝祖拿眼袋锅子敲了婆娘脑袋一下:"说什么呢?你个熊娘们儿。哎,你说,我今天怎么突然精神好了?怕是回光返照吧。"

婆娘呸呸吐了两口唾沫:"说的什么屁话。马抖毛,牛倒沫,就是有病也不多,你就是家活懒外活勤,油瓶倒了都不扶,闲的。没事,很快就好了,别瞎寻思。"

王朝祖叹口气说:"小孩比鸡巴,大人比日子,老头比本事。我这辈子,啥也没成,我咋也没想到这条命是这样的。"说完咳嗽不止。

二

土匪李麻子带着人马包围王朝宗家的院子那天夜里，天黑得像墨汁一样。王毛子刚刚脱了衣服躺下来，他才十二岁，毛还没长齐，但心思很成熟了。王毛子三岁那年，父亲王俊章死了。王俊章死得很突然，他好赌博，经常走夜路。那天，去邻村赌博仍是半夜回来的，路经一片坟地时，突然啊的一声怪叫，一只黑老鸹从坟头飞起直冲他而来，一爪子抓在他后脑勺上。王俊章惊吓过度，回家后不久就死掉了。王俊章去世后，王毛子的母亲改嫁外乡。王朝祖和阮穗眼看养不活这个孙子，只得把王毛子送给了王朝宗做养孙。

即便那个苦难时期，即便不能得知那笔金银的埋藏所在，王朝宗仍然手头宽裕，据说地底下、锅灶里、牛圈里，都埋了银圆。不过，过继过去的王毛子并没有见过。不仅王毛子没看见过，就连王朝祖也没见过。王朝祖生性好赌，王学成当然不看好他，把身后家产都交给了吝啬的王朝宗。

吝啬人只做吝啬事，得到了祖上家产的王朝宗过得比以前更抠门。为了省木柴，王朝宗一年四季连开水都不烧，从水井里打出凉水闷头就喝，叫花子到他家门口也只有饿死的份，一块馒头也抠不出来。

王朝祖那可不同，用婆娘阮穗的话说，那就是典型的败家子。王朝祖好赌也豪爽大气，叫花子到门口他从不吝吃的，如果恰好某天他赢了一笔钱，没准叫花子也有一块袁大头可以拿到手的。对人如此，对畜生也如此，王朝祖一顿饭能从筐子里拿走好几个馒头，一个扔给狗，一个扔给猫，一个扔给鸡，如果狗抢了猫或者鸡的馒头，王朝祖又会是一顿暴怒。

王俊章死后半年，王毛子就到了王朝宗家。王朝宗有一儿一女，儿子名叫王俊好，情况却一点也不好。王俊好先后娶了四个老婆，但是加一起也没给他产下一儿半女来，是个典型的绝户头，人家说这是报应，说这是缺德自找的。他们也找过医生，医生把脉后说，是小时候喝凉水冰着气门了，需要蹲在大锅里烧杂树头子水蒸馏体内寒气。王朝祖干这个在行，也有点讨好王朝宗的念头，毕竟已经把孙子过继过去了。王朝祖在牲口圈里和泥垒灶专门支起一口大锅，用大木板做了一个笼屉，然后遍采各种树梢的嫩芽放入锅里烧成滚水，待蒸汽上涨时让王俊好蹲在里面，虽然热得嗷嗷直叫，但为了弄出个一儿半女来，他也只得忍着了。但是，即便是块死面也都蒸成馒头干了，却没能给王俊好蒸出哪怕一颗有成活性的精子来。王朝宗虽然有不快，但也说不出什么来，对王毛子也就半冷半热。

王朝宗心里明白，埋下的那笔金银，找不到也就找不到了，说明命里没有这笔钱；如果找到了，他这辈子和儿子这辈子都是花不完的。虽然他不知道老爷子王学成到底埋下多少东西，但对于上百年积攒的家产，他还是心里有数的。自己的儿子不能生养，这笔花不完的钱以后也就落在了外人手里。他哀叹老爷子王学成算着了前头，却没有算着后头。

王毛子是光着屁股躺在西厢房的土炕上的，腊月的天很冷，他缩成一团也不愿和堂叔堂婶子一床睡觉。村里有抱子引子的传说，王毛子喊堂叔堂婶为爹娘，但不愿和他们过于亲近，特别是身体上。王毛子十二岁了，虽然毛没长齐，但他明白，他的堂婶子也不会愿意搂着他睡觉的。王毛子的父亲生性好赌，常常半夜才回，他一直在母亲怀里嘬着奶子睡觉，这个坏习惯怕是这个未开怀的婶子难以忍受的。

王毛子还没有睡着，咚咚的马蹄声由远而近让他兴奋地翘起鸡巴来。王毛子跪在床上，闭上眼，听着一阵阵马队的嘶鸣声，再近了，是马嘴里的嚼绳被勒紧时发出的咴咴的叫声。慢慢有了光亮，他甚至还听得见火把燃烧的噼里啪啦的声响。

窗户是从土墙的内侧挖出的一个小方孔，四圈挡了木头板子，糊着一层油纸。马叫声让王毛子亢奋得禁不住捅破了窗户纸，这时候，高高的院墙上开始往下掉人了。五六个人跳进来之后打开了插着的大院门闩，王毛子知道这是土匪李麻子的马队，这一带，除了李麻子没人干这种事。王毛子很兴奋，虽然他不确定接下来会发生什么事情，但作为一个十二岁的孩子，他还是渴盼有点热闹可看。

李麻子的马队高举着火把堂而皇之地进了院子。聪明的土匪不忘后路，进来之后首先摘下了王朝宗家的两扇红漆大门，防止被人从外面锁上一网打尽，这些脑袋别在腰带上的人，活得比谁都机灵。门口两个岗哨都手持双枪，机灵地注意着四周。

满院子都是马匹，满院子都是哭声，满院子都是火把，满院子都是土匪。土匪的脸上，全都套着黑布套子，只露出两只眼睛和嘴巴，他们穿着统一，清一色黑布衫，打绑腿，青布鞋，腰间别着手枪，外围的几个举着长枪。他们没有放枪，马匹都在原地踱着蹄子。

进了院子的土匪并没有急于打开堂屋大门，也没有人争吵，只有火把燃烧的哔剥声响传出很远，马打着响鼻，四蹄不停地敲打着地面。王朝宗的院子里似乎并没有受到任何影响，看不到一丝变化。

终于，一个土匪甩手照堂屋的窗子上甩过去一个燃烧的火把，堂屋里随即传出一阵鬼哭狼嚎的叫声，王毛子知道，窗户下睡着他的婶子马七巧。火把的光亮灭了，四周又静得出奇，只有一个单调的马蹄声音不紧不慢地由远而近：踢踏踢踏踢踏。大黑马上的李麻子终于来到了院子里。

"砸门。"李麻子说。两个土匪下马，把门环拍得晃晃响。堂屋里又一阵号叫。李麻子对着堂屋紧闭的大门喊道："王朝宗，你哭个屁，把门打开，我只要钱，不要命。"哭声没了，但门内仍是毫无动静。

"砸门！"李麻子又说一遍。两个土匪这才听明白意思，从门口一侧找来两块大石头照着门闩处哐哐砸着。堂屋里号叫反而停了。但是红漆大门十分结实，门后三处门插丝毫不动。李麻子一挥手，一个膀大腰圆的土匪抬腿一脚，堂屋门轰隆一声倒向房间内，躲在门后的王朝宗七岁的闺女被砸个正着，当场脑浆迸裂。

大土匪再抬腿一脚，王朝宗跌坐在后墙的八仙桌下面。房间里的汽油灯被点着了，除了死了的闺女、老伴以及儿子、媳妇，全都哆嗦成一团。李麻子知道，其他人都白搭，只有王朝宗自己知道银圆在哪儿。李麻子说："所有人听着，任何人不准动他家儿媳妇，咱只问这老东西要钱。"

大土匪在房间转悠了几圈，然后把帽子摘下来："好啦，好啦，都是熟人了，没那么多废话问你，说说吧，钱都在哪里。"王朝宗默不回答，倒是有一点恢复平静一样立在那里。大土匪一挥手，安静的房间从布幔后再次传来了刺耳的惨叫，那是几个小土匪扭住马七巧脖子发出的声音。

大土匪弯下腰来，好像突然礼貌起来，他看起来很耐心地劝说了王朝宗一阵，王朝宗依然木着脸呆呆地望着前面。大土匪开始变脸了，他冷笑起来，说："我的时间不多，开始了。"然后对一直立正站在旁边的小土匪挥了挥手。

"恐怕简单的手段对他也不会有什么效果。"一个小土匪凑到大土匪耳朵边说。大土匪阴冷地点了点头："烤一烤。"小土匪们马上明白了，拿刀在王朝宗身上划了几道深深的口子，又去厨房拿来盐巴，掰开伤口抹在里面，王朝宗发出厉鬼一样的号叫。

王朝宗的堂屋高大，梁头都是榆木的，非常结实，一根手腕粗的麻绳结结实实地把王朝宗反吊在主梁的木头上，木头上住着的一窝燕子，受惊后扑棱棱在房间里乱窜，土匪们让了个缝，燕子们仓皇逃离。

堂屋平整的地面上摆好了一堆劈柴，一个小土匪在八仙桌下翻腾了一下找到一瓶汽灯用的煤油，吧唧摔碎在劈柴上。十几个火把扔过去，劈柴像被火烧的巨龙一样，扭曲着身体，发出巨大的响声。

盐开始溶解，进入糜烂的伤口，王朝宗开始抽搐。

王朝宗对金钱的毅力正在被痛苦一点一点地撕扯开去，一长串令人胆战的哀鸣冲开他紧闭的嘴唇。声音如同一条直线，声音由大到小，直线由粗到细。他的两条腿开始了散乱的抽搐，在尽可能的范围内扭曲成各种奇怪的形态。终于，劈柴全都暴跳着发红的时候，他转开脸朝天，完全失控地哭叫起来："我说……"

王朝宗确实说了，他嘴里不停地重复一句话：东山上西湖里，东山上西湖里，东山上西湖里……

几个土匪看看李麻子，李麻子歪歪头看了一眼王朝宗："说胡话了？大火烧！"

又投过来几支火把，火势更大了，但王朝宗的声音更小了，除了不停重复"东山上西湖里"，别的一句话也不说。

成汪的人油扑哧扑哧落在劈柴上，火苗甚至直接舔在王朝宗的后背和屁股上，王朝宗终于不说话了，开始成块地掉肉。李麻子看了看，说："放下来，换老娘们。"老伴一听就晕死过去了，等被吊在梁上的时候，大小便已经开始顺着裤腿往下流了。

和王朝宗的回答一样，老伴也是惊恐地喊叫着"东山上西湖里"这句话，别的什么也不会说。狐疑的李麻子摇了摇头说："妈的，今天这是撞什么邪了？"正当李麻子寻思再用什么手段折磨王朝宗时，突然几声清脆的枪声响起。二麻子心里一惊，马上招呼："准备撤！"

王朝宗从眯着的眼缝里看到了王毛子，他奄奄一息只剩一口气，却没忘了安顿家里的后事："今儿个家里都动不了了，你别忘了把咱家大白马喂饱了……"

李麻子这才发现人群中站着一个孩子，他狐疑地审视了一下，马上明白了，用手枪呼啦一下抵在王毛子的脑门上，对着身后一个土匪说："这个孩子得押着，带回去放到山上，把那匹大白马也牵上，老子正缺个好坐骑。"并招呼其他弟兄都撤出院子。

打枪的是共产党的淮北县侦察大队。县侦察大队人数少，主要配合驻扎在这里的八路军骑兵部队开展地方工作，以期望维持各方势力的平衡。县侦察大队和八路军骑兵部队绝不能让任何其他势力得到这笔金银。为了惩戒有人对这笔金银所动的念头，八路军骑兵部队和县侦察大队确实也做了一些动作出来，但主要的破坏行动还是要靠县侦察大队来完成，一是地形熟悉，二是便于隐蔽。

县侦察大队密切注意王朝宗家一举一动，虽然不可能指望他明确表示抗日拥共，但也得达到共产党能够接受的态度。为了试探一下王朝宗的态度，县侦察大队决定派出人员去王朝宗那里"借粮"，就是试探一下他的口风和反应。

从县城带队去王朝宗家的是县侦察大队的一个小分队，小队长杜金宝带着曹合子、董八臭等几名力气大的侦察队员一出县城就直奔东南方向去了。这三个人里，曹合子和董八臭早年都是土匪，后来被县侦察大队收编，虽说身上难免仍有坏习气，但个个都是一身好武艺，屡建奇功，也算是难得的人才。三人都是本县人，但都没有去过西湖村。不过，要去西湖村找那么有名气的王朝宗，应该不是什么难事。

尽管地形不熟，但靠着侦察员的直觉，他们还是很快到达西湖镇了。到了西湖镇的地界，就不愁找不到西湖村了。西湖村也叫西湖庙，是因为这地方不但有西湖河，还有西湖庙。庙是很显眼的标志，天黑时分，杜金宝远远地看见西湖庙了。

天黑得很快，走近些，才看到庙的门头上鎏金大字写着"西湖庙"三个字。杜金宝仔细看了看，这个庙虽说不大，建得还算精致，四方院子里，栽着几棵松树，松树的树头刚好透过前排房子显露出来，庙的大门是敞开着的，走近了一览无余，前排房是五间，中间一间正好是大门，左右各两间，门上落锁，后面是个大殿，供奉着一尊菩萨泥塑像，大殿前有两根红色圆木柱子，有两副对联，但字迹模糊，只能隐约看到。大殿前是一座香炉，但没有香火，冷冷清清。这时远远地听到马匹的嘶鸣声，趴在屋角，杜金宝远远地看到一群马队灯火从东面村口狼烟滚滚地向北。杜金宝让大家都多加小心。他带着曹合子走过庙门往东边警惕地移动着，看见两个老汉穿着大棉袄、棉裤，正坐在村头的小石桥的桥爪子上吸着烟袋，一明一暗中，嘶嘶地一股股地冒着青烟。

看到腰里别着手枪、身穿黑色短衣的汉子，以及他们的行事风格，两个老汉知道这是县侦察大队的同志，连忙站了起来。两个老汉都是村里的石匠，原本想趁着西湖庙有戏台的时机来石桥卸几块石头，突然被两个县侦察大队的队员撞见了，不免有点局促。杜金宝见状，问道："王朝宗家在哪里？"两个老汉你看我，我看你的，不知怎么回答，摇了摇头。看到两个老汉一个劲摇头，杜金宝有点火了，这是典型的和共产党不配合。

这个地方各种势力错杂，和共产党不配合的，那肯定不是什么好人了。杜金宝冲曹合子一使眼色，两个人一人挟持一个，把两个老汉拖起来往庙西侧走。"说不说？"杜金宝和曹合子把两人扔在庙西侧的水沟边上问道。"真的不知道。"两个老汉头摇得拨浪鼓一样。

董八臭说："在你们村，你却说不知道王朝宗住哪儿。除非你是反动分子，故意不配合。"说着说着，来了一阵风，冷不防把董八臭头上的毡帽吹到水坑里去了。看着毡帽一溜圈地飞进水沟里，老汉有点忍不住笑了起来。这一笑，有点把董八臭惹恼了。董八臭带着情绪，又问老汉两遍，老汉还是说不知道王朝宗住哪儿。董八臭认定老汉是故意的，走上前就去打老汉。

挨了打的老汉没来及吱声，另一个老汉看出门道不对，立即跪了下来："八路同志，饶命啊，我真的不知道王朝宗家在哪儿，王朝宗是西湖庙村人，西湖村是个上万人的大村，我们只知道有个王朝祖、王朝宗兄弟俩，真不知道住在哪儿，除非你到西湖庙去问能问到。"杜金宝赶忙扶起跪下的老汉，说："我们不是国民党，不兴下跪这一套。"说完又狠狠批评了董八臭："共产党没有打人这样的作风，你这是严重违反了群众纪律，这个事我回去后必须向组织汇报！"董八臭也意识到自己的莽撞，不敢过多作声，自己下到沟里捡毡帽去了。

看着两个老汉情绪缓和过来，杜金宝才又过去问他们："怎么，你们不是西湖庙的人？"一听这话，两人直喊冤枉，说："我们确实不是西湖庙的人啊。"杜金宝说："那你们是哪儿的？为什么在这里？"老汉说："我就是这村的，这是西湖庙不假，但是庙不是村。"杜金宝说："什么庙、村的，说明白点。"先头说话的那个老汉鼻涕一把泪一把地说："这个庙确实是西湖村的庙，但这村不是西湖村，这是唐家村。唐家村过了才是西湖村。"

杜金宝说："我被你说糊涂了，你就说你是这个村的吗？这个村不是西湖村，为啥这是西湖庙？"另一个老汉赶紧抢过来解释说："我们俩是这个村的，都姓唐，这个村叫唐家村，西湖庙虽说名声上是西湖村的，但地界属于唐家村。"杜金宝知道弄错了，连忙把两个老人安慰一番，说："大水冲了龙王庙，这是一场误会。"

董八臭还是没明白，问道："说西湖庙为什么要放在你们唐家村？"老汉稍微缓和了情绪，说这都是一百多年前的事了，当年一场大瘟疫，附近村里都死得差不多了，只有西湖庙一个没死，西湖庙的村民为了感谢神仙，凑钱修建了这个庙，之所以把庙修在这里，是因为这个地方是清朝时皇帝批下来的庙地，所以，就把这个庙修在了这里，这"西湖庙"三个字还是清朝秀才王具文题写的呢。杜金宝再次给两个老人赔礼，并让董八臭诚恳地给老人当场道歉，责令其回去写检查交给组织。

当杜金宝带领队员进了西湖村时，并没觉得气氛异常，西湖村毕竟太大，西南角落里正唱着一台大戏，是河南来的豫剧班子。一片灯火通明，那是烧油的马灯。杜金宝不能带人往明眼里走，找了个人一问，王朝宗恰好又住在东北角落。那人说："那可不是住得偏，那是块宝地。"杜金宝问为何说是宝地，那人还说："王朝宗家那块宅基是这片土地的筋脉所在，所以王氏家族才会在这里繁衍至今且枝茂叶繁。"董八臭存不住气，张嘴就来："能不能再枝茂叶繁下去，那就不靠地筋了，要看他表现喽。"

说话的人听出话音，吓得不敢吭声了。杜金宝训斥了董八臭几句，谢过指路的村民后，带领队员径直往东北走去。慢慢地就估摸出不对劲了，因为再往村子里走的时候，不但没有喧闹，竟然家家闭户灭灯。杜金宝示意二人小心谨慎跟随前行，他哪里知道，这个时候的王朝宗正被架在火上烤着呢。

　　隐隐约约的嘈杂声引起了侦察队员的注意，顺着声音走过去，三名侦察队员就来到了王朝宗家的院子外面。杜金宝一眼瞅去就明白怎么回事了，他把人员拢到外围一个安全的地方商量对策。曹合子提出回去搬救兵，杜金宝说："这个不行，即便救兵在眼前咱也不能让弟兄们往里冲，现在是各方势力都按兵不动，虎视眈眈，一旦有风吹草动，要知道黄雀在后呢。"董八臭说："那这里面有人正抢着呢。"杜金宝说："这只有一种可能，是土匪李麻子，别人不会这么干，李麻子不需要根据地，没有需要考虑的上级。"董八臭问："那怎么办？"杜金宝说："只有一条路，把他们吓走。"杜金宝带领队员察看地形，从哪里动手，从哪里撤退。等都弄明白之后，他捅了一下董八臭："这个行当你最熟悉，是你赎罪立功的时候了。"

　　董八臭绕过几棵粗大的泡桐树，他看到几个小土匪在外面附近把风，其中有两个正好在院子拐角处，与其余几人相互看不见。他四下打量了一下，土匪的规矩他比谁都明白，当年好歹也是个头目。他从泡桐树的阴影里一步步接近院子拐角处的匪徒，再次观察了之后，又将手枪塞进腰间。趁两个小土匪正凑在一起说话，董八臭将手枪别进腰里，突然伸出两手抓住两个小土匪的脑袋使劲往一起咔吧一撞，只听一声闷叫，两人都倒在了地上。尽管声音很轻，还是惊动了另一边的土匪。几名土匪提着盒子枪转身跑来，杜金宝一看不好，抬手啪啪两枪撂倒两个，一挥手："快跑！"

枪声打断了李麻子在王朝宗家的拷问。李麻子不知道来的什么队伍，逃命要紧，便撇开王朝宗掳走王毛子夺路而逃。等到将近天明又折回身赶来的杜金宝到了王朝宗家里时，气若游丝的王朝宗还躺在床上，死命地抓住惊魂未定的儿子王俊好，一字一顿地说："咱的钱，不能让任何人拿了去，你爷爷说了，金银都在……东山上，西湖里。"说完就咽了气。

还剩下几口气的王朝宗的婆娘荆氏斜靠在八仙桌桌子腿上，气喘吁吁地说："儿啊，灶房的灰堆里还埋着二十块现洋，是我瞒着你爹攒的私房，你爹死也不说钱在哪儿，都留给他自己花去吧。我是活不了了，你取了钱，走得远远的吧，西湖村咱是不能待下去了。"没过多久也随王朝宗去另一个世界了。

王俊好取了钱，顾不得掩埋父亲和妹子，带着老婆逃命走了。杜金宝和董八臭几个将死人抬出去，埋在村后树林子里。临走时，董八臭磨磨蹭蹭，向杜金宝提出把房子扒了找找他家金银藏哪儿去了，被杜金宝一顿训斥。

三

到了山上，王毛子才知道李麻子早已投靠了日伪，他去抢王朝宗就是日本兵指使他去干的。那年头兵荒马乱，无论八路还是国军，伪军或者土匪，钱财都日渐紧张，生活奢嵩的王朝宗绝对不能像老奸巨猾的王学成那样平衡这些势力，得罪人也就在所难免，所以落得这个下场是早晚的事。但是，王朝宗又非常冤屈，别人都知道他有万贯家产，但是谁又能知道他攥在手里的只是一个"东山上西湖里"的死谜呢。

李麻子平时在山上，很少去伪军的碉堡，这是为了掩人耳目。李麻子此番虽未抢到钱财，但伪军头目还是过来给他压惊了。王毛子也从他们的说话中得知，那晚是共产党县侦察大队袭击了包围王朝宗家的土匪，还打死了他们的两个兄弟。王毛子想，怕是李麻子要拿他报仇吧。

但是事情出乎他的意料。为了欢迎他这个特殊的客人，或者说是人质，李麻子亲自上阵，挥刀斩了一只火红冠子的老公鸡，要王毛子喝血酒入伙。王毛子哪里懂入伙是个啥意思，但是他认识那只老公鸡，那是他跟着堂姊马七巧去娘家时给的长命鸡，土匪撤出王朝宗家时被小喽啰掠过来了。庄稼人比较讲究这个，既然是长命鸡，那这只鸡就是他王毛子生命的护体。但是，李麻子不仅烧死了王毛子的二爷爷王朝宗，踢死了他的堂姑，又杀了他的长命鸡，他虽然反抗不了，但也非常不满，宁死不喝鸡血酒，不入伙。

李麻子的副官献媚地笑着说："这小子怕是被大哥您这杀鸡的阵势吓到了。"李麻子高兴了，说："好了，鸡血不喝了，我认你做个干儿。当然你这个干儿也不能只吃干饭，你得给我当马童，这匹大白马你熟悉，把它喂好了，老子喜欢这匹马。"

王毛子心里那气直冲脑门子就来了，但是他也不敢说出口来，只能在心里说：李麻子，我操你八辈老祖宗，我要做你爹，而不是做你干儿。

虽然王毛子心里极力反抗，但李麻子自己动真格当上了干爹，整天一口一个"干儿"地喊他。王毛子从不答应李麻子的叫法，装聋作哑，他心里有个小算盘呢，不答应就等于没有承认嘛。不但不承认，一旦有机会，还要亲手杀了这个狗日的！

没了王朝宗一家人，王毛子过继的事也就不存在了，他自然应该回到了王朝祖那里，而事实上却是在土匪窝里给人家当挂名干儿呢。王朝祖托了不少人过来求情，想要把王毛子要回去，那李麻子岂肯放王毛子。王朝宗死了，这并没有打消李麻子的念头，李麻子相信只要押住这个娃儿在身边，早晚能找到那笔金银的下落。所以，当王朝祖托人过来求情的时候，李麻子直接发狠话了，说除非交出十万大洋，否则只能先押在他那里了。王朝祖哪里能筹到这笔巨款，就是杀了他也没这个能耐，于是，赎出孙子的事也只得等等了。

王毛子杀李麻子这个念想看来都不要他自己动手就能变成现实了。他在山上算不上度日如年，但绝对是掰着指头算日子的。在王毛子给李麻子当马童的三个月后，李麻子出事了。

那天晚上，最早听见动静的是阮穗。阮穗听到炮声是凌晨四点多钟的样子。她刚听到钟摆沉重地敲响了四次，发出沉闷的嗡嗡声后不久，就听到一声枪响，紧接着是接连不断的枪炮声。炮声是阮穗判断出来的，她之前从没有听过炮声，但听别人描述过，她觉得这声沉闷的炸响绝对是炮弹，她似乎听到了一阵隐约的吵闹声，但好像又不是。

"快起来，炮楼的鬼子怕是要完蛋了！咱看看去！找找毛娃儿去！"婆娘对着王朝祖说。王朝祖一激灵坐了起来，一边穿衣服一边支着耳朵判断声音："打下了！打下了！"他声音很低沉，但掩饰不住兴奋。阮穗又问："是八路军的大队伍？"王朝祖说听动静不是八路军，八路军没有这么厉害的火力，应该是国军。王朝祖又说："差不多是时候了，前几天就听说东京发表了投降公告，日本的狗皇帝还在大喇叭里念了降书。"

老两口越说越觉得兴奋，摸索了一阵穿好衣服，就像一阵旋风一样飞出院子。远远地看过去，炮楼塌了一半，是在东沿塌下来的，缺口残缺不齐，塌掉的部分有两米多高，阮穗对王朝祖说："这狗日的炮弹真厉害，一下子把炮楼炸翻了，这可是一百多人修了一个多月的，一下就干掉了。"炮楼下面黑压压一片，像是一群牲口，来回挤动，走近点，看清楚了，是人头，黑压压一片人头。阮穗把王毛子的事一直悬在心上，哪有心思看热闹，穿过人群，她撒开脚丫子就跑进了炮楼。

半截身子挂在坍塌的炮楼顶部的鬼子，军装上沾满了猩红的血液，帽子还戴在头上，阮穗能看到帽子后面的两块布还在风中动了几下。阮穗很不明白这帽子后面的两块布是什么意思，她只觉得这两块布好像是用两块尿布接起来的。这时，炮楼下面的人群开始在视野里大了，声音也传过来了，一群人高声骂："打死！打死！"

慢慢看清楚了，阮穗停止了奔跑，她擦擦头上的汗水，靠着一处墙角站住了。炮楼前立着几十根树桩，这些树桩昨天还没有啊，一夜就竖起来了？阮穗看到每根树桩上都绑着一个人，除了黄皮溜子，还有很多真日本兵。

国军宪兵队站成一排，距离五十米远，每人都是手端步枪面对一个日本兵或黄皮溜子，根本用不着审判、定罪，老百姓早都把唾沫吐得他们满脸都是，有的受日伪军迫害较严重的，都脱了鞋用鞋底照着脸猛抽。

一个指挥官一挥手，噼里啪啦一阵爆豆子的声音过后，日伪军们全都耷拉下脑袋，因为身子被绑在木桩上，身体还是立着，但雪白的脑浆混着血水已经一阵阵流了出来。也许是因为被绳子勒住了脖子，他们的眼皮个个都往上翻着，这场景让阮穗害怕了很长一段时间，每当想起这些眼神，她都会产生一阵打尿战的感觉。

而三十公里外的东山山坡上，四点多王毛子就起来放马了，当然是在山寨的警戒线以内，因为他的前方百十米有路卡和炮楼，这是李麻子从日本人那里学来的。路卡和炮楼里各有两个小土匪，都端着快枪。王毛子还在看着那两个晃动的小土匪呢，就听见啪啪几声，像是听见爷爷王朝祖甩牛鞭一样的声音，声音响处，四个小土匪就按顺序脑袋一歪趴下了。

大白马有些受惊了，前蹄竖起，马身子后面的王毛子视野就开阔了，黄澄澄一片国军压了上来。这个他是能认清楚的，因为西湖村后面的刘家村驻着一个团的国军队伍，团长姓王。王毛子看到一个当兵的拿枪瞄准他准备扣扳机了，王毛子一屁股坐在地上，听见一个声音高喊："这个孩子不要打死，抓活的，有用呢，这匹大白马也留着送给团长。"一个国军士兵跑过来，掏出绳子把王毛子绑上，又把马拴在他旁边一棵树上，说："兔崽子，在这老实待着。"然后就扭头加入了正往山上冲的队伍里。王毛子最恨的当然是李麻子了，即便被国军绑上了，他还是大声喊了一句："李麻子有地道，通后山的。"那个国军士兵怔了一下没明白过来，继续往前跑了。

王毛子被捆绑得结实，动弹不得，他牙齿磨得吱吱响，他恨这个当兵的，倒不是单单因为绑了他，而是因为绑了他，使得他看不成国军是怎么攻打山寨消灭土匪李麻子的。王毛子蜷坐在地上听着咚咚的枪炮声，一边心里判断着国军队伍打到什么程度了。

大约一个小时后，枪炮声停止了，再过一会儿，有队伍慢慢往下退了，似乎在找什么。最后一个挎着手枪的长官走到王毛子跟前，拿出手枪指着他的脑袋："我知道你，是李麻子掠走的那个小孩，李麻子扣住你也没有找到那笔金银，他没那个命，对了，你还是他干儿，对吧？"说完长官一阵哈哈大笑。"好了，今天不谈这个，告诉我，李麻子在哪儿？"

王毛子一点不怕，说："把你那破烧火棍拿开我就告诉你。"长官先是一愣紧接着哈哈一笑："好，我拿开，你说吧。"王毛子说："我不是李麻子的干儿，他叫我我从来没有答应过。我只负责放马，因为这匹马是我家的。马在这儿，李麻子就跑不远，就在山上，这会儿准在地道里，通往后山的地道。"长官一听就懂了，马上指挥一队人马封锁后山，然后用手枪冲王毛子一摆："带路，找地道。"

在地道里被追杀的李麻子毫不畏惧，拼命地向国军士兵还击，一边开枪一边大骂："你们这帮王八蛋，忘恩负义，你们骗我签下协议帮你们打下日本，现在你们又要杀我，操你们祖宗，我和你们拼了！"边开枪边大骂的李麻子猛然间看到了王毛子，大叫一声：

"干儿啊！"就在他发愣的工夫，一颗子弹打在他的前额上，王毛子看着他的脑浆像豆腐汁一样溅了出来。

收拾完战场，国军那个长官走过来，用手枪挑着王毛子下巴，笑吟吟地说："老子是国军骑兵团警戒营营长刘大鹏。从今天起，继续你的老本行，你和马都被老子征用了，老子不是土匪，但老子对那笔金银也有兴趣。"

四

王毛子跟着刘大鹏都半年多了，王朝祖才知道了孙子已在国军手里了。王朝祖之所以知道这个消息，是因为刘大鹏押着王毛子去了王朝宗家挖金银。那阵势，可比刨地三尺厉害多了。刘大鹏竟然在王朝宗的堂屋地面上挖洞埋了炸药，险些把房屋震塌，但折腾一番也没找出半个银圆来。

王朝祖知道刘大鹏押着孙子去挖金银的事是不久以后，他是听村里杀猪的王德彪说的。国军最近打了不少小胜仗，经常杀猪宰牛地庆贺，他们炊事班人手不够，王德彪经常被叫了去帮忙。

为了孙子，王朝祖浑身是胆。再说了，国军不是土匪，总应该好说话点。王朝祖带了可怜巴巴的几块银圆去找王德彪，那银圆是王朝祖求了好几家亲戚借来的。王德彪领着王朝祖找到了王团长，王团长把银圆在手里掂了一下扔在桌子上，说："你拿这破玩意糊弄我啊，我可知道你们祖上是大地主，国军现在是正需要钱哪，你的哥哥死了都不说钱在哪儿，当然他也不会留给外人，回去好好想想，如果能给我提供一点线索，到那时候再来领孙子吧。"

王朝祖还想说什么，王团长却把手一挥："我听说你是把孙子送给李麻子当干儿的，你有点通匪外加通日本鬼子的嫌疑。"王朝祖一听脸都白了，王德彪也赶忙跟着打圆场。王团长哈哈一笑："看在这几块银圆的分上，我今天先不绑你了。"然后冲通信兵一挥手："送客！"

无论土匪李麻子，还是国军王团长，看来都是直冲着金银来的。王朝祖知道这种情况下再过去要孙子是不会有任何结果的，当然，他们也不会轻易害死孙子的，那是他们将来拿到金银的人质。

为了换孙子回去，阮穗还真的动起找金银的念头。王朝祖说她是白费气力，说老二那人一辈子吝啬，鬼精得要命，临死连儿子都不告诉，藏在哪里鬼会知道。但阮穗坚持要去找，阮穗说："老二死前留言'东山上西湖里'这就是线索。首先，咱们这就是西湖村，所以金银都没走远，就在村子里。"王朝宗说："这都是废话，还有东山上呢，哪儿是东山？你去挖吧。"

东山上是哪儿，这确实是个问题。西湖村这一带没有山，李麻子待的那个山离这里几十里地，不可能是那里。要说东山，倒有一个地方可以考虑一下。阮穗肯定地说："村东的土岗子我觉得就是。"王朝祖说那算个狗屁山，那是翻修河道时挖出的淤泥堆。但阮穗坚持自己的观点，老二王朝宗的金银肯定就埋在东土岗子那里。

尽管王朝祖一再反对，阮穗还是执意去找金银了。阮穗是傍晚去的河边，她想悄悄来找这个宝藏。刚到河边的时候，河水上还结着一层薄薄的冰，当地人叫作"麻皮子冻"。麻皮，是这个地方的特产，就是一层薄薄的面皮沾上芝麻然后用鏊子熥干，熥干后的麻皮轻盈透明，往往刚碰到嘴唇就碎在嘴里了。现在，阮穗面前的这条河，河水结的冰就像麻皮子一样。河边的一排泡桐树在黑色中像幽灵一样竖着，树干向上是插向天空的光秃秃树杈，树杈中央是一个个黑疙瘩，那是织得密密麻麻的老鸹窝。

阮穗弯下腰，她摸索了一下，地面上是一层细密的老鸹粪，她小心地避开，再往下，地面是硬邦邦的沙碱土，中间混合着一种当地称之为"砂礓"的土石颗粒，她抠了几下没有抠动脚下的土，又挪了挪步子，还是没有找到松动的砂礓。阮穗直起腰来，她想：不用试了，这层薄冰吐口吐沫都能跌碎，丝毫不会影响接下来要完成的事情。

阮穗一刻没有停歇，直到鸡叫三遍，天都放亮了，她才停下来看看身后，竟然挖出了一个池塘那么大面积的深坑来。她觉得希望就在这里。但是，第二天再来的时候，河堤上已经站满了村民，认识的和不认识的，夹杂着一些身份特殊的人。从那以后，阮穗连续去挖了一个多月，身穿便装混在人群里的国军士兵和共产党县侦察大队队员也随着挖了一个多月。最后，整段河道都被挖出的土填平了，也没有找到任何有价值的线索。

阮穗担心着孙子的命运，但孙子王毛子却不怕，他是个命大的人，小时候他父亲王俊章就给他看过算命先生，算命先生也这么说。此话不假，在王毛子被掠到国军队伍的两年之后，淮海战役打响，驻扎在淮北南部双堆集的国民党黄维兵团全线溃败。对于早已征战近十年的八路军骑兵部队来说，这片土地再熟悉不过了，一时

101

所向披靡，四处游击来犯解放地区的国军部队，可谓威震敌胆。

驻扎在刘家村的国军骑兵团虽是一支战斗力极强的国军部队，但成员大多来自南方，眼见解放在即，大多官兵只想回家，无心恋战，更不愿为自相残杀的内战抛出生命，便一直驻扎原地没有贸动，坐等新的指令。歼灭了外围的国军散兵游寇，解放军骑兵团把主要目标锁在了这支与其编制数量大体相当的国军队伍上。但是，面对这样一支养精蓄锐的强敌，解放军骑兵团也没有轻举妄动，一面等待时机配合大部队开展行动，一面在西湖村西二十里地的小王庄驻扎下来，严密监视国军骑兵团动向，一旦遇有风吹草动，便会迅速出击将其歼灭。

随着黄维兵团的节节败退直至被歼灭，刘家村的国军骑兵团完全失去后方屏障，终于沉不住气了，开始蠢蠢欲动，伺机逃窜。但是，此时已有天罗地网，想跑谈何容易。新上任的县侦察大队队长杜金宝再创奇功，居然拿到了详细的刘家村国军骑兵团布防图。这布防图是杀猪匠王德彪两年来从国军那里一点一滴搜集过来的，王德彪早在三年前已通过地下组织秘密加入共产党，他去刘家村骑兵团为国军杀猪只是幌子，刺探军情才是真正的目的。

鉴于刘家村国军骑兵团的装备精良，又有好几年的驻扎经验，解放军骑兵团指挥部和县侦察大队研判情况后决定调虎离山，擒贼擒王。经反复推选，他们制定了较为妥善的策略。

当王德彪和老汉王云生走到东山岗子哨卡时，正是日头刚升。在石头桥边，两名哨兵正在欺负一个骑毛驴的小男孩。平日里的哨兵王德彪大多熟悉，今日这两个恰好是刚刚换班的，王德彪全不认识。

两个哨兵不管来人，他们把小男孩从驴背上拽下来，让小男孩学驴叫，不叫，他们就打毛驴；叫得不响，他们仍打毛驴。小男孩只好边哭边学驴叫，而两名哨兵竟然一边哈哈大笑一边用棍子重重打毛驴。

王德彪实在看不下去，对他们进行阻止，两名哨兵一看不愿意了，直接把枪口对准了王德彪。王德彪非常镇定地说："我是来见王团长的。"两个哨兵一听这话，把枪竖直了，问："有什么凭证？"王德彪说："姓名就是凭证，我叫王德彪。"哨兵听王德彪直找团长，口气又比较硬，也没再问，说："等等，我进去问问。"过不多久，哨兵回来了，身后跟着一个老兵，王德彪认识他，是东北人。老兵一看是王德彪，忙笑着摆手："老王来了啊，可惜今天没有杀猪任务，吃不了杀猪菜了。"

两人先在外面等着，老兵进去汇报，等汇报完了，才招呼两人进到团部指挥所。王团长在座位上没有起来，他使劲把屁股挪到座椅边缘让身子斜着躺下来，然后一条腿弯曲地盘到另一条腿的大腿上，崭新的美国造黄皮靴一尘不染，被盘着的那条腿的鞋跟正卡在支撑椅子平衡的一根横置圆木棍上。王团长斜着身子歪着脑袋，眼睛上下打量着，手里摆弄着驳壳枪，猩红的穗子像一团火一样在他手腕下面跳来跳去。

王德彪走在前面，两臂下垂，昂头阔步，两只眼睛炯炯有神，步伐很快也很稳健，浓密的胡茬子挂着一层厚厚的霜冻，和头上戴着的翻毛狗皮帽子的白色毛垂连成一片，远看像是一圈白色的络腮胡子。后面的老汉王云生年纪稍大，后背佝偻，脸盘黑瘦，额头的皱纹像刀割出的口子一样，长着稀疏胡须的嘴巴上面挺出一个高大的鼻子，和整个人极不相称，两条胳膊拧在一起插在两条袖子里，不紧不慢地跟在王德彪身后。

"站住！"王团长跟前的一个卫兵拦住了王云生，"把手拿出来！"王云生吓得一哆嗦，赶忙把袖子里的手拔了出来。"你找我？"王团长发话了。

"是这样的，老总，我是来给你下帖的。"王德彪说着把一个红纸折叠的信封双手递到团长办公桌上，接着说："明天王云生老汉嫁女儿，因为老总您是咱这一带第一体面人物，又姓王，所以特地来请您过去喝杯喜酒，一是给咱姓王的人家长长面子，二是也给咱们弟兄解解馋，办了不少桌席，老总可以带些弟兄一起去。"

"哦，这事啊。"王团长放下腿，听到把他放在西湖庙一带头面人物上，顿时来了兴致，他把身子坐正，他伸手拿起红纸帖，打开，上面写着：农历十一月初八，西湖庙王云生嫁女，请王团长起尊同贺。"王云生？云字辈，我是远字辈，按照辈分我还得喊爷爷呢，出嫁的是我姑姑喽？"王云生吓得浑身发颤："不敢啊不敢，老总……"

王团长思量了一下，可以趁这个机会出去走走，看看动静，判断一下老百姓的动向。王团长使劲坐直了腰，站起来哈哈一笑："明天中午，我定赴宴。"

王云生老汉不大的院子里挤满了人，院子东南角架起两口大锅，王云生婆娘的姐姐和邻居吴大奶奶负责两口锅的烧火，六个用湿泥土坯垒成的垛子构成一个弧形，上面支撑着一口大锅，大锅里填满水，压得土坯垛子纹丝不动。成捆的木柴堆在身后，整个木桩塞进红红的灶膛里，猛烈地吐着信子的火蛇恶狠狠地反复扑在潮湿的土坯上，瞬间便消了势头。土坯冒着热腾腾的烟气，靠近出火口的一块已经烧得发白了，土坯和泥时用的麦秸秆被烧得黑乎乎的，然后发白成粉，飘落下来。寒冷的冬天让大家都羡慕这个烧火的工作，不但暖和，还可以不停地闻着锅里翻开的熟肉的气息。

王云生杀的是一口白花大公猪，虽然早年被劁了蛋子，但公猪依然发情，几次都差点把王云生的婆娘拱倒，王云生早就发了毒誓："早晚非亲手杀了你这狗日的！"公猪昂着头和他对战，好像在抗议：我是猪，凭什么骂我是狗日的！有一次王云生抬腿一脚，没踢中，却差点被猪咬到脚趾，吓得连滚带爬出了猪圈。

杀它的时候，这畜生仿佛有预感，纹丝不动，任人把它捆绑，抬到门板上。紧挨着门板是平地挖出的一个大坑，坑上坐着的也是一口大锅，大锅底下是个通道，人在通道一端烧火，烟气从另一端冒出。大锅里已经烧好了滚开的热水，只等一刀下去，把猪体滚入水中。

杀猪的活当然少不了王德彪。花公猪一声不吭，脸对着大锅侧躺着，眼睛蒙着一层厚厚的眼屎，前腿、后腿被分别绑在一起，后腿外面，被劁过蛋子的阴部，松散的蛋皮耷拉在大腿根上。王德彪生得精瘦，胡子刮得干干净净，围着围裙，戴着套袖，穿着水鞋，他的脸和猪的脸是朝着一个方向，猪头朝西，面朝南。

王德彪右脚踩住猪嘴，左脚挪了挪使劲把住地面站好，这才从后腰牛皮囊里掏出事先磨好的尖刀，弯下腰摸摸猪的脖子，然后停顿了一下，伸腰把床板前放着用来接猪血的大黄盆动了动说："这血人不能吃了，肉还行。"王云生急了："这血怎么了？"王德彪说："怎么了？再过一天这猪不用杀，就该自己死了，热毒病，你没摸摸猪都烧成啥样了？眼睛都被眼屎糊住了。"

接完了血，把猪滚入沸腾的大锅中，抓出一条后腿，用剔骨刀从后蹄处开个窟窿，几个年轻的汉子趴在窟窿处轮流往里吹气，很快，猪的身体圆滚滚膨胀起来。吹气的小伙子们也累得一个个眼冒金星头发晕，那都没事，等上了黄香，拔了毛，开膛破肚之后，那个尿泡就是他们的了。猪的尿泡很大，高高举起，把尿倒出来一部分，然后顺着小肠头使劲往里吹气，直到爆炸，炸得每个人都一身猪臊味，这才是年轻人的乐趣。

带领着一帮手下去西湖庙喝酒的王团长到了村西头大树林子就停了下来，等着迎接的王德彪早就站在这里了，西湖庙的村西大树林子在这一带比较出名。王团长骑在马背上团团地转了一个圈，然后对着弟兄们说："你们全部在这里待命，任何人不得擅离岗位，我去吃本家的酒席，很快回来。"

王德彪快步前面带路，几步就到了王云生家的院子里。就在这时，解放军骑兵团已经从二十里外的小王庄向这里进发了。

五

打起冲锋那天，信号弹在晴朗的天空升起，先是集束的炮火，炮火一停，黑压压的解放军骑兵开始全线扑向刘家村。刘家村外围有两道战壕，一直趴在战壕里的国军士兵被这突然到来的冲锋弄蒙了。

当时，王毛子还正在睡梦中。一阵枪响之后，他几乎是跳起来穿好了衣服，牵着白马就往外跑，刘大鹏早就在那跺着脚直骂太慢了。骂着就一鞭子甩过来，王毛子觉得喘气都困难了，脖子上如刀割一般疼痛。

这个节骨眼上，刘大鹏只顾自己逃命，哪里还顾得上王毛子，他骑上马就往外跑。炒豆子一样的枪声吓得王毛子不知所措，到处乱窜，不知如何是好，满眼都是被子弹激起的土浪。村子里的高大树木已被炸得全无踪迹，裸露在地表的除了一堆堆士兵尸体，就是被血浸红的黄土，国军躲在土房子里疯狂还击。

一个国军士兵端着长长的步枪狠命朝一个下了马的解放军战士刺来，那战士闪身一躲，步枪刺了个空。国军士兵丢了枪，一把将解放军战士抱住摔到地上，翻身骑上来死命掐住他脖子。解放军战士双手在地上乱刨，但始终无法翻过身来。王毛子心跳得厉害，迅速而反复地做着决定。

解放军战士的脸都发白了，眼珠子乌青，王毛子的脑门子一阵发热，随手抄起一把铁锹照头劈去。一股温热的血液冲到他脸上，他本身就有晕血的毛病，那股鲜血冲上来一刹那，他头一蒙，便什么也不知道了。

醒来的时候王毛子已经坐在马背上了，那个被他救了的解放军战士正在给马上的一个领导报告，大体意思说王毛子是个好人，救了他一命。领导是个四十多岁的中年人，浓眉大眼，听完解放军战士的报告，低声地笑着问他："你大概就是那个王毛子吧，好你个小毛头，成了救解放军战士的大英雄。你们家的事我知道，知道你被扣在这里，县侦察大队都给我说了，让我们进攻的时候特别注意一个十几岁的娃子。"最后，这个领导特别赞扬地说："很好，保住这笔金银就是为新中国做了贡献。"

这时候过来一个军官向这位领导报告，王毛子才知道这位领导是解放军骑兵团的周团长，王毛子仔细瞅瞅他，发现这个团长穿的衣服竟然比他的还破。周团长看到王毛子有些拘谨，就伸手摸摸他的头，又想摸摸他的肩膀，不想一下摸了一把血水，那是他脖子上被刘大鹏抽的鞭伤。周团长马上喊来军医，军医把王毛子领到整个队伍后方，就地处理他的伤口。

那个时候，国军王团长刚刚走到村头树林里和他的警卫人员会合。看到团部被炸得浓烟四起，赶紧带领警卫人员绕道往西逃窜而去。由于没有统一指挥，整编的国军骑兵团成了散兵游勇，一部分被就地歼灭，一部分在几个营长的指挥下撤出村子往北逃窜，躲进了一处当年伪军留下的炮楼。有了这个坚实的掩体，战斗需要进行一段时间。

晚饭时分，周团长的部队拿下了刘家村。王毛子在国军骑兵团团部看到了刘大鹏的尸体，浑身枪眼，也看到了被捆绑结实的王团长和他的参谋人员，全部被关押在他的指挥部里。

按照计划，解放军骑兵团原地休整半个月。周团长的通信兵牺牲了，坐骑也被炸飞了脑袋。周团长被流弹打断了一条腿，躺在王朝宗家养伤。自从王朝宗全家或死或失踪，这座"凶宅"再也没人来过。解放军需要休整，又不愿扰民，便顺便把这座老宅给收拾用作临时的团部了。

通过和王毛子的谈话来看，周团长早就知道王朝宗家埋藏金银的事了。休整期间，周团长和王朝祖夜夜促膝长谈，再三让王朝祖想办法找到这笔金银的下落。周团长说全国会陆续解放，需要用钱的地方多着呢，这些地主家搜刮的民膏民脂，再用来造福新中国，也就算功过一笔勾销了。王朝祖表示会尽力，但他能去哪里找到那些埋在"东山上西湖里"的金银呢？

解放后的淮北县一片欣欣向荣，县侦察大队已失去了存在的意义。淮北县解放第二天，县军管会成立，县侦察大队撤销。除了主要骨干编入骑兵团之外，侦察大队其余人员全部随杜金宝转换为军管会人员。杜金宝任职县军管会主任，董八臭那几个曾经来过西湖村的侦察队员分别任西湖镇新政府各职。王朝祖心如明镜，知道董八臭他们来西湖村是醉翁之意不在酒。论起打仗作战，他们或许是一把好手，谈起执政一方，那真是不敢高估他们。而周团长虽然可靠，但毕竟是要离开的。

半月之后，上级一纸通知下来，周团长率骑兵部队向南开拔继续追击残敌。临走那天，周团长带走了王毛子，也带走了那匹历经风云的大白马。把孙子交给周团长，王朝祖终于了了心事。

解放后的西湖镇百废待兴。解放军南下的这个夏天，天旱得厉害，小的树苗早就干枯了树枝，粗些的大树也显得没精打采，连最顶端连着主干的叶子也都打蔫地有些卷曲。知了拼命地叫，和人在痛苦时习惯大叫一样，拼命地呼喊或许能缓解痛苦。蚂蚁也在干枯的洞穴里待不住了，纷纷出来，连那种最微小的蚂蚁崽子也都拖着还发黄的身子出来了，在树干上顺着树皮之间的褶皱，忙忙碌碌地，按照有序的队列，过着这个夏天不正常的生活。地面上裂开的大口子仿佛能吞进去整条狗或者骡马，蚂蚁是从这里面出来的。有阴凉的地方坐满了人，他们在交谈什么，但说话的劲头也比以前小了许多，几个庄稼汉光着背，裤子被剪成了短裤，头顶着湿漉漉的毛巾。他们议论着眼前不容乐观的形势，考虑着下一步的打算。主政西湖镇的董八臭显然没有放松对王朝宗那万贯藏匿金银下落的追查。正是在这个夏天，他终于急不可待地开始了自己的行动。

天旱是农民的大灾，但却是董八臭的好机遇。董八臭不失时机地提出了为西湖河改道的计划。西湖河虽然也面临干旱考验，但丝毫没有改道的必要。董八臭提出的改道计划，恰好是把整个东山岗子翻个底朝天，然后再挖出河道来。这不仅劳民伤财，一旦改道，也就意味着近邻唐家村会水源拮据。但是董八臭已经顾不了这些，他急迫地要推行他的计划，当然，西湖村的村民都明白董八臭这是要干什么，只是无可奈何。

村里的劳力们都被赶着到东山岗子安营扎寨去了。不管愿意还是不愿意，那由不得自己说了算，董八臭说这是建设新中国的伟大壮举，任何人不得怠慢。村民们用高粱秸秆和圆木混搭成人字形的草庵子，统一铺着麦秸稻草，不分男女老幼统统睡在一起。睡在外面的还好，睡在里面的连半夜上厕所都是个麻烦，只有一个办法，晚上少吃少喝。厕所也没个场所，大家起夜都是自己找地方解决，东山岗子空旷得很，这个问题倒不是太难。

王朝祖老两口子不但全部到了河边挖淤泥，还被迫响应号召，让董八臭带着民兵大队把自己家堂屋地下仔细挖了又挖。董八臭怀疑老爷子王学成虚晃一枪把钱暗地里给了王朝祖，而名义上虚张声势说给了王朝宗。但一切都是徒劳的，董八臭除了把西湖河道实际上进行了一次清淤外，再无收获。

董八臭的清淤工作终止于这年十月一场罕见的大风雪。那是个傍晚，挖了一天淤泥的村民们正在东山岗子上休息。突然，大家发现在距离西湖村十几里地远的天空，一道黑色云柱如一条巨龙一样，一边翻滚一边向空中扶摇直上，眨眼间升腾至半空，半边天空随即陷入昏暗之中，接着以排山倒海、摧枯拉朽的气势向西湖村倾轧过来。正在现场指挥的董八臭见状，拔腿跑回村子。

狂风携着沙尘与雨滴叮叮当当地敲打着帐篷顶部，发出巨大声响，感觉房顶似乎随时都会垮塌下来。村民躲进板房，听着狂风暴雨发出的山呼海啸声音，感觉回到了解放前的岁月，整座板房已被密集炮火覆盖，摇摇晃晃，紧接着被连根拔起。暴雨过后，下起雪来。

人们先是为了这场壮观的大雪而兴奋，激动地拉开门来，雾绰绰的对面不见人影，正所谓：出得门来，三步之内黑狗变白，白狗变肥。先是成块成块像扯碎了的床单往下掷，接下来成团成团地往下滚，苗条清秀的树干几乎都因承受不住重荷而折断了腰，进而是压塌了茅厕，一只在里面寻屎吃的母狗因此动了胎气而流产，接着是压塌了不少人的祖房。

一位打此经过的算命先生说，这是因为清淤工作挖断了西湖河水系的龙筋，这是天上的水龙王在发怒呢。生性迷信的董八臭心里产生了害怕，他怕自身遭到报应，便在这场大风雪之后彻底停止了寻找金银宝藏的举动。

六

热火朝天大搞建设的五年过去了，王毛子仍杳无音信，这让已近风烛残年的王朝祖和阮穗焦急万分。有传言说王毛子当了逃兵，也有传言说他被国军俘虏去了台湾，这更让王朝祖和阮穗心里乱成一堆。而折腾了五年没有得到任何金银线索的董八臭一直非常恼怒，他借机把这股怒气发泄到了王朝祖和阮穗身上。

那天，阮穗正在家里，她把去年秋天从花椒树上摘下的带着枝梗的叶片从黑得发亮的破旧橱柜里拿了出来，橱柜原先是阮穗陪嫁过来的衣服橱子，后来实在不堪用了，阮穗直接挪到厨房里了，衣服柜便直接退休成橱柜了。

花椒叶早在去年就已经被晒得干焦干焦的了，放在白布里包着，白布是父亲去世时穿的孝衣撕出来的，另一部分成了笼布。隔着白布，阮穗把花椒叶和花椒枝梗用棒槌敲得粉碎，然后倒在滚着开水的大锅里。阮穗使劲地往火红的锅灶膛子里塞了几根稍微潮湿的劈柴。这锅灶少说也有四十年了，算得上老古董了，锅灶口的横砖上结着厚厚的烟油子，闪着贼亮的光芒，潮湿的劈柴猛地钻进烈焰的锅灶膛子里，锅灶发出难以忍受的噼里啪啦的咳嗽声，一股股发着亮黄如同油漆般光泽的浓烟从锅灶口喷薄而出，呛得古老的锅灶口乌黑的横砖处挂上一层细密的黑油油的水珠儿。火在瞬间被浓烟呛得熄灭了，阮穗并没有回头，她转身向厨房外面走去，这时身后的锅灶轰隆一声，阮穗惊得猛一回头。锅灶口在经历瞬间压抑后砰然喷出一个巨大的火球，潮湿的劈柴着火了，锅里的水开始沙沙地响了。

阮穗丢下锅灶转过身来，看到董八臭正带着一帮子人向自家门口走来。董八臭显得特别精神，梳着锃亮的背头，几乎看不到的脖子里嵌着一个大脑袋，一身黄军装，上衣开着，解放鞋和他的脸一样，显得脏兮兮的。董八臭大腹便便地摇晃着身躯，身后跟着一群死党，其中就有他当年的战友曹合子。

阮穗并没有搭理他们，但是董八臭却是冲她来的。曹合子上来一脚蹬倒了阮穗，跌倒瞬间她撞到了一旁立着的面盆，咣当一阵响，面盆碎了一地瓷片。董八臭说："你孙子是反革命，已经投靠外国，你们大地主的后崽子都是靠不住的！"阮穗站起来直盯着他，一字一顿地说："现在你想怎么说就怎么说，但是我孙子不会的，他总有一天会回来的。"

董八臭一扬手："别啰唆，把人绑了，放到村公所打扫厕所去。"阮穗说："不用你们绑，我自己去，看你们能怎么样。我行得正，啥也不怕，人作恶天在看。"董八臭说："别扯这些没用的，有感慨做梦去说吧。"一行人架着阮穗就去了村公所。

阮穗到了村公所以后，看到王朝祖已经被关在那里了。王朝祖被关的地方是一间小仓库，阮穗看到他时，他脸上有几块青紫，那是董八臭他们下手打的。

他们把王朝祖和阮穗关押在一起，先是让他们反省，考虑作为一个叛徒的家属，如何给人民一个交代；然后就是交给他们一堆任务，主要就是打扫厕所和处理村公所的杂活。在那个疯狂的年代里，王朝祖和阮穗只能按照董八臭他们说的照办，只是孙子的杳无音信让他们心乱如麻。但他们坚信，孙子是不会当叛徒的，总有一天他会光明正大地回来。

董八臭对王朝祖和阮穗的无端折磨并没有持续多长时间，就被一场灾难所覆盖。那年年末，西湖镇发生了大饥馑，村里的集体大食堂陆续断粮，政府发了带皮的谷子，一人一天一两，煮的稀汤喝了撒泡尿肚里就没啥了，人饿得走路都摇晃，生产队有 180 多人，60 岁以上的老人和 5 岁以下的小孩饿死 40 多个。成年人青年人耐抗一点，可也饿得走了样脱了相，浑身浮肿，胳膊腿细，肚子大，天天吃蒸红薯煮红薯，吃得直吐酸水。

被放回家的王朝祖老两口和别人一样，每天都是一步步挪向大食堂，羸弱得没了任何气力。阮穗瘦得就剩一张皮了，颧骨高高突起，更显深陷的眼睛像两盏半夜里亮在坟地的灯笼，满嘴的牙全部伸在外面。她的耳朵根部不知什么时候破了，流出的血经过耳垂，在腮部凝结，乌黑的一块，像是个巨大的狗鳖子。这种只长在狗身上的虫子趴在某个部位根本一动不动，看上去就是一个刺猴子或者囊肿。

临死的那一天，阮穗似有回光返照。虽然两三天没有进食，但她突然感到浑身一阵轻松。她步履蹒跚，但还是在开饭的点赶到了村大食堂的灶台前，锅里清汤见底，榆树叶子剩下几片、茅草根没有几根，略显混浊的汤是最有营养的了，那是用玉米面或者荞麦面下的料。

啪的一声脆响！阮穗手里的碗掉了，她实在没有端起一碗汤的力气。紧接着人也倒下了。倒下的阮穗看见地板上掉了一片榆树叶子，忍不住塞进嘴里。"妈的，谁让你捡的？！这掉的榆树叶子也是公家的，不能塞你嘴里，吐出来。"一个声音恶狠狠地在一旁吼叫。这个声音无比耳熟，那是村干部董八臭的声音。西湖镇的饥馑惊动了省里领导，调查后得知是董八臭一门心思将民力用在挖取金银宝藏上而误了生产建设。董八臭为此被撤去一切职务，最后让他到西湖村大食堂工作反省，成了一名伙夫。

阮穗坚决不吐，迅速吞咽到肚里。阮穗吞下榆树叶子，目光也有了变化，仿佛赚足了便宜，她窝在地上，鼻血哗哗流着。人确实是奇怪的动物，受了这么多罪也不会死去，即使瘦弱成这样，还会有这么大量的鼻血。那鲜血像喷泉一样，鲜红发黑的血液流到嘴边，顺着嘴角淌在地上，地面殷红一片，那是阮穗留在世上的最后一点温热。三天后，王朝祖也饿死在自己家中的土炕上。这是1953年的西湖村。

而1953年的朝鲜半岛，在遥远的南部岛屿，王毛子和周团长正躺在铺着干草的帐篷里，等候着和美方交换战俘。这里临时关押的80多名志愿军战俘，都是即将送出去接受战俘交换的。周团长伤势严重且伤口不断恶化，战俘营无法为其提供必要的医疗，这也意味着活着走出去的希望不大了，毕竟谈判是个漫长而未知的过程。周团长向组织替王毛子写了一封信，证明王毛子在前线的优异表现，并希望他回国后能分配到一个技术岗位上去。在跟随周团长的那些岁月里，王毛子表现出了在武器研究方面的天赋。

是周团长把王毛子带上了革命的道路，他们一路南下到广西，然后又北上过了鸭绿江进入朝鲜。过江那天，周团长还开玩笑说，等打完这仗回来带着王毛子回淮北挖金银呢。没想到两年之后，弹尽粮绝的他们全部被俘了。

那次，周团长接到的师部命令是带领侦察营出去寻找突围路线。当时，整个志愿军步兵师被敌人死死围困在一片山区之中，面临弹尽粮绝的困境。师部不愿坐以待毙，开始有计划突围。

周团长所在的团已大部分牺牲，只剩一百多人，被编制为师辖侦察营。师部让侦察营单独行动，挺出山谷丛林，寻找前方通道。单独行动危险性太大，尽管侦察兵们昼伏夜行，但敌人的巡逻队实在太多，他们妄图把志愿军困死在这里，因此封锁了各条通往外面的道路。

周团长要求大家一定要提高警惕，并让王毛子带领侦察小分队作为尖刀班在前面开路。那时，经过战争的洗礼，王毛子已成长为一名优秀的连长。

为了防止碰撞发出声响，尖刀班把器械都用青草捆紧绑牢，按照地图快速行军，希望为后方部队找到安全可靠的生命通道。但是第二天一早，他们在穿越一条公路后就地休息时，意外发生了。由于脚下较滑，一块石头掉了下去。山脚下的敌人发现了他们，很快围了过来。

王毛子伏在一处草丛中，看见几十名敌军开始向山头围攻。他们在各个路口埋上地雷，并呼叫援军。

王毛子让大家赶快分头突围，慌乱中他一头扎进一处荆棘密布的灌木丛。右臂一阵疼痛，王毛子用手一摸，全是鲜血。他看了看周遭，没有突围出去的可能，转身又向侧面的一处悬崖跑去，那里或许能有一线生机。借助岩石躲过了子弹的射击，王毛子看到一个杂草掩映的山洞，便一头钻了进去。

四野一片沉寂，好不容易熬到天黑王毛子才走出了山洞。他有点找不到方向，抬头想看看北极星，夜空里却只有几个隐约的光圈，无法辨认。

黎明时分，王毛子打开胳膊上的绷带，发现伤口已经感染肿胀。到哪儿去找吃的呢？这是活下来必须面临的问题。可是，眼前除了空空的水壶、一枚手榴弹和20发子弹，他什么也没有。努力爬上一处山坡，王毛子突然感到天旋地转，稍微休息之后，他觉得这是伤口的感染牵动了神经。

继续走，是一片稠密的山林。闷热的空气像刚刚打开的蒸笼，热浪扑面而来。王毛子热得连唾液都没有了，嗓子里直冒烟。大山连绵起伏，雾气遮天，没有尽头，更无法判定方向。

王毛子走过了第七个夜晚。白天他靠吃植物舔露水维持生命和体力，夜晚则不停行军找寻可能存在的战友。这个夜晚，奇迹终于降临了。王毛子突然听到了渺茫的猎号声在呜呜地响着，这是尖刀班的信号，还有人活着！无比兴奋的王毛子沿着山体冲沟越过道道险阻，朝着猎号声的方向快速前进。

尖刀班的弟兄们有六个幸存下来了。会合后，他们又幸运地捕捉到了两只野鸡。饱餐之后，好好休息了一整天。

重新会合后的队伍士气振奋多了，哪怕走出去一个人也能开辟一条通道出来，或许会幸运地找到友邻部队前来搭救被困的步兵师。他们小心翼翼地在密林中继续前进，一轮月亮挂在树梢，银光泻润大地。盘山公路静静地横在眼前，公路顺着山势向前延伸，直到消失在山背的暗处。尖刀班刚刚跃上公路，霎时，黑暗的丛林绽开了朵朵火花。随着一阵猝然而起的爆响，王毛子看见他的士兵在火光中疯狂地手舞足蹈，然后像被伐倒的大树，东歪西斜。他们再一次被敌人伏击了。

"往西撤退，快！"王毛子带领着剩下的三名侦察兵边打边转移，敌军的子弹雨点一样追着打来。突然，他感到被什么东西从背后狠狠一击，眼前金花怒放，双脚一软，身子向后仰去。刹那间，他望见头顶那颗北斗星突然暗淡下去，他努力想安静一下，然后去抓身体一旁的手榴弹，但敌兵用带铁钉的皮鞋把他的手给踩住……

周团长没能回去，遗体留在了寒冷的异乡。回国后的王毛子在经历诸多波折之后被分配到了省城军械研究所。当他急不可待地回到淮北老家时，爷爷奶奶早在几年前就离开人世，至今不知埋骨何处。他也听说了那些年月为了寻找金银所发生的疯狂之举，他不想再找什么人去要个什么说法。看着眼前的这一切他一言未发，他不知如何面对，他选择了彻底离开。

五十年后，当年村民眼里的王毛子，已成为赫赫有名的军械专家王传仁，临退休那年他获得了一笔发明专利奖金。王传仁对子女说要回老家一趟，毕竟那里是他的根，他更要看看那个儿时的村庄历经半个世纪沧桑巨变后的面貌。当然，他肯定也会想起那谜一般"东山上西湖里"的故事。这笔金银到底存不存在？王传仁也没有亲眼见过，他宁可相信那只是苦难岁月里一个大家都愿意相信的传说。

家乡已物是人非，只有当年王朝宗的那座老宅子如今还孤苦伶仃地矗立在那里。王传仁决定为家乡修一条路，而老宅子是修路的最大障碍。作为见证这个家族那段特殊岁月的唯一幸存者，和曾经生活在这座老宅里的小主人，当王传仁提出把老房子拆掉时，没有任何人提出异议。

看着这座岁月斑驳的老房子，想到半个世纪以来因为它身上可能存在的巨额金银而发生的恩怨，以及给整个家族带来的种种厄运或转折，王传仁感慨万分。但也正是这些磨难，让昔日的马童王毛子成长为今天的军械专家。而若干年后，王传仁回望自己崎岖的成长之路，摒弃了狭隘的家族恩怨，回归故里，用那笔专利奖金回报家乡。套用一句时髦话说，也就是"取之于民，用之于民"，他要亲身验证这颠扑不破的真理。

但是，当庞大的推土机轰鸣着推倒厚壮的王朝宗老宅时，在场的所有人都惊呆了。滚滚灰尘散尽，纷传半个世纪的谜底逐渐清晰：厚厚的东山墙空洞深邃，夹层里散落着大大小小的锡壶，里面装满了明晃晃的金银……

慰天之灵

一

生有生的问题，死有死的问题。次日贡嘎承受的则是生死交错间的事情。

那个为救他而跌落山谷的战友，耳朵以下的皮肉被尖利的树枝一刀切下，耷拉着挂在半个被血液浸泡的膀子上，他伸了一下手指，但次日贡嘎没能明白他的意思。等他可以明白的时候，他正在面对那个即将离开尘世的女孩。

在那个露珠滴满山谷的黄昏，生命凋谢在发着青光的石块上，她那热望、绝望而又无限向往的眼神，她伸出的带着余热的纤细的手指，她发出的沙哑的模糊不清的嗓音，慢慢低垂的小巧的脑袋，却永远刻在次日贡嘎的脑海里。

即便是退伍多年之后，次日贡嘎从地理上躲进深山老林的祖宅，在昏暗的菜油灯下，过着近乎原始人的生活，但他心里仍然躲不开一些过往。那生命将至的沙木子的眼神，那绝望眼神里带着的无限期盼，在昏黑的夜里像一道穿透力极强的激光，钻进了次日贡嘎的心脏里，在他跳动的心脉上打穿了两个孔，至今，它们还在流着血。

演习结束后，次日贡嘎要求休假，他需要一个较长的时间去消解一下自己苦闷的心情。次日贡嘎的家乡毗邻汶川县城，他相恋三年的女友在那里是一所幼儿园的老师。三年未见了，次日贡嘎有一肚子话要说，特别是这场演习事故中战友牺牲给他带来的心理伤痕，更需要一个倾斜的心灵窗口。

汶川地震前三天，次日贡嘎休假回家了。临行前，他们约定5月12日下午在汶川县城相见。

而地震的当天上午，次日贡嘎还在大伯家做客。堂哥的孩子庆生摆宴，次日贡嘎自然少不了参加。吃完饭后，他就准备赶往汶川去见朝思暮想的女朋友了。他甚至提前准备了一背包的礼物，就放在大伯的客厅里，宴席一结束，即刻便出发。

他们边喝酒边聊天，聊着聊着，那个饭桌有一点晃动，开始大家都认为桌子不牢固，有点晃动很正常。可是晃动越来越厉害，他们又以为是喝酒喝多了，谁也没吭声，都怕说出来这样的话就被别人认为是酒量不行。但是次日贡嘎搓了一下眼睛，看到窗外的房子都在晃动，而且晃动得厉害，再往远处看，窗外的大山都在晃动，左右晃动。他立即反应过来："地震了，快往外跑啊！"

村民们不知所措，像疯子一样跑来跑去，有的哭，有的大吼大叫，有的头上被扎破了，流了许多血。这时，第一波大的震动结束了，地也不晃动了。次日贡嘎站稳了，回头一看，村子没了。

二

沙木子平坦地躺在一块大石头上，次日贡嘎惊讶于她的脑袋竟然没有碎掉，至少也会残缺不全，但沙木子奇迹般地还活着，只是她的喉咙漏气，无法将语言表达出来。次日贡嘎判断不清她微微颤动的嘴唇想要表达的意愿，只是看着殷红的血液如山涧的泉水潺潺流出粗壮的动脉血管，先是将脖子全部染红了，然后湿透了胸前的衣服，然后，把发着青光的石板也染红了。

沙木子微微动了一下指头，她想抬起手来。可是次日贡嘎没能领会到这个意愿，他只是茫然地蹲在她的身边，茫然地看着她，手里的电筒光线越来越暗，沙木子的生命之火也越来越暗，即将熄灭。

这让次日贡嘎的耳边响起一阵遥远的呼救，一阵脚步杂乱、口号含混的奔跑中，一发炮弹爆炸在他面前不远处的一片低矮的灌木丛中，他的一个战友应声倒地，手里的步枪远远地甩在一边。次日贡嘎也被爆炸气浪袭来的沙石击倒在地上。他坐在地上，懵糟糟地望着周边，全是无声的画面，人群跑来跑去，他们张着嘴巴但没有声音，只是表情夸张。这样的情况次日贡嘎知道，骑在父亲次日错仁的肩上看电影的时候，这样的情况常常会引起人们的不满，有人扔起了喝光的啤酒瓶子，有人谩骂不止，有人光着膀子站起来随意尿在地上，有人吵嚷着却又不肯离开，直到不久以后，一切恢复正常，荧幕里的人开始有了笑声，大家也就有了笑声。

阵地上，次日贡嘎眼前的无声世界持续了很长的时间，有人将他扶起，他的耳朵开始有了马达般的轰鸣，他和那个重伤的战友一起，被几个人抬起迅速地向山下的救护所转移。

这是一片长达近20公里的茂密树林，林木高大，灌木丛生，野兽出没，毒蛇、毒蜂横行，平日里只有胆大的猎人和采药人才敢进去。进森林不一会儿便分不出方位，次日贡嘎和战友们拿出卫星定位仪、指北针和地图寻找走出森林的道路。

"敌"指挥所位于一片开阔地带。它的指挥中心、通信枢纽和信息中心成"品"字配置，雷达阵地位于指挥所左侧500米处，其后方是"敌"防守营营区。几个巨大的探照灯来回摇摆，把附近地面照得如同白昼。

夜幕中，次日贡嘎带领侦察队员们隐藏至"敌"指挥所附近地域，利用夜视器材对"敌"指挥所兵力布置和火力配置等情况进行侦察。零点四十分，单兵电台里传来"攻击"的命令后，9人立即按战斗分工，直扑各自的战斗位置。

夜色中的"敌"阵地一片寂静，按照战斗预案，第一战斗小组使用便携式导弹远距离攻击"敌"雷达阵地，吸引"敌"火力，并担任正面佯攻。第二、第三攻击小组从左右两侧直插"敌"指挥中心，待"击毙"哨兵后，生擒指挥官，同时在指挥中心、通信枢纽和信息中心要地放置塑胶炸药和定时炸弹。而在第一小组掩护下，侦察队员应迅速向前来接应的直升机机降点撤去。

次日贡嘎率领的侦察小组，在向导的带领下，绕过"敌"人的布雷区，避开"敌"军的巡逻队，钻树林，跃深涧，按照预定的路线前进。但前方尖兵报告，在二百米处的半山腰洞口，发现两盏马灯来回闪动，还有铁锹撞击石头的声音。根据原来掌握的情况，这儿没有"敌"人设防，可眼下"敌"人上来了，怎么办？

绕道走？不行！次日贡嘎和向导一块仔细观察地形，隐约可见马灯的前方是村庄，后面是悬崖，除马灯与村庄之间大约百米宽的草丛可以通过之外，无其他路可走。可是风停夜静，一丁点响动都可能惊动"敌"人，而"敌"人在半山腰洞口一定会设火力点，封锁这条山路和这片草丛。

时间在一分一秒地消逝，"敌"人的马灯仍然像鬼火一样闪动着。"不能等下去了，从'敌'人的眼皮下闯过去！"几个侦察兵匍匐爬到次日贡嘎的眼前，一致赞同他的决定。他们分成三个小组，一个组在前开路，一个组负责断后警戒，万一被"敌"人发觉，断后的小组用火力把"敌"人吸引过去，保证其他战友继续向"敌"人的腹地穿插。

为了防止碰击发出声响，方向盘、三脚架等器材，都用雨衣和青草捆紧绑牢。开路的侦察兵必须依靠爬行，轻轻用手把草拨开，慢慢地用身体把草压平，将可能碰出响声的石头挪开。他们一步一步向前摸去，顺利地行进到了山洞和村庄之间的草丛里。忽然，村子里的一条饿狗叫了起来，紧接着一个打手电的"敌"人，从距离次日贡嘎他们五十米的地方，步步逼近而来。

次日贡嘎马上意识到：糟糕！这种地形对他们非常不利，一旦

124

被敌人发现，这个小组将全部暴露在"敌"人火力下面。次日贡嘎悄声下达了分散突围的命令，可是，他和另一名战友的突围方向竟然是一处陡崖。慌乱中，次日贡嘎失去平衡，快速向着湿滑的崖壁滑落。紧急间，次日贡嘎的手被战友一把抓住，随即整个身体被远远甩开，落在一处草丛中。而那个救起他的战友，却不幸跌入了崖谷……

三

次日贡嘎给连队打了电话，只说了两句话。第一句是，我还活着；第二句是，我要进入重灾区，帮助救援。

第二天一早，次日贡嘎拦住一辆出租车，告诉司机能送到哪就送到哪。司机也怕死，上有老下有小，把他送到进汶川城的三岔路口就停下了。次日贡嘎下了车，司机不愿收钱，说就当是他为救灾捐了，次日贡嘎说："你这司机还行，虽然胆子小，但还有点良心。"

几个武警和公安在岔路口站岗，进汶川只有军车和救灾物资车能进，其他地方车一律不让进，穿军装的次日贡嘎走过去对那个武警撒谎，说自己部队在这里抗灾，现在必须要进去。武警说："那好，我帮你拦辆车，坐车进去。"

过了一会儿，武警果真拦住一辆车，是上海东方卫视进去采访的。上车有十分钟的样子，他们就停下，前边路不通了。一位老大爷坐在路边的帐篷前，说不但路不通了，里边的整个城可能都没了，要去就得冒险走八十多公里环山路，至少要走一天。

四川的山很高，那些悬着的巨石，似乎稍有微风就会掉下来。地震以后泥石流泛滥，到处都是塌方。去汶川的大车路全是沿着河走的，也就是岷江的山路，路上全是被山石砸瘪的车子，死人的血流得一片一片的。但次日贡嘎决定继续走，再危险也要到达汶川县城。

次日贡嘎面对的流血战友，换成了流血的沙木子。虽然，那个时候他还不知道她的名字叫沙木子，但仅仅半小时之后，他就从尚有余热的尸体上取出了她的身份证，并用对讲机报告给了海拔一千多米的山顶救援指挥部。

沙木子终于从嘴角漏出了一句能让次日贡嘎听明白的话，她断断续续地说着，而且每一次用劲，喉管处的裂口都会喷出更多的血液。沙木子艰难地说："我想活，想活着，看见家人。"次日贡嘎无以应对，他下意识地握着她的手，手指微热但又冰凉，沙木子手指纤细，被次日贡嘎粗糙的大手握着，她又很艰难地笑了笑，说："抱，抱，我。"这次次日贡嘎没有怠慢，他放下那双纤细的手，把粗壮有力的大手放在流血的脖颈和腰部，缓缓将她托起。次日贡嘎和沙木子一起缓缓向上飘起，周围的山川纷纷向后隐去，并变得模糊，一层浓浓的雾掩盖住整个空间，像是给沙木子和次日贡嘎支起了一个巨大的纱帐。他们没有飞到天外去，而是停留在缥缈的云天之上。次日贡嘎惊喜地看到沙木子脖颈处的血液在回流，然后伤口慢慢愈合，整个身子失去重量。

次日贡嘎晚上八点钟到达映秀镇。街上非常繁忙，有武警战士不停地抬着黑袋子来来回回，次日贡嘎站在那里不到半小时，就看见了十几具尸体，他们说那是从废墟中挖出来的。

映秀镇到县城还有一段距离，连走八十公里体力耗尽，不吃饭是不行的。救助点有很多吃的，有米饭、汉堡、八宝粥、矿泉水。走夜路不太现实，次日贡嘎就在救助点领了一套单兵帐篷，一个老人与他合住。老人是本地人，跟次日贡嘎说，那里是个幼儿园，还有一百多个孩子没挖出来。次日贡嘎的心咚咚地跳，顷刻间满头是汗，他并不害怕死人，他害怕的是对女友情况的一无所知。

次日贡嘎实在睡不下，就跑过去和他们一起挖，遇难者比较多，然后武警一个一个地往山坡上抬，在半山腰挖了个坑，把那些尸体往里面一放，一排一排地在上面撒上石灰消毒。

尸体的确很难挖，因为埋得太深，挖到早上也没挖到那批学生。快早饭时，次日贡嘎挖到一个成年人尸体，整个尸体脸部根本看不清楚，味道特别重。因为没有专业护具，也不懂防护方面的知识，口罩、手套都没戴，那个尸体腐烂的味道让次日贡嘎特别恶心。他告别映秀，决定继续前行进入县城。

老人劝次日贡嘎别进去了，说那里面的路根本进不去，是条"死亡路"。看劝阻无用，老人给了他两瓶矿泉水，次日贡嘎就上路了。走了没多远，前面根本看不见路了，公路四五米宽，全被泥石流埋住了，只能看见被埋的车子，有的只剩一个轮胎，一路上压的车子太多太多，路上的石头很大，有几间房子那么大，除了泥石流什么也看不到，那些车子都被砸得粉碎。次日贡嘎刚到前面就有一股很浓的尸体腐烂味道袭来。看情形，这里住着一户人家，地震时全被石头砸死了，到处都是烂衣服，旁边还有一只狗，还在忠实地守着主人。次日贡嘎很感动，不管它吃不吃，就给狗扔了几块面包。

前面的房子也看不见了，上面压着很大几块石头，上面的路确实很难去，全是泥石流，只要有风吹草动或者大声说话都感觉能把那些石头震下来，稍有余震那都是必死无疑。路上除了次日贡嘎之外，空无一人。

大约一百多米后，次日贡嘎看到一座很长的铁索桥，桥下是近千米深的悬崖陡谷。铁索桥损毁严重，有些地方只剩一块木板，一走还晃动。次日贡嘎决定越过这座铁索桥。女友与他相恋三年，这也是他当兵后首次回来探望。次日贡嘎想到这里，眼泪止不住落下来。他仔细研究了铁索桥的情况，然后小心翼翼地抓住护索，攀爬过去。

山下没路，要脱离险境必须走山顶。山顶是秃的，植被和岩石全被泥石流卷走了。余震不停，次日贡嘎感觉脚下石头一直在晃动。山顶往北是隐约可见的汶川城，次日贡嘎心里猛地收紧，快步向前走去。山头背后是一片山村，次日贡嘎走了下去。

山顶北部的下坡处，是一个小小的山村，房屋全部倒塌了。而一处空旷的场地上，竟然有几个小孩在那里呆呆坐着，那些小孩显然好久没见到其他人了，一看见次日贡嘎就哭着喊"解放军叔叔"扑过来。那些小孩脸上很脏，衣服也破烂不堪，旁边还有一个20岁左右的女孩子。次日贡嘎问了才知道，这是一所学校，她是唯一的老师，名叫沙木子。这里有14个小孩子在学校读书，地震压死了 2 个，现在还有 12 个。

次日贡嘎问他们家人怎么没来接，女孩说整个村子都没了，她说他们一直想出去，可是没人照顾小孩，她是先天性小儿麻痹，走路不方便。次日贡嘎看到学校全部塌了，他们就睡在几件破衣服上，便赶紧把包里吃的拿给他们。女孩说需要他的帮助这些孩子才能渡过难关。次日贡嘎解释他正赶着去县城救自己的女友，也是一个幼儿园老师，到现在无法通联，生死未明，或许她那里有更为困难的情况需要帮助。次日贡嘎希望他们坚持下来等待后续救援，并掏出自己所有的食物，表示无法做出更多的帮助。

女孩没有过多的哀求，也没有表示出别的情绪。次日贡嘎走了，继续向着县城进发。

四

女孩没有停在原地待毙，她开始艰难地挪动着转移孩子们。既然有人走进来，那就可以走出去。按照次日贡嘎来时的路线，女孩翻越一段峭壁，和孩子们来到与峭壁连接的那条铁索桥一端。这个铁索桥对于孩子们来说，通行过去是个巨大的困难。女孩准备把外套脱掉，把孩子捆在背上，爬着一个个运过去，而只有运到对面，孩子们才有活下来的希望。为了安全起见，女孩决定自己先爬行一趟试试。

尽管爬行得很慢，但女孩先天性的小儿麻痹症还是给她带来了巨大的困难。山风骤起，沙木子使劲往前挪了挪收紧身子，使劲抓紧铁索，一寸寸继续前行。

走近了，终于走近了，整个汶川城一片瓦砾，既分不出街道地点，也找不到明显指示，次日贡嘎面对的只能是一个无比巨大的垃圾场，一个毫无生机的巨大垃圾场。静默了半个小时，次日贡嘎认为在这里他什么都做不了。他也意识到不能在这里多待，因为完全没有食物，没有水源，他也撑不了很久。他想起山顶的十几个孩子和患小儿麻痹症的女孩，转身返回走去。

沙木子觉得精疲力尽了，两只胳膊实在无法支撑一直悬在空中的身体。她是爬越一段没有木板的铁索时身子掉下去的，她有幸抓住了绳索，但她也撑不了很久。突然，她看到眼前的山峰瞬间向上升起，她如在童话中，看见黑暗中仍旧发白的雾，如同鲜白的牛奶倾覆在巨大的山涧，把整个空间涂抹得洁白肃穆。她听到奇怪的鸟叫，听到山间泉水唱歌般地流淌，她想起了孩子们，想起了父母，想起了身穿军装的次日贡嘎。

她被重重一击，由仰面到俯面，她看到了无数巨大的手指在天地间合拢，又像是山神的胡须长满山涧。她感觉到了，那手指太生硬，只在她的脖颈处轻轻一抹，鲜血便喷涌流出，洒满整个山峦。她颠簸了一下，向着更深处落去，她看见暗夜里扇着翅膀的鸟类，和她一样扑闪着轻盈的翅膀在山间盘旋，她分辨不出是哪一类的鸟鸣，既不是画眉，也不是百灵，却好像是一群体型巨大的山鹰，引颈长鸣，向着她相反的高处飘去。她似乎翻了个跟头，但仍是面向上，她再一次被巨人的手指托住，似乎稳稳地被抱在怀里，然后缓缓地把她放下，在山底一条潺潺流动的溪流边。她转动着那江南女孩特有的明眸，看到四周山峰有如墙壁，墙壁上垂着黑色的布幔，这是葬礼的场面。

沙木子像是躺在一个大的空房子里，也像一个巨大的石棺，谁也无法将她救出。她终于获得片刻的冷静，醒了过来，她认真地往上看了看，巨人的手指是山壁缝中伸出的巨大树干。她眨了一下眼睛，意识到自己还清醒地活着，她听觉敏锐，听得到脖颈处血液在咕咕流淌。她试着说话，但发不出声音，只是咕咕的血流声更强了。她下意识地攥了一下手指，手心里也全部是血。

当次日贡嘎在覆平了的山村没有找到孩子们后，他心里猛地咯噔一下，迅速向着铁索桥方向跑去。

孩子们失魂落魄地大声哭喊着，抱成一团，抱着次日贡嘎。次日贡嘎说不出心里的滋味，一股浓浓的酸楚涌上喉咙，泪水滂沱而下。

次日贡嘎采用了和沙木子一样的方法，用衣服将孩子一个个捆绑在身上，直至十二次的爬行之后，他才把自己的愧疚感稍稍减缓。次日贡嘎把孩子们送到救助点，又从救助点那里要了一套攀爬绳索。几名武警战士了解情况之后，主动加入了救助行列。次日贡嘎把攀登绳索的一端固定在铁索桥链上，然后穿戴好手套，带上保险绳开始向着谷底滑去。

次日贡嘎站在谷底的青石板上，时间是傍晚六点五十分。他解掉后背的绳索，打开头上的探照灯，立即蹲下来。蹲在沙木子的身前，次日贡嘎看到她的脖颈处被树枝划破裂开，气管呼呼地漏气，只是不停地向外涌着血。沙木子奄奄一息，但眼神还可以清晰地判断，她有话要说："我，冷，冷。"次日贡嘎刹那间仿佛血液凝结，他瞬间想起了在演习中牺牲的战友，也是满脸鲜血地望着他。在那个夕阳毒辣的午后，在后方的救护帐篷里，战友奄奄一息，急促地翕动着脖颈，几名女医生一边进行紧急抢救，一边准备着后送的救护车。战友满是渴望的眼神似乎要说什么，只是一直说不出来。他甚至记起了，战友也同样伸着手指，微微地颤动。

面对沙木子，他似乎知道了，这一刻，她需要的只是一个拥抱。他托起她的身子，将湿热的嘴唇吻在她的额头。而她，微笑着垂下了手臂，咽了气。仿佛，所有离世前的埋怨都消融了，她看到次日贡嘎，便对孩子们放心了。她放下了一切，满怀幸福感地走了，脸上带着微笑。

对讲机里的询问声让发呆的次日贡嘎放下了怀中的女孩尸体，他满眼噙泪地对着上面说："请扔下一条毯子和一条绳子来。"

还有一段时间的等待，次日贡嘎安静地守在女孩的尸体前，他为她整了整衣服，用手轻轻合上了她的眼帘，然后关闭头灯，安静得如一只虫子，伫立在山谷五月的夜风中。

次日贡嘎细心地将沙木子卷在毯子里，然后结结实实地捆在身上。他回头看了看谷底，没有过多思索，随后戴上手套发出指令，开始向着上方攀爬。

次日贡嘎把尸体在救护的担架上放好后，拒绝一同下山，他要求立即投入到新的救援行动中去。他说，他终于找回了自己，他要用更多的拯救行动去抚慰那个身患残疾女孩的灵魂。

两年后，次日贡嘎的父亲去世，母亲不堪生活重担，大病不起。次日贡嘎终于退伍回家，在母亲恢复健康之后，次日贡嘎担负起了在深山饲养山猪的家庭重任。在无边的黑寂的夜里，在举目空旷的林立山川中，他孤身一人却永不孤单。他过着安静的日子，脑海里时而闪现牺牲的战友和沙木子的泪光。他相信，他做的一切都很值得……

绝非兵家常事

一

浩荡的登陆艇编队向着岸边进发。在距离编波区 2 海里的地方，按秩序做好泛水编波准备。

一切准备就绪，张建安不失时机地呼叫突击上岛队，命令他们在接到命令两分钟后组织泛水。一阵披挂战斗装具的声音此起彼伏，冲锋舟也缓缓降入水中。在距离海岸 1.5 海里处，突然炮声响起，在 63.2 高地东南侧 100 米处一个敌迫击炮阵地，正对第 1 艇波实施拦阻射击。张建安迅速调整 85 加农炮 2 排转移火力打击 63.2 高地东南侧敌迫击炮阵地，全力压制。

炮兵参谋发送口令：全排射击，103 号目标，敌迫击炮阵地，榴弹，瞬发引信，全号装药，表尺加 5，向右 0~02，9 发装填，预备——放！

一阵铺天盖地的炮火过后，敌人炮阵地哑火了。先遣队不失时机，迅速在距离岸边 800 米处组织冲击上岸，抢滩登陆。

二

20××年×月18日20时02分。沿海某要塞火力旅。

作战参谋高子阳夹着刚刚收到的联指 1 号《情况通报》进入海岸指挥所。旅长张建安正在组织渡海登岛演习合练，他看了一眼高子阳手里的机要文件专用文件夹，掐灭烟头说："念。"坐在一旁的政委田飞说："该来的终于来了。"是的，为了这场准备两年之久的军事演习，火力旅等待得太久了。

"20××年 8 月，F 国悍然入侵，出动其比邻我境的岛屿部队进犯我领土领空，党中央、中央军委果断决定实施对 F 国大规模作战。M 国为维护其亚太利益，纠集 R、H 等国，实施武力干涉，企图从黄渤海方向打通空袭京津的海空通道，牵制主要方向作战。

"近日来，M 军加大了对 J 半岛的侦察监视、信息攻击和空中打击力度，企图构设环渤海情报侦察网络，引导远程精确打击力量。

"孔中岛驻军为海防第 14 团海防 1 营，遭敌强火力打击，雷达观察所损毁，对外无线电通信中断。海防第 14 团，在太平湾码头装载中遭敌精确制导武器打击，船艇、人员损失惨重，无力遂行支援孔中岛作战任务……"

张建安从高子阳手里拿过文件夹仔细又看了一遍，向政委分析说："从上级通报的情况看，敌加大了对 J 地区重要目标的打击力度，海防第 14 团已无力完成支岛战斗任务。我部作为联指机动作战力量，极有可能担负支援孔中岛作战任务。"

田飞说："我部疏散地域距孔中岛只有 10 公里，很可能遭敌空中侦察和打击，分队必须加强隐蔽伪装和防护，预想多套方案，抓紧时间做好战斗准备，确保完成作战任务。"

张建安立即对值班参谋下达指示：迅速将情况通报转发各单位，命令各单位，第一，加强伪装和防护，及时调整作战预案，做好支援孔中岛作战准备；第二，侦察组迅速与海防第 14 团海防 1 营建立通信联络，及时掌握敌情动态。

三

夏季，北方海岛的黎明来得太早，登陆艇上的潮汐表显示，当天的日出时间为 4：30。在比邻长岛的孔中岛，在看似寂静的空气里，却飘荡着一股股炊烟的熟食味道。早已于三点就起床的炊事兵在"不得暴露明火"的禁令下，努力地制作着熟食。已经四天，部队没有吃上一顿热食了。随身携带的压缩干粮已经把大家的胃口吃得疲惫不堪。此刻，刚刚攻入岛内的海防加强营，似乎迎来了片刻的安宁。

这支名为"钢四团"的蓝军部队是自前年便驻扎在这里的，是一支有传统的海防劲旅。

1949 年 8 月，我军史上首次渡海登陆作战——"长山岛战役"

就由这支部队打响。彼时，距离新中国成立不到两个月时间。

后来，随着解放军历次编制体制及序列调整，这支部队历经60余年而锋利依旧，成为今天的海防钢四团。作为一支有传统的部队，在3年的时间里，一直承担着为别人练兵的"磨刀石"角色，团长宋太吉多少有些不甘。演习协调会结束后，宋太吉在团常委会结束时狠狠砸了桌子一拳："磨刀石，磨刀石，老子这次把刀刃给他豁了！"

大约四十分钟后，作战参谋高子阳匆匆送来第二份胶东联指作战文书：据侦察得知，M军驻守邻国空军基地的战斗机，现已夺取了黄渤海方向部分制空权。海防第14团1营遭敌空袭损失惨重，已无力支援孔中岛战斗。火力旅务必于19日06时00分前做好支援孔中岛作战准备。

张建安率先发言："从《预先号令》来看，上级命令我于19日6时00分前，做好支援孔中岛作战准备，距完成作战准备还有不到10个小时。时间非常紧迫，我建议，第一，要迅速下达《预先号令》，督促各分队抓紧展开各项工作；第二，要收拢人员，做好支岛作战准备；第三，要加强观察警戒，防敌火力袭击和兵力袭扰。"

政委补充说："特别是应加强预先侦察，机动雷达密切观察当面海域，与地方远海渔船建立联系，及时掌握当面海空情。"

张建安示意作战参谋："好，迅速将《预先号令》下发。"然后走到军用电话机旁，拿起手柄："喂，支援营长吗？我是旅长张建安，如果抵进孔中岛，现在附近码头有没有可用船艇？"

短暂沉默之后，对方传来清晰的回答："报告旅长，经核实，我登陆艇中队 DC221 艇正在西粥码头补充油料，另有两艘侦察渔船正在孔中岛东北方向 20 海里海域警戒巡逻。DC221 艇可装载约一个营的兵力，航行到达孔中岛约需 20 分钟时间。当前的海况良好，可以展开航渡。"

放下电话，张建安说："从当前形势看，岛上阵地遭敌火力打击受损严重，敌随时可能采取立体登陆的方式，快速抢占孔中岛，我分析下步可能形成 3 种态势：一是我先于敌到达孔中岛，我可在守岛分队配合下迅速占领阵地，增强岛上防御力量，阻敌夺占孔中岛，对我作战最为有利；二是敌先于我夺占孔中岛，并建立较为完善的防御体系，我支岛作战难度将大大增加，对我作战最为不利；三是敌虽先于我夺占孔中岛，但尚未建立完善的防御体系，我可在海空火力支援和守岛分队配合下，歼灭仓促防御之敌，恢复防御态势。M 军武器装备性能先进，机动能力强，如不迅速增强岛上防御力量，很可能形成对我极为不利的态势。因此，我认为应立即安排先遣战斗队先期上岛，一是及时与海防第 14 团海防 1 营取得联系，加强其作战力量，为支岛作战争取时间；二是组织好先期侦察，判明敌情，为下步我支岛作战提供情报保障。"

政委接着说："岛上形势十分危急，能否实现上级意图，关键的关键就是'快'。我同意尽快派出先遣战斗队，如果兵力不够，可抽组加强一个步兵班。"

张建安说："好！我立即请示 J 地区联指。"

宋太吉之所以敢于夸下那样的海口，也是有底气的，与以往的纯粹"木偶"陪练不同，协调这次演习的军委参谋部也有意让"红""蓝"好好"抗"一下，为此，专门给宋太吉的蓝军部队配备了直升机中队。在海岛上混了半辈子，宋太吉还是第一次指挥一个直升机中队，虽然"蓝军"这个帽子让他有点不乐意，但直升机中队的配备，也算给了他一丝安慰。有这么牛的杀手铜武器供自己指挥，这让"土包子"宋太吉决定要好好"洋气"一把，什么样的"红军"在他眼里都不是个事儿。这不，尽管这个老海岛对岛屿熟悉程度不弱于农民手里的二亩农田，但他还是得意扬扬地乘坐着直升机在海岛上转了几个圈子。前来察看前期准备工作的导演组组长何副司令看完宋太吉设置的障碍后直摇头，不得不把语气放低："老宋啊，能不能把难度降低一点？"宋太吉眉毛一扬："降低？演习还是演戏？要是他们不行，调个顺序我来攻，保准把他们揍趴下！"

　　但是，作为宋太吉的对手——红军部队火力旅，显然也不是好惹的。张建安志在必得，要在这场演习中打一场漂亮的胜仗。当空气中那缕熟食的气味缓缓飘过微微起伏的波涛时，远在 J 地区南王绪镇的"红军"前敌指挥部也是一夜未眠。张建安眼睛带着血丝，一夜未睡，他一直在堆积沙盘，研究路线，根据演习实际情况，再和基本指挥所反复敲定进攻发起地域。根据构想，参谋人员们还在忙碌着，巨大的作战地图已被红蓝铅笔画得满满当当，各种作战符号也都排列完毕，秩序错落地等待着炮火或战士们的冲锋攻掠。张建安先后在摩步旅和装甲旅当过参谋长，经验丰富，这样的演习经历得太多了，换成以往，他根本不必操心，一切都有文案可循，部队按照程序演就行。但这次不同了，对手宋太吉太较真了，想演戏已经没门。宋太吉说"演习就是演习"，谁也不好反驳。虽说宋太吉设置的障碍给导演组看了一些，但张建安判定还有其他的"鬼"，也就是说那些障碍，远远不止于此，演习的每一分钟将会出现什么情况，导演组根本无法预测，更何况"红军"。看来这次要真刀真枪地干一场了，这也与中央军委一再强调的"演习不要演戏"思想一致。所以，目前能够做的，只有指导部队全力以赴地应对了。与宋太吉手下的直升机大队相比，张建安手下的王牌则是红旗导弹旅。按照演习节点，数十辆导弹发射车正呼啸进入毗邻南王绪镇的迟家沟水潭，在事先勘察好的洼子镇北侧四十公里处集结。

在洼子镇北侧这片丘陵连绵的地方，氤氲在山隘口的水汽很快就聚集成浓雾，冷风夹杂着雾气吹得人瑟瑟发抖。这是个阴冷的黄昏，俯罩在附近山头上的湿气一阵阵向山谷里冲击，但丝毫靠近不了那些傲挺的导弹发射架。12枚地对空导弹横卧发射车上方，稍有动静，振翅即出。

夜幕一分分临近，阴冷一分分凝重，雨势渐弱，浓雾渐淡。二百公里外，北海舰队航空兵基地，十五架各种机型战斗机已陈列甲板，年轻的飞行中队长王本洋正在指挥楼里等待受领任务。基地司令员马有江说："这个天气，真是日了鬼了！"

此刻，另有一片不闲暇的天地。在距离南王绪镇十五公里的北沟镇，一片平坦的开阔地方，野战医疗队还在忙碌着，从大西北经过四个昼夜的长途军列行进，野战医疗队作为最后一个分队，姗姗到来。这支由解放军某医院62名医护人员抽组的野战医疗队，主要是女同志。

这是解放军体系医院首次全程参与大型军事演习，所有训练科目将参与评分。军委派出专门考核组全程伴随，重点考核应急作战卫生勤务保障能力，为实现急救与后送的结合，前接与战场情况的结合，设置急救车与救护车、后送伤员运输车之间的伤员后送演练，野战急救装备与运输车、侦察车之间嫁接救护的配合演练，以提高特殊环境条件下的救治时效，提升野战救护所快速展开、野战外科手术作业法等野战救护保障能力。

从西北大漠到渤海之巅，四天四夜的千里机动已让这群长期工作于大楼里的白衣天使们尝尽苦头。起运的军列似乎与这个时代有些脱轨，不但是绿皮车厢，而且连电扇也没有。部队出发时，正是炎炎八月初，三伏天气。坐在闷罐车里，大家呼吸都有些困难，室外温度居高不下，而室内，拥挤的人群，使温度接近50℃。第一天大家还能忍受，到了第二天，很多人直接坐不住了，那些平日里衣着光鲜的护士们也不得不钻进座位底下，躺在地板上寻得片刻睡眠。喝水，拼命喝水；脱水，严重脱水。医疗队一路上要为大部队服务保障，一方面又要为自己保障。

四天之后，终于赶到凉爽的胶东，心里多少有了一些安慰。但是，安营扎寨之初，困难重重，而最为重要的则是用水问题。因为路况较差，运输过程中严重损坏的净化水设备，自己根本无能力修复，在刚开始的几天里，官兵用水极度困难。

在要塞的背部，几个年轻的渔家姑娘正在抖落渔网上的杂草，她们彻夜捕鱼刚回，在她们的专属捕鱼区域，红蓝双方有效避开了这一场所。姑娘们精神十足，看来，今天有了一个好的收获。码头上有一处破败的房子，是日常放置维修工具用的，一面大墙上贴着两个模样相近女人的大幅广告画，一排大红字赫然入目：亲姊妹渔家饭店欢迎你。只可惜，海风的张扬，把其中一个女人的下身刮破了，漏出白脱脱的墙皮，打远看，仿佛亲姊妹中的一个光着屁股。

姑娘们注意到今天的不同寻常，两个看似夫妻的男女呆呆地站在广告画前，一会儿盯着画面找什么东西，一会儿眼睛直直地看着渔家姑娘们。这对夫妻的傻相，惹得姑娘们阵阵大笑。而在一个小时之后，这对夫妻将会走向她们，带着一种让人怀疑的羞涩打听渔村里的人员情况。他们，是红军特战旅派出的化装侦察员。男的，是一级侦察兵李双起，"女"的，是他的双胞胎弟弟李双落。兄弟俩虽然为双胞胎，但长相、性格截然不同。哥哥李双起已是有着两个二等功的一级侦察兵了，弟弟李双落却连个三等功也没有。之所以选择他们兄弟俩化装到前端侦察，那是考虑到兄弟俩特有的"心有灵犀"，易于交流协调，而性格迟缓的弟弟李双落，也正好跟哥哥李双起起到互补作用。心细缜密的作训科长庄须周早早就考虑到了这一点。

在他们不远处的山坳里，庄须周刚刚休息下来，他率领着一个排的特战队员，趁着大雾，用了三个小时，靠着橡皮舟划行到了这里。进入南长山岛还勉强算是容易，但是要渡过中间唯一的便桥到达北岛，中间确实存在着巨大的困难。北长山岛是宋太吉的重兵所在地，各种侦察和兵力配置井然有序。别说从海路进去一队侦察兵，就是进去一只蚊子也很有难度。北长山岛地形复杂，冲沟较多。正是利用这些地形复杂的冲沟，宋太吉建造起了密集的火力侦察点。每一个冲沟都是一个天然的隐蔽所，从外面看，隐蔽所在荒草灌木中，丝毫不会被发现，但是从里面看，其视野开阔，每个隐蔽所都加载了高倍观察仪。在平时，这些地方都是炮阵地所在，现在，又赋予了他们新的任务。炮阵地上的一些临时设施也被进行了完备的整理，刷成了与植物相衬的颜色，即便走在跟前，也很难发现有什么不同。庄须周早年曾经在多次演训中接触过海岛侦察，对这些布设的严密性比较清楚，因此，他没有一点侥幸。对于如何进岛，他需要认真研究，确保万无一失。

而在蓬莱海边的一处入海口，一队蓝军的侦察分队也刚刚上岸，侦察连长王志东是这次敌后渗透的分队指挥员，与他们的对手不同，他们是借助渔民朋友的帮助"偷渡"过来的。对于他们来说，海岛的地形再熟悉不过了。平素的工作就是驾驶橡皮舟或冲锋舟在风浪里冲腾，或瞬间隐匿于要塞诸岛的莽莽丛林。现在的任务，是他们要去基本指挥所刺探情况，最理想的是抓一名对方"俘虏"。

20时20分，通信排长接收到胶东联指"支援岛屿战斗命令"：M军蛙人大队已顺利登岛，而后约一个营的兵力准备在孔中岛机降，以夺占表面阵地，试图利用我坑道永备工事建立侦察引导中继站和通信干扰站，对我防区内重要目标实施侦察和引导打击。上级要求火力旅务必全力阻止此次机降。

四

整个晚上一直站在风口的地空导弹营营长张志坚愁眉不展，这个天气实在太不利了。他系上了迷彩服最上面一个扣子，湿润的山风把他的眼镜糊上了一层薄薄的水汽。晚饭他是草草了事的，浓雾盖住了他的睫毛，多日未下剃刀的胡须上挂着一个个露珠。迷彩服虽是湿的，他的心情却是火急火燎的。他抬头看看天，一脸愁容。

"告诉牛春辉不要放松警惕，打起十二分精神盯住蓝军飞机。"他通过报话兵向连长吕多鹏下达命令。吕多鹏是旅里的特级导弹手，此刻他正坐在导弹车内，目不转睛地盯着雷达屏幕。

从当兵提干到现在，当了近十年导弹手的吕多鹏知道，越是天气条件恶劣、越是人困马乏的时候，蓝军飞机越喜欢搞偷袭。更何况自演习转入陆空对抗阶段，由于持续的降雨和大雾，他们还没有过一次真正的进攻。而由于战前各自过度的宣传，红蓝双方心理上早已成了真正的"敌人"，双方都渴望以战斗来证明自己。今夜，似乎一切时机具备了。

芦头镇附近的发射阵地上，上等兵张小鱼全副披挂，严阵以待地趴在雷达屏幕上。别看这小子有点混，那可是雷达士官学校的优等毕业生。

天气在开着大玩笑，浓雾再一次升腾了。转瞬间，站在阵地中央已经完全看不到几十米外的公路轮廓。

在离南王绪镇西南二十公里的诸由观镇，合成团基本指挥所内，张建安和政委正在从蓝军仅有的几次练习性进攻中分析他们的飞行轨迹和主攻方向。空情是张建安的强项，在这个方面，他免不了要卖弄一下自己的专业水准，他的脸紧紧盯着地图上密密麻麻的方格："从目前阵地配置情况看，蓝军极有可能借助山脉掩护采取低空突防，各火力单元要格外注意搜捕低空、超低空目标。"伴着张建安浓重的地方口音，作战参谋快速记录，并通过指挥网络通播全防空群。

连续从基指和营指传来的指令让牛春辉心里格外兴奋！顶着优秀基层指挥军官的光环从大西北来到渤海之巅，他不是过来看海的，他可是和老婆孩子夸下海口，说要打个满堂彩回去。

8月的中午，在海边也是炎热难耐，尽管早晨的空气清新甚至冰冷，但是穿梭在果园的野战医疗队女兵们来不及细细观赏，她们要赶往十五公里远的前方指挥所，那里出现了紧急情况。由于受防空炮的惊吓，一头牛挣脱缰绳踩踏了一名年老的果农，生命垂危，指挥部命令野战医疗队火速前往救援。

乡下的简易道路窄而不平，卫生方舱缓慢向前蠕动。为了减轻车体重量，大部分女兵不得不选择徒步行军。持续的奔跑，让人的身体急速升温。走在路上，就感觉空气像着了火一样灼烫着身体的每一个部位，汗水像决堤的大海奔涌而出。

一个冗长的运输车队，经过一片崎岖的山路行进。车队的长度超过了十五公里，由大大小小的各色车辆组成。最前头的是十几辆侦察车，由"猛士"或者"勇士"组成，特战旅派出的武装侦察分队正"在上面。随后的是指挥人员编队，庞大的方舱编队以及辎重，最后一波是医疗卫生设施分队，由十七辆各种特种车辆构成，在几辆侦察车的掩护下向着蓬莱南王绪镇外围的丘陵进发。

而在另一条道路上，轰鸣着疾驶而过的，是十几辆导弹发射车。穿了炮衣的导弹冷静地蹲在发射架上，任凭烟尘弥漫，它们一旦说话，一切将灰飞烟灭。它们奔赴的方向是胶东地区的龙口迟家沟水潭，在长岛的南段广阔区域展开布防，而它们的火力打击将非常强大。

前敌指挥所隐没在一片茂密的丛林中，距离附近的村子并不远，除此之外，四周都是果园。前敌指挥所所在的地方是一所上世纪废弃了的村公所，因为作战指挥帐篷要尽可能地容纳办公人员和各种设施，一些后勤方面的工作主要在这所破旧的村公所里进行。野战医疗队的前敌指挥所保障小组和炊事人员就住在这里。这里不仅配备了大量的急救人员和药品，还开设了六张病床。

在经历了两个雨天的潮湿和两天烈日的暴晒之后，从营区带来的板房建材很多都褪色、变形、断裂，使用寿命缩短，脆性也大大增加，这些板房建材大多用于后勤医疗方面。为了抢时间修整，患牙疾还发着高烧的张航，就和官兵一起上了房顶。由于房顶材料老化严重，多处出现了裂缝，人走在上面会发出"咯吱"的声音；为了排雨水，房顶还有一个30多度的斜坡，年轻的小伙子站在上面也是心有余悸。

一番讨论后，张建安进行最后总结："刚才大家围绕敌情、地形、船艇保障、军兵种支援作战能力进行了分析研判，结合大家搜集的情报信息，判断我部当面之敌为机降空投的一个营兵力，防御的弱点是防区较大，兵力密度较小，且不知道哪一个波次空投兵力。因此，能否有效破坏每一次直升机飞临孔中岛，对这场战斗至关重要。"

就在此时，作战指挥电话再度响起，通信兵匆匆跑来："旅长，接通知，敌 A10 攻击机 6 架 3 分钟后将到达我待机地域上空。"听说来的不是直升机，那就说明这一波次不是过来空投人员的，张建安长出一口气说："好，来吧。"

根据对宋太吉遣出的战斗机发出的防空警报，张建安正带领人员按预案疏散隐蔽，同时命令火力队占领阵地打击临空敌机。

副旅长迅速组织负责关闭指挥所灯光，疏散人员沿交通壕向东北方向疏散隐蔽。

从一个合适的高度俯冲的时候，战斗机飞行员李凯看到了带着红十字的野战医疗帐篷。虽然能够看见，但由于伪装网已覆盖严密，不在火力打击权限之内。"里面或许有几个妮子长得不错呢。"李凯向着领机的王本洋中队长用送话器呼叫。王本洋心中一笑，但没有回复。帐篷是最新式的，四角俯扎在基本指挥所附近的一处较为平坦的山谷底部。战斗机有足够的俯冲角度，甚至能够看得见帐篷伪装网下匍匐的女兵隐约的身姿。

四个月前，这群医护人员被从喧嚣的城市医院征召过来，组建野战医疗队。作为现役军人，他们一度距离练兵场太远了。平素里吹着空调的卫勤兵从西北大漠来到渤海之滨的实弹演兵场，着实让人替他们担忧。野战医疗队队长张航虽然有过野战部队驻连军医的

147

经历，但那已经是太久太久之前了。

就在半年前，改革中的军委后勤保障部突然提出卫勤力量"1+1>2"的概念，即野战医疗队与野战部队卫生队更好地接触磨合。军委后勤保障部的专家考评组已早早到来，要通过演习论证解放军医院存废问题，这让参与此次演习的野战医疗队瞬间被置于风口浪尖上，责任重大，使命光荣。

新型地空导弹雷达在方舱车顶上匀速转动，发出的探测波束像扫把一样扫向四面八方，导弹专业科班出身的牛春辉对这款灵敏度和探测距离俱佳的雷达性能深信不疑，他常说这个"哨兵"的眼睛很亮，几公里外抛块废铁都能抓到在哪儿。

"老牛，你去吃饭，我来盯一会儿。"副排长季祥不知道什么时候站在了方舱车外。在原来编制连队中，他俩是连长和指导员。从下午占领阵地到天完全黑下来，牛春辉已经四个多小时没有离开过座位。听到老搭档的声音，他只是伸出左手向季祥摆了摆，并没有转过头去，眼睛还死死钉在雷达屏幕上。雷达操作手李伟简单地扒拉了两口饭就回到了座位前。

一阵轰鸣过后，歼击机群横掠而过，向着红军阵地上的目标发射涂抹材料，根据演习规定，一旦被涂抹材料沾染，无论人还是武器，即刻退出演习。依据这一规则，导演组大批考核人员实地实时进行评判。

第一波炮火过后，天空安静下来，同时，高高扬起的烟尘和燃烧未尽的弹药产生的尘埃颗粒也飘扬洒落，仿佛在进行着庆典。驻扎在基本指挥所周围的防空炮营营长李敏一边咳嗽一边吐着落在嘴角的灰渣，看着战斗机群一个飘转，向着东南方飞逝。山顶的建筑物——空军雷达指挥所在硝烟中若隐若现。而近处的山坡，因为实弹射击的轰炸震慑，片片碎石滚落在地，只有拦腰折断的灌木依然将残存的部分坚挺着，这是被弹片击中的。远处的灰尘落下来了，近处的硝烟还在眼前旋转，那些几分钟前还葱绿的植物叶茎，此刻已是一片灰色。一只落单的麻雀，仿若历经百年的老者，对这一切丝毫不屑，低低地徘徊几圈之后，一抖翅膀，向着西北方的大黑山岛飞去。

防空炮火阵地遭受了巨大的创伤，歼击机群喷洒下来的带有燃烧物质的物品把整个防空阵地烧了个稀巴烂。伪装网嗤嗤地冒着火光，炮衣到处是冒烟的窟窿，炮兵们虽然得到有效的防护，但也因此降低了炮击效果。防空营营长李敏气呼呼地把一连连长刘朝旭喊过来，破口大骂："丢人，丢人！都从大西北丢到大东北了！怕烧死是吗？我告诉你，下一波攻击过来，你给老子脱光衣服开炮！"

刘朝旭是个言语比较少的人，经过这一番痛骂，这会也有点恼怒。但是，这一次的战斗处于劣势是显而易见摆在那里的。全都指望防空炮把歼击机打下来，那也是痴人说梦。稳了稳情绪，刘朝旭才说："营长，这演习都还早着呢。"一通火发完，李敏也冷静了许多，他也认识到防空炮火有限，但是目前阶段，也无法指望那些造价昂贵的导弹来解决问题。谁让咱是防空炮营而不是导弹营呢。他掏出一支烟，冷静了下来，冲刘朝旭摆摆手："灭火去吧，然后再领取些新的换上。"

3分钟后，侦察哨传来报告，受高射炮火打击，敌机已飞离待机地域上空，情况解除！作战参谋刘伟汇总后报告张建安："在刚才的空袭中，火力旅伤8人，亡1人，1挺轻机枪损坏，1台运输车轮胎受损，各分队正在组织自救互救和装备抢修。"

筋疲力尽的张建安到达位于四十公里外的导演部时，已经是吃晚饭的时间了。从四十公里外的那个泥泞的村庄来到这里，用了整整两个小时。突然而降的一场大雨把地面泡了个透彻。虽然胶东的沙土地倒不至于使得道路泥泞，但是崎岖不平的路面积存着成汪的水。因为对地形生疏，司机无法判断水下面到底是多深，有好几次，在看似很浅的水汪里，因为车速过快，差点侧翻。不得已，随后的路程采用了蜗牛的速度。

何副司令拉着脸，明显不悦，或者情绪低落。导演部也是帐篷，但这是一张特别大的帐篷，里面分别有作战指挥室、情报整编室、配电室、休息室，甚至是炊事班。在大门两侧，两名头戴白色钢盔的纠察向张建安行持枪礼。和对抗双方一样，这个帐篷也是处于隐蔽之中的。何副司令坐在地图旁边，头也没抬地示意宋太吉坐下。几分钟以后，一个高个子的参谋人员从情报整编室里出来，先是给何副司令看了一下，然后得到授意后，将文件夹传到了张建安的手上。这是一份战时情况通报，通报的内容在题头上写着：关于"火力—2016夺岛演习"中蓝军违反演习规定的情况通报。内容显而易见，是宋太吉的歼击机群对红军阵地的巨大破坏。这些破坏虽说在演习许可范围之内，但在破坏力度上，明显超出了正常范畴。

次日，黎明的曙光初现，空气冷得让战士的胳膊上起了一层鸡皮疙瘩。这些来自大西北的军人，尽管很习惯这种温差较大的气候，但如此潮湿的空气，是他们不太适应的。当地人说，这里每年一场风，从年头吹到年尾。话虽夸张了些，但足见多风的天气实在是多。树木丛生的丘陵隐约还蒙着一层浓郁的水汽，打在脸上湿漉漉的。胶东的土质有它的特别，黏性较低，干燥得快。因为之前的一场雨，现在到处是水坑。帐篷里虽然没有积水，但是那种潮乎乎的感觉让人非常反感。赵大同在帐篷门口，空气里多少有些燥热，他把上衣领子打开，站了许久，然后用手挠了挠潮湿得发痒的头发，是该洗一下了。他打开手电筒看了一下旁边的村公所，低头走了过去。野战医疗分队的人员还在那里忙碌。

五

池塘边缘拉着一圈铁丝网，这个天然的战壕便有了新的屏障。池塘里的冰冷的稀泥附着在小腿上，开始还是一丝阴凉，过了不多久，就是寒冷和彻骨的疼痛了。稀稀拉拉的灯火，丝毫不能给人带来温暖或者希望，一明一灭之间，心头无限荒凉。等待是一种痛苦，如此等待未知的对手更是一种痛苦。

这样过了一夜，第二天早晨，司令部的通信兵来到这里，在湿滑的池塘边缘，他连续摔了几跤，多少有些恼火。看着池塘里的老兵们在抽烟，这个年轻的娃娃脸似乎找到了发泄的渠道，他一边摸着脸上的泥巴一边怒火冲冲地说："谁让你们抽烟的，不知道严禁明火吗！"老兵们想嘲弄他，但因为他是司令部的通信兵，又不好太过分。

"小子，你哪只眼看到明火了？老子们这是冒烟呢。"一个络腮胡子的老兵，斜眼瞟着通信兵，其他人跟着哈哈大笑，有几个原本蹲在那里的老兵，这会儿也慢吞吞地站了起来，他们故意把军大衣脱下来扔在池塘半坡上，用挑衅的表情看着通信兵。

有一个老兵善于调节气氛："小兄弟，你过来试一试这稀泥的味道，我们抽的这烟质量不行呢，冒烟都是勉强，哪里还能有明火，这可是你们战地服务社的烟，战斗结束了我可要投诉你们呢。"

"请你们把烟灭了，这事就当没发生，否则我就上报司令部作战值班室。"通信兵看似硬气的语言里，其实已经做出了妥协。老兵们也自然借机退场了："说吧，小子，你是过来传达什么指示的呢？"

和这帮老兵打交道，通信兵是必须要拿捏好分寸的，就像这会儿，要把火候掌握好一样。过了一会儿，通信兵才说道："作战指挥部请我专门过来提醒你们，根据可靠情报，今天晚上或许会有敌人的侦察兵过来，让你们万无一失，必须抓住俘虏。"

在一片细密的树丛中，几只被炮弹炸死的羊横七竖八地躺着。它们各种姿势都有，有一只嘴里还塞着青草，仿佛垂死前还要拼命吃饱。海浮坐在羊的一旁，这里是她的阵地，炮弹落下时她并不在跟前，这是不幸中的万幸。怎么回家交代她已经无暇顾及，她也不愿想那么多了。因为，按照约定，今晚冷高义该回来了。

死去的羊的血已经冷却了，活着的羊还在那里沉默地吃着草。海浮挪了挪身子，靠在一棵树上，她又沉醉在那晚和冷高义熟练

152

的、如痴如醉的爱情中。冷高义全然不顾部队的纪律，竟然在一个暴雨的夜晚去找了她。

那天晚上，暴雨如注。冷高义侦察回来时正好经过海浮放羊住的房子，那里是她和另外两个同龄女孩临时的居所。白天并没有特别的约定，但是彼此明白眼神里的内容。在九点钟的暴雨间歇，冷高义趁着夜色疯狂跑到海浮的小屋门前。冷高义敲了一下，门就开了，原来海浮一直在机警地等冷高义。冷高义闪进房间，顾不得那两个姑娘，便一把抱住海浮。冷高义刚把脸贴近海浮的面颊，海浮就使劲把冷高义推开了。她说："快点上来，我们给你准备了好吃的'蛐蛐'。""蛐蛐"是海浮的叫法，那是一种极小的海螺，味道鲜美。"蛐蛐"吃起来费劲，煮熟后需要逐个把尾端钳断，然后嘴对着大头使劲一吸就出来了。但是，在冷高义到来之前，海浮她们就已经把所有"蛐蛐"都用钥匙的孔给钳断了尾部，满满地装了一个大盒子。另外一个小姑娘说，这是她们整个下午在海边的收获。这些藏在石头缝里的美食，被这些纤细的手指灵巧地掏了出来，经过小铁锅的开水一煮便是美味佳肴，无须任何材料添加。

冷高义虽然爱吃"蛐蛐"，但是吃起来笨得要命。海浮就用她的嘴巴吸出来再放到手里给冷高义。屋子里光线暗得要命，一根细细的蜡烛忽明忽暗。冷高义示意海浮可否把蜡烛灭了，黑暗中，冷高义想，他可以从海浮嘴巴里直接吞食海螺肉，就像大鸟给它的幼鸟吐喂虫子一样。海浮显然懂得冷高义的心思，她说不行，依然用小巧的嘴巴帮冷高义吸食海螺肉。冷高义用手去接时，好多次都碰到她弹性极佳的嘴唇。有几次，冷高义故意去摸了摸她的嘴唇。她多少有些同意了冷高义的这个动作，这却激起了冷高义极大的身体反应。冷高义想去抱她，但这不可能。她看出冷高义的窘迫，一直偷偷笑冷高义。他们欢快地吃着"蛐蛐"，时光过得飞快。海浮问冷高义："今晚怎么敢跑过来？"冷高义说："有什么不敢呢？"海浮说："不怕部队纪律啊？"冷高义说："大不了关几天禁闭，但是必须得来看你。"旁边两个女孩扑哧笑了起来。冷高义说不要笑，大家都严肃点，说完自己却严肃不起来。海浮问冷高义："你们领导没注意你整天走神吗？"冷高义说："注意到了，而且纠察都盯上找了。"说完冷高义的职业病上来了，疑心这次出来真的被盯上了。冷高义忽地跳下来，趴在门缝往外一看，不好，真的被盯上了。在冷高义回去的必经之路上，两个纠察一左一右地站着，已经在那里等冷高义了。海浮和两个女孩都吓了一跳，连声问冷高义怎么办。冷高义不由分说噗的一声把蜡烛灭了。冷高义说大家都别说话，他要看一下这两个家伙要干啥。两个小姑娘很懂事地躺那里不说话了，冷高义一把抱住海浮，使劲抱了抱然后才松开。冷高义故作镇定地看了看门外，两个纠察仍站在那里，他们显然没发现蜡烛熄灭这个事情。或许那微弱的灯火，在外面是看不出来的。怎么出去呢，这是个问题，冷高义相信只要门一打开，哪怕是轻微地打开，他们便会立即发现，并像恶狗一样扑上来。

　　这个小房子前面是山坡，所有的出路都在纠察的视线之内。房子的背后是海，一个小窗户用柴草严密地塞住了，这不是问题是难处，难的是如果从后面打主意，那么冷高义就要跳进海里。海水深浅冷高义相信对他来说都不是威胁，关键是要悄无声息地游出至少一里地开外，才能彻底摆脱纠察的视野。而绕到山顶再回到宿舍，这也是一个考验。

别的没路，唯此一条。冷高义慢慢打开后窗的柴草，随着一股凉气，露出一湾明晃晃的海面。爬出这个窗子对于冷高义这样的侦察兵来说，和小孩在被窝里翻身一样，她们一眨眼的工夫，冷高义就到了窗外。身子挂在窗外，冷高义的头可是还在窗户那儿。冷高义喊海浮，她就迅速跑到窗户那儿伸头了，正好把嘴巴伸到冷高义的面前，冷高义一把抱住她的头，使劲含住她小巧的嘴巴，她试图挣扎了两下，但那都是做给小伙伴看的，然后就不动了。冷高义热烈地吻着，海浮的舌头上有浓浓的海螺肉的味道。冷高义和海浮使劲吃了好一会儿舌头，疯了一般地咬着，然后她突然一把推开冷高义说，抓他的人来了。冷高义吓了一跳，正准备跳入海里，才突然想到她是吓唬他的，或者她又是说给小伙伴听的。但是，冷高义一愣神的工夫，她已经坐到床上去了，冲冷高义摆摆手："快点走吧，注意安全。"后来，海浮说，那一会儿，纠察还真的往小房子这里走了。海浮从门缝里看到纠察鬼鬼祟祟地想包抄房子后，果断地下来推开门，一盆水就泼了出去。两个纠察知趣地转身走了，一直走出很远。就是这个工夫，冷高义悄声入了海水里，凭着仰泳的深厚功力，在没有动静的前提下，向着远处游去。

上了岸，翻越山头，冷高义拎着湿得滴水的迷彩服进了库房帐篷。摸黑找到了自己的包，找出一套干的衣服出来，穿好后，冷高义径直去了机关的帐篷，在作战室的木板床上，在副参谋长的身边，冷高义悄悄躺了下来。

早晨，冷高义是被副参谋长叫醒的。他问冷高义怎么睡在他这里，冷高义只是说小时候有梦游症。于是当天，所有人都知道冷高义有梦游症。但是，冷高义也知道，那两个纠察是不会信的。只是，他们是不会有机会抓住冷高义的。

六

和这片"祥和"不同，基本指挥所内，作战参谋正标绘出张建安猜测的蓝军突防路线，其中有一条就是擦着牛春辉连队头皮过去的。

张建安亲自来到导弹发射方舱，他坐在牛春辉身旁，把图板立在雷达显示屏旁，两个人在狭小的方舱里看着标绘的突袭方向线，不断调整雷达方向角。

在调整的过程中雷达屏幕上突然又出现了一个闪光点，但是闪了两下旋即消失不见。牛春辉回过头来，握着拳头用力捶了捶太阳穴。

就像有预先感知一样，闭了一下眼睛的牛春辉突然猛一抬头，直直盯着屏幕，喉结上下蠕动个不停。

"有情况吗？"张建安也压低了声音，使劲揉了揉眼睛。

牛春辉没有说话，他缩小搜索角度，雷达波束在固定范围内来回扫描，重复移动的扫描线一遍遍过滤着这方圆十几公里的空情。

方舱车里只剩下油机嗡嗡响，张建安半蹲在旁边动也不敢动一下。

突然，刚刚消失的亮点在屏幕上又一次出现。不过这次它没有逃过牛春辉的眼睛。

"兔崽子到底还是来了，那就让你有来无回！"牛春辉弓着腰站在车内，一巴掌恶狠狠地拍在操作台上。

"都给老子精神起来，偷鸡的狐狸上道儿了！"他两手扒着车门头朝外大声喊道，身体扭了将近60度。

半倚在方舱车外睡觉的报话员王飞一个激灵站了起来，刚刚还上下眼皮打架的发射排长曹自强噌的一声从单兵帐篷里蹿了出来。

这次屏幕上的亮点再没有消失。

蓝军终于来了！

"迅速测定诸元。"牛春辉的声音格外兴奋。

"距离6公里，方位7—50，速度20米/秒，高度70，目标临近，判断为超低空飞行武装直升机。"方舱内，当了14年兵的雷达操作手李伟很快就做出了判断。

与此同时，诸元信息和判断结果也已同步传送到了营指挥所。连长吕多鹏听到情况上报一步抢到电话兵前，一把抓过电话，大声喊道："天黑雾大人眼瞎，有把握你就打，导弹打光了也要把这帮孙子给揍下来！"

接到连长命令，牛春辉一把掀起发射按钮的保险盖，两手撑在操作台上，半弓着的身体稍稍发抖。他在等最后一次诸元测算。

"稳定跟踪，距离4公里，高度70米，可以射击！"李伟额头上的皱纹挤成一堆，渗出的汗水在橘黄色的灯光下反射出点点光亮。

"打！"牛春辉喊出发射口令的同时，右手几乎是砸到发射按

157

钮上。

通过模拟交战系统，"导弹"应声而出。

旁边的张建安兴奋异常："目标航路这么稳定，这次抗击肯定有效……"没等说完，牛春辉狠狠地瞪了他一眼，骂道："给老子集中注意力，蓝军还得来。"

果不其然，过了不到五分钟，第二批敌机又杀了过来。

"西北方向发现小型机 4 架，距离 6 公里，方位 7—50，速度 20 米 / 秒，高度 70 米，目标临近。"雷达操作手李伟的声音依旧沉着。

"蓝军这是什么打法？刚刚被打掉一架飞机怎么还不长记性，没用战术佯攻不说，连飞行参数都没有发生任何改变，难不成有诈？"牛春辉心里打起了鼓，一阵冷风吹过来让他半弓着的身体禁不住抖了两下。

"火力单元报告发射准备情况。"

"目标稳定跟踪，距离 4 公里，有诸元，可以射击。"

听到回复，他把盖在发射按钮上的掌握成拳，顿了顿，又把拳摊成掌……

敌机还在大摇大摆地向前。

风中的雾气已经打湿了伪装网，牛春辉头上的汗顺着发梢淌到脖子上，风很冷，流出来的汗一下子就变凉了。

打，还是不打？此刻他面前四个规律移动的亮点在空荡荡的显示屏上格外刺眼。

不佯攻、没有假目标、飞行速度慢、高度恒定、突然飞临 4

个目标……这些疑点在牛春辉的脑子里不断闪现，蓝军究竟要干什么？采用飞蛾扑火式的进攻要达成什么目的？难道这就是狡猾的狐狸？

他的大脑飞速转动，敌机还在不断抵近。相距五六公里，对于防空作战而言就是电光石火之间，稍稍犹豫可能就要错过战机。

就在他犹豫不决的时候，旅基本指挥所打来电话。

"敌机马上就要过航，为什么还不射击？错过有效抗击时间，我拿你是问！"电话里参谋长厉声呵道。

"明白！"牛春辉举着电话的右手微微颤抖，他咬着嘴唇，似乎有想说的话，但又被他生生咽了下去。

他抬起的手就要砸到发射按钮上时，身体突然僵住，一把抢过电话："敌机行动极不符合战术常规，我无法定下射击决心！"牛春辉电话里大声回答道。

"请求侦察分队抵近侦察。"稍顿了顿，他又在电话里说道。

请求抵近侦察是因为他心里有个大胆的猜测，如果这个猜测是对的，那么这个晚上他犯下的将是低级的、让人脸红的错误。

"刚才的飞机返航没有？"挂了电话，他转过头瞪着眼睛看向李伟，脖子上的青筋清晰可见。

"没有返航，在距离我方阵地两公里处飞行高度降为 0，但绕过我方阵地仍在继续向前。"李伟的声音越说越小，说完后他满脸困惑地看向排长。

四目相对之时，他看到排长的脸更红了。

"直升机降落后还能继续向前跑？难不成它还长了腿？"李伟

小声嘀咕道。

"侦察员呼叫牛排长，侦察员呼叫牛排长……"

二十分钟后，抵近侦察的侦察员发来呼叫请求。没等电台兵反应，牛春辉一把把话机薅过来。

"我是牛春辉，阵地前方到底是什么？"

"阵地前方六公里处为山隘口，地形起伏较大，利于敌机低空突防。"侦察员不急不忙和牛春辉汇报道。

"除了这个呢？"

"还有一条盘山公路。"

"盘山公路？"牛春辉心头一沉。

"是向阵地右后方位延伸吗？在两公里左右相对于阵地高度是多少？公路上通过的车辆以什么车型为主？"他一连串的发问过后，脸上的汗水越聚越多。

"公路上以大货车为主，速度较慢，在距阵地两公里处相对高度为零。"

坏了！

牛春辉的心里咯噔一下，作为经验丰富的主战排长，向来自信满满的他现在变得心慌异常。

他把指挥位置让给了副排长，跳下方舱车时一个趔趄差点摔倒。他一把推开过来扶的报话兵，转头喊道："给基指发报！"

"我排于 7 时 00 分占领阵地，随后雷达开机，8 时 10 分发现第一批目标，判断为敌超低空飞行武装直升机，并组织抗击，五分钟后敌第二批 4 个目标临近……"

牛春辉顿了顿，身后的电台兵也停止了密语报话。

"我断定，这五个目标并不是蓝军飞机……"说完这句话，他长舒一口气。

副排长季祥站在牛春辉身后，伸手拍了拍他的肩膀，汗水已经渗透迷彩服和战术背心，手拍上去湿漉漉凉飕飕。他俩在这个连队搭档了近三年，没有谁比他更懂老伙计此刻的心情。

牛春辉回到方舱门口向里看了看，班长凌思富正坐在他的位置上，眼睛一眨不眨地看着屏幕。这一刻他有些恍惚，他从这个刚毕业的年轻干部身上看到了自己当年的影子。

随后，他转身朝营指挥所一路小跑过去。此刻雾已经淡了许多，耳边的风呼呼作响。

他当排长时营长还是连长，那时候他们经常为一个技术难题争得面红耳赤。到指挥所时，营长吕多鹏正坐在指挥椅上抽烟，看到牛春辉他扔出了一支黑兰州，指了指旁边空着的椅子。

"晚上丢人了！"牛春辉深吸一口烟，吐出的烟圈在潮湿的空气中很快就消散不见。

"训练中遇到过这种情况吗？"营长语气很平静。

"我们驻训常用的靶场都在平原，没有盘山路，也没有大货车，这种情况还是第一次遇见。"牛春辉看着出现又消散的烟圈，语气里透着无奈和遗憾。

"幸亏这个'第一次'发生在模拟对抗中。"营长夹着香烟，眼睛半闭着，半晌说出了这样一句话。

"不走出去有些情况总是想不到、碰不上的。"

......

牛春辉在椅子上坐了一夜。当了三年排长、三年连长，在这个雨雾交加的夜晚，那些他曾经引以为豪的经验此刻竟变得一文不值，这种无力感让他措手不及。

天刚蒙蒙亮时，雾已经完全消散，牛春辉站在指挥所门口，六公里外的盘山路轮廓已经完全看清，几辆大货车疾驰而过。

这条高于阵地平面大约 70 米的公路深深地印在了他的脑子里。

现在，因为连续几个晚上睡眠不好，海浮的颧骨已经高了，皮肤发青。她的小伙伴这几天临时回家了，更显得她孤苦伶仃。她那富有弹性的嘴唇已经有些发白，时不时在不安地自我示意地笑着。这些天来，最幸福的是小伙伴们拿她和冷高义开玩笑，开各种玩笑，有些甚至直接让她脸红浑身发燥。但这样她是幸福的，她一边假装生气地追打着她们，一边还冷呵呵地接受着她们的祝福。是的，她希望自己的一生就是这样，从此改变，与心中喜欢的人生活在一起。

太阳强得让冷高义睁不开眼睛，产生了耳鸣。他就是这样，会因为光线影响听力，又会因为声音而影响嗅觉。太阳光越来越强烈，他的听力就越来越敏感，开始是耳鸣，后来是轰鸣，再后来，他就看见真正的渔村姑娘海浮了。

演习之前的一天，冷高义正站在船头撒尿，轰鸣的机器载着一条小渔船靠近了他们的登陆艇，渔船船头站着一位身穿粉红雨衣的女子，雨衣遮住她的身体。她的头露在外面，面容姣好。女子扎着一个马尾辫子，眉清目秀地盯着前方，也正是冷高义站立的方向。

　　船头上，那个冷高义后来知道她叫海浮的姑娘冲他笑了一下，笑得很浅。而不久以后，这位叫海浮的女孩告诉冷高义，那天她看到他在甲板撒尿，心曾经剧烈地跳过。

6号哨位

序　篇

这是一个晴朗的早晨

鸽哨声伴着起床号音

但是这世界并不安宁

和平年代也有激荡的风云

看那军旗飞舞的方向

前进着战车舰队和机群

上面也飘扬着我们的名字

年轻的士兵渴望建立功勋

……

夜风在轻轻地吹拂着山谷的薄雾，火药中的硫黄味儿四散开来。幸存下来的虫子们抓住难得的战斗间隙，静静地栖息在断枝焦叶之间。草叶儿沾满夜露，在夜风中轻轻摇曳着，夜空中没有月亮，只有偶尔从夜雾缝隙间露出的点点星光。

五点钟，与往常一样，炮声开始响起。阵地上飘浮着浓浓的硝烟，呛得新兵韦昌进喘不过气来，刚刚结束一夜的值守，他回到了6号哨位的溶洞里。

"今天的炮火有点不寻常。"韦昌进对一同回到洞内的战友吴冬梅说。放下冲锋枪，韦昌进伸头看了看洞外，整个阵地就是火光与硝烟的世界，钢铁与焰火的海洋。天空中全是炮弹飞舞的声音，炮弹滚滚而来像巨雷一样炸响。堑壕两侧工事上的工字钢也不甘落后似的，竟然轻盈地飞舞起来，然后在空中崩裂，接着向阵地狠狠地砸下来。

副班长成玉山和士兵苗挺龙值守的趴伏点虽然就在6号哨位前方不远，但却隔着一道5米宽、3米深的堑壕。成玉山犹豫了一下，如果要躲回哨位去，那就必须先进入堑壕。但由于哨位空间狭小，堑壕平时被用作存放弹药了，为了应急，很多手榴弹的保险盖都是打开的。成玉山和苗挺龙决定暂时不返回哨位。

在成玉山和苗挺龙的面前2米处，同样也有一道堑壕，这道8米宽的防护堑壕较深，上下攀爬需要借助梯子。炮火越来越猛烈，双方士兵都不可能在这种情况下发动进攻。

溶洞贯通的山头上，成玉山和苗挺龙很快找到了一处隐蔽点。成玉山在左，苗挺龙在右，两人继续值守，他们甚至可以看清堑壕对面敌人的鼻尖。

顺着高地最左侧的 6 号哨位往西，是犬牙交错的 7 个哨位。在高地的最西端，是一片突出的红土包，那里的敌我防守都比较薄弱，排长王国安指挥着重火器组，封锁这片区域，确保 6 号哨位的前沿敌人不会轻易越过堑壕。

"今天的炮弹太多了……"韦昌进又向吴冬梅说了一句。大地颤抖着，吴冬梅摇摇晃晃地走到狭窄的洞口，看到遥远的对面火光四起，各种口径的炮弹在不停向 6 号哨位倾泻着。一阵阵剧烈的爆炸声在阵地上咆哮轰鸣，一团团火光在阵地上闪耀，一柱柱硝烟随着火光的闪烁而升腾。

炮火越来越近，像雨点一样密集。成玉山也对苗挺龙说："怎么今天炮弹这么多，不正常，赶紧喊他们三个出来！"苗挺龙刚一起身，便听到一个生硬的声音："中国兵，你们被包围了！"苗挺龙定睛一看，敌人的脑袋已经从堑壕里露出来了。苗挺龙立即提枪一阵扫射，几声"啊啊"怪叫，敌人从梯子上掉了下去。

轰的一声，一枚炸弹落入哨位前面的堑壕里，一串连锁爆炸的气浪、裹挟着弹片的泥土直接扑入洞口，吴冬梅被冲倒在地。呛人的硝烟弥漫了整个猫耳洞，再向西南偏一米远，他们的掩体将全部被炸塌。

敌人的炮火有了变化，从密集射击改为延伸射击。根据常识，这是敌人发起攻击的关键时机。"敌人可能要上来，准备战斗！"韦昌进提醒吴冬梅。就在这时，成玉山在外面大喊："不好了，敌人上来了！"

一、出征

参战命令下来的当天，韦昌进正在做当天最后一笼面包，王和平则坐在面包房门前的山坡石头上看一本诗集。面包房里，面粉充斥着整个空间，迷迷蒙蒙混着空气被吸入人的肺，带着一股麦芽的香气。熟悉的旋律一遍遍播放，那是韦昌进用了一个月的津贴买的单放机和这盘磁带，自从买回来，这歌声就在面包房里再没离开。面包房是解放初期的废弃马厩改用的，在外形上仍然保留着马厩原来的样子，可是从屋内散发的却再也不是难闻的军马骚臭味，而是面包浓浓的焦香味。风一刮，面包的香气能够飘到老远的山腰上。在这片山坡上，除了面包房就是干部和志愿兵的家属院，都是一溜儿的平房，外墙也都是泥土烧制而成的红砖砌成的，远远的矗立在山坡上，距离连队较远。

看诗歌的王和平双手修长，指甲干净，头发纷乱却颇有些艺术气质，平时爱好朗诵与表演节目。连队开展军队两用人才培训之后，王和平是第一个学会烤面包的。随后，他一直留在面包房，并带了个"徒弟"韦昌进。

营部卫生员朱金洪是韦昌进的江苏老乡，平时和韦昌进走动比较密切。在第一时间得知参战命令下达之后，朱金洪就一阵风跑到面包房。经过门口时，朱金洪扯着嗓子喊了一声："诗人，要打仗了！"王和平扭头看了朱金洪一眼，没有作声。虽然都是同年兵，但朱金洪没有王和平那么安静，遇事总是火急火燎的。王和平也说过他好几次了，但朱金洪却一直改不掉，王和平索性就不管他了。见王和平没有理自己，朱金洪就直接冲进了操作间，正好看到韦昌进把一笼面包放进蒸箱里。

朱金洪大声说："昌进，要打仗了！"

韦昌进使劲把蒸箱关闭，眼睛瞪得老大，看着朱金洪："消息可靠？"

朱金洪说："红头文件，白纸黑字，就摆在老曹的桌子上，我进去假装给他送痔疮膏，看了个仔细扎实！"

韦昌进一下呆住了，这就要去打仗了？"老曹"指的是二营营长曹汉，朱金洪在他桌子上看的文件不会有假。韦昌进心头有点紧张，他说不好这是一种什么感觉，但头皮下面却觉得有一股什么东西在跃跃欲试地往上涌。

1985年3月15日，凌晨5点。天色昏暗，星星都潜藏在厚重的云层中，月亮也只从黑云中露出了小半个模糊身影，迷迷蒙蒙的光透过无垠的距离照在大地上。四下空寂无声，静悄悄的营地丝毫看不出来有去远方出征的任何迹象。

但步兵九班的宿舍里却不一样。没有任何口令，但战士们都知道自己该干什么。连队正忙着进行出发前的物资区分，一部分要随身带走，一部分则要存放连队仓库。班长沈长庚把遗书放在雨衣里，小心包裹好后，再放进后留包里。士兵吴冬梅写了遗书，但很快又把遗书撕掉了，觉得不吉利。副班长张延景初中没毕业，觉得写信太费劲。而新兵韦昌进则是想到了不久前妹妹的回信，他觉得不需要写，一切都等到了战场再说。

在步兵四班的宿舍里，老兵成玉山正在新兵于九革的帮助下缝补被角。想到这一去不知凶吉祸福，平日里比较讲究的成玉山还是在紧张的时间里把被罩拆下来洗了。

提前收拾完毕的老兵们开始抽上了香烟，他们一边小声嘀咕着闲聊，一边一丝不苟地指导新兵们把包裹装严实些。张延景在纠结自己的运行包里到底是多装些衣服还是多装些香烟，就在昨晚，他去小卖部里花光了身上的钱，买了一堆香烟塞进包里。听到别人说云南那里热，根本穿不着棉衣，张延景权衡再三，把棉裤掏出来放在了后留包里，里面塞满了香烟。在小卖部里，张延景碰到同样前来买烟的成玉山，两个都是有超级烟瘾的"大烟鬼子"，站在小卖部门口抽完了一支烟才各自离开。

大家全部都在为奔赴前线做最后的准备，即便像张延景和成玉山这样的方式，因为对他们来说，香烟是仅次于武器的必需品。时间飞快地过去了，早饭也吃得稀里糊涂，大家之前的兴奋开始有所减缓，很多人早早穿上了集合时的战斗着装，兴奋也开始转为心神不宁。

在局促不安的等待中，一阵急促的哨声把全副武装的二营全体官兵集结在营部操场上。此时，冷冷的东北风在不停地吹着，天空阴沉沉的，周围的柏树叶子也还是枯黄的，稀稀拉拉的，树下的黄土地上铺满了枯叶碎屑。不远处的老树上，还有两只渡鸦落在枯枝上鸣叫。操场两侧整齐地排列着一辆辆141型解放车，营长曹汉站在操场上注视着整装待发的官兵，操场南侧的空地上聚集着一些来队家属，他们默默注视着即将与他们分别的亲人。

秦岩也从卫生队赶来了。她径自走到六连队伍的最后，那正是九班的位置。韦昌进有些惊讶地望着步步走近的秦岩。秦岩停在韦昌进跟前，低着头从挎包里拿出一个本子，双手递给韦昌进，说："拿着吧，不打仗的时候别闲着，写点啥，回来给我看看。"

这时候，并排但隔着一个人站着的王和平伸手过来，捅了一下发呆的韦昌进。韦昌进赶紧接下秦岩手里的笔记本，喉头有些哽咽。

送别的家属们远远站在营地上，看着集合后有序离别的战士身影一点点地远去……他们心里都明白战争的残酷，或许下次，或许这辈子再也没有下次……可是大家都没有再说些什么。他们明白一个道理：让自己的亲人们心无牵挂地去前线，在战场上才能更加安全。

"全体注意，登车！"曹汉发出登车命令之后，这群热血青年匆匆登上 141 型解放车的大车厢。他们已经准备多日，现在终于要远征了。长长的车队浩浩荡荡地向着二百公里之外的新泰莲花山军用机场驶去，官兵们在车厢里挥手与在操场南侧的空地上的亲人告别。

没有人哭泣，士兵们神色坚定地和眼前的一切挥手告别，他们知道自己要去做什么，也知道他们要做的事情对于国家、对于亲人来说意味着些什么。今天的离别，为的是明天幸福的重逢，越来越远的操场上那黑压压的一片亲人送别的身影，不正是此去的目的吗？

队伍直接开进新泰莲花山机场，在宽阔的停机坪上停了下来。

21 台运输飞机威武整齐地停靠在那里，仿佛是在等着二营的官兵检阅。走过长长的跑道，六连官兵终于到达指定的登机处。对于韦昌进和绝大部分士兵们来说，这确实是生平第一次近距离看到飞机。

所有出征官兵都在乘机前各自列队完毕，一位身穿制服、白发苍苍的老将军稳步走了过来。韦昌进正在队伍里寻思这人是谁，站在后面的指导员王效章小声说了一句："这是军区司令员饶守坤将军。"

将军走到队伍的正前面，大声地说道："养兵千日，用兵一时。今天，党考验你们的时候到了！但是，正如学生上课，农民种田，工人做工一样，当兵打仗，天经地义，也没有什么可以畏惧的。我快要退休了，也许等不到在这里迎接你们回来；但我相信，你们都是英勇的，你们都会对得起党和人民交给你们的重任，都会完成这个光荣而伟大的任务，都会凯旋！"将军的话语平实朴素，却撞击着每个战士的心灵。站在队伍里的成玉山流下了眼泪，韦昌进手心里紧握着的枪背带已全部湿透了。

检阅过后，官兵们开始登机。按照先前的引导位置，场指挥员下达了命令，一个排一架飞机。这是一次带有实战背景的加强步兵营紧急武装空运任务，也是新中国成立以来的第一次，所有人员，所属武器全部随机携带。匆忙中，老兵李书水身上的冲锋枪在机舱门卡住了，一使劲掰，枪托子咔嚓断了下来。连长于孝仟赶紧跑过来，他拿起断枪察看了很久，说："下飞机后，找枪械员修理一下。"

沈长庚所在三排乘坐的飞机是由两名女飞行员驾驶，听地勤人员介绍说，这是新中国首批女飞队员。能在这些空中英雄们的护送下出征，沈长庚觉得很兴奋。一架架飞机陆续起飞，在长长的跑道上冲刺随后直上云霄，飞机起飞后，透过窄窄的窗户，沈长庚看到地下的饶守坤司令员和守备部队全体成员还在向着飞机敬礼，眼泪在瞬间就涌了出来。沈长庚在连队当过两年文化教员，闲暇时读过大量书籍，积淀起来让他情感略带细腻。在这样的情境下，他或许比谁都更能体会一位白发将军此刻送别的心情。

飞机机舱里很沉闷，大家都沉默着，不知是在睡觉休息还是沉思着什么，只有机舱里机器的轰鸣声在单调地响着。王和平所在的七班是三排的排头班，坐在机舱最后面，而九班和60炮班则坐在最前面。韦昌进靠着飞机舱壁，抱着冲锋枪沉思不语。想起那封被妹妹狠狠骂了一顿的回信，他此刻很坦然，妹妹的信把自己纠结的心态"逼"到了一条充满力量的逻辑轨道上。他觉得战场不再恐怖了，他不再想着牺牲，而是盘算着一定要打赢这场战争，活着回来；如果有可能，还要带着荣誉带着军功章回来。

飞机离开地面后，透过厚厚的舷窗，韦昌进看到一架又一架载着全副武装参战人员的战机不停地在宽阔的跑道上腾空而起直插云霄。飞机尾后的白色烟道拖出了很远，飞机却早已消失在了视野中。而在另一架飞机上，正好奇观望的张元祥突然感觉身子一动，飞机便在轰鸣加速中腾空而起，飞向云霄，飞向蓝天，飞向远方的战场。

二、使命

夜幕降临后，士兵们在云南文山军用机场迎来了接应的军用卡车。车队前行在绵延的山路上，战士们在车上随着崎岖不平的山路上下颠簸，车里寂静无声，大家都在思考着不同的问题，面对未知的战场，他们幻想着无数的危险场景。

天空中闪耀着满天星光，远处的山显得更加肃穆，前行的车队打开了车灯，随后每辆车都打开了车灯，照亮了前进的山路。那一道道明晃晃的灯光，时而像一柄柄利剑，刺向那漆黑而神秘的南国的夜空，时而像一盏盏高功率探照灯，在茫茫夜色中不停地探寻着前进的方向，黑夜里他们向着光明而生，灯光随着山路来回转向，在大山里就像一团不熄的火焰。

韦昌进坐在背包上，他的另一侧是王和平。在汽车不停的颠簸中，韦昌进时而靠着王和平打一会儿盹，时而又睁眼望望车厢外那漆黑的夜空，整个人被汽车颠得仿佛散了架，他只盼望能早一点到达宿营目的地。

当沈长庚再一次从梦中惊醒时，天起了大雾，外面漆黑一团，阴冷而潮湿的山风吹着，汽车正慢悠悠地在浓雾中向前挪蹭着。由于雾大天黑，车外面什么也看不见，沈长庚只好又闭上眼睛，在汽车的颠簸中又一次进入到似睡非睡的状态之中。

"下车，下车，全部下车，将个人携带的东西全部拿下来。"正在养神的王和平在排长的一阵催促下回过神来，他疲惫不堪地爬起

173

来看了看手表，时间是夜晚 10 点 40 分。王和平的父亲是抗美援朝老兵，在王和平入伍时，他把这块老旧的手表给了儿子，王和平觉得它在战场会非常有用处。

全副武装的官兵们陆续从车厢后面跳了下去。此时，周围漆黑一团，伸手不见五指，连长让大家打开手电筒，由于雾大天黑，手电筒的光线已失去作用，大家只能凭声音相互找寻着。湿漉漉的浓雾将周围的一切包裹得严严实实，空中好似有一口大锅将士兵们倒扣在下面，米把远的地方就什么也看不见了，士兵们仿佛陷入迷宫中一般。

有一拨人马提前出发了，坐在韦昌进旁边的连队司务长王子朋和副连长班学进就在其中。炊事班长说，他们是去寻找住处。突然停下来的队伍很是不安，当中不时传出一阵躁动。随着对黑暗的慢慢适应，静下来之后他们隐隐约约看到有一些灯光在外围闪耀着。

随着对黑暗的适应和支离破碎的议论声，韦昌进渐渐知道，车队停下的地方是一个山村，当地村干部和民兵组织已在此等候多时，并与先期到达的司务长进行了人员住宿分配，那些隐隐约约的灯光是他们发出的。连长于孝仟开始清点人员，并宣布群众纪律，特别强调要和群众搞好关系，不得嘲笑群众的一些不良生活习惯，不要进入群众私人房间，严格执行三大纪律八项注意，不准和当地女孩谈恋爱等。在提出严格的纪律要求之后，各班排便在当地村民的带领下出发了。

司务长领着一名中年村民到三排长王可顺面前说："这个老乡叫山保民，你们全排在他家宿营。"去宿营地的路上比较黑，韦昌进走在班长沈长庚的后面。全班跟着山保民。山保民说话时使用的是汉语，士兵们都能听懂。山保民一边走一边介绍家里的情况：他家 4 口人，有 2 个女儿，一个 12 岁，一个 10 岁。不一会儿，士兵们到了一处二层楼的住处，一个中年妇女挑着马灯站在院子门口，旁边是两个孩子。山保民说这就是他的家人。房子是三间两层，王可顺带着全排住在二楼，洗漱的时候要到楼下去，蓄水的水缸在一楼厨房。

官兵们沿着竹楼梯爬到二楼上。二楼楼层面积较大，中间没有隔栅，一些杂物和粮食在楼层东侧放置着，楼层西侧铺着两排整齐的床铺。床铺上方悬挂着的一盏已被烟火熏黑了的白炽灯，正发出略带浅红色的光芒，给整个楼层带来光明。

进了房间，人就瘫痪了。全排立即解盔卸甲整理床铺，简单洗漱后熄灯就寝，颠簸劳累了一天，大家都迅速都进入了梦乡。躺在床上望着黑黑的屋顶，韦昌进不禁感叹，真是铁打的营房流水的兵，早晨大家还在齐鲁大地，晚上已到万里之遥的云岭之南，而明天等待他们的又是什么呢？听山保民说，六连驻防的这个地方叫三塘村。但对于韦昌进和其他士兵们来说，三塘村只是一个概念。这里是什么地方？是平原还是山谷？是山岗还是村落？战场就在附近吗？离这里还有多远？韦昌进心里一片迷茫。

张延景睡在韦昌进的隔壁，躺下就打起了呼噜。班长沈长庚早已进入梦乡，他梦到他们打赢了战争，乘坐着飞机又回到了齐鲁大地，乘坐着送他们到机场去的大巴回到营区，回营途中道路两旁全是拿着鲜花夹道欢迎的群众，走下车去，母亲亲自为他献上鲜花，还有旁边的胡冬梅看着他，热切地等着和他拥抱。

三塘村的临战生活紧张而苦闷，根据作战命令，六连担负边境最前沿八个高地的防御任务。于孝仟带领全连干部骨干反复推演沙盘，以步兵班为单位，进行最大程度的优化配置。在初次兵力部署中，韦昌进所在的九班被分配在左6号高地；成玉山、张元祥所在的四班被分配在111高地；王和平所在的七班被分配在142高地；炮班和连指挥所设在908高地。

三周后，士兵们接到作战命令。大多数人开始冷静下来写家信，有的开始整理衣物。韦昌进拿出秦岩送给他的笔记本，那上面还没有写过一个字。即将开赴前线了，生死未卜，韦昌进决定写下自己的第一篇战事日记。

兵马未动粮草先行，副连长班学进定好了日子，将在5月初带领炊事班先期进入战场。带路的军工说，在接近最前沿的地方，有不少屯兵洞，各部队的炊事班和后勤补给队伍，都集中在那里。

当副连长带着炊事人员奔赴阵地之后，三塘乡的所有士兵们便开始做好了全面进入作战的准备。中旬，在三塘村的六连连部全体官兵们组织了出征仪式。士兵们临时搭建了主席台，一张不知历经多少岁月的古老大方桌摆放在正中，鲜艳的连旗在阳光的照射下迎风飘扬。

嘹亮的军歌一结束，连长于孝仟缓步走到主席台，出征仪式正式开始。作为新老兵代表，韦昌进和李书水分别发言，表达了"一不怕苦、二不怕死，坚决完成任务、人在阵地在"的决心。趁着澎湃的激情，指导员王效章随后发言道："过去我们连的干部每年都应邀去参加其他兄弟连队的大功纪念日。每当听到兄弟连队在讲述他们连队那辉煌历史的时候,我都会感到特别地难受。我就在想,什么时候我们六连也能拥有自己的大功纪念日呀?什么时候我们六连也能邀请其他连队的干部来参加我们连的大功纪念日呀?同志们,这是自从我担任六连指导员之后梦寐以求的场景,这是我多年的梦想,我相信,这也是我们连全体官兵的梦想。大家说是不是?现在创造我们六连大功纪念日的时刻已经来到,改变我们六连历史的这一天就在眼前。这是历史给予我们连的机遇,这也是历史赋予我们这一帮人的神圣使命。许多年过去之后,当六连的继任者在庆祝我们六连大功纪念日的时候,他们一定不会忘记,是我们这些八十年代的老一辈创造了我们六连辉煌的历史,是我们这些八十年代的老一辈改变了我们六连的历史。我们这一帮人的名字将永远篆刻在六连荣誉室的光荣榜上,我们这一帮人的光辉形象将永远影印在六连荣誉纪念册上……"

指导员的讲话让大家心潮澎湃。站在前排的沈长庚等班长们大多觉得眼眶有点湿润,一股豪情在他们身体内左右奔突,大家都希望立即奔赴战场。

按照"先骨干、后部队"的战场兵力投送原则,于孝忏宣布了第一批29名上阵地人员名单,由连长于孝忏和各排长、班长以及战斗小组长组成。15日一大早,29名出征人员在三塘村村口的文砚公路边集合。连队其余官兵和三塘村的乡亲们都不约而同地来送行。山保民的老母亲颤巍巍地走在最前面,她一边带领乡亲们往士兵们的口袋里塞着各种吃的,一边不停地说着:"孩子们,保重!

保重啊！"

　　部队的汽车终于到来，大家依依不舍地登上了卡车。这时候，一阵阵歌声响起，沈长庚抬头一看，经常为连队唱歌的几个苗家妹子正站在旁边的土坡上，歌声落下，她们共同挥着手，一遍遍地重复：再见一班长，再见二班长，再见三班长……再见九班长，再见炮班长……

　　连队一下子冷清不少，在吊脚楼二楼，韦昌进和张延景都斜靠在墙上，韦昌进在笔记本上写着当天的心理感受，张延景在抽烟。张延景烟瘾本来就大，来到前线后压力加大了，于是抽得更多了。

三、阵地

　　第一批作战人员已经乘坐汽车从文山县城旁疾驰而过，驶向不远处的老山战场。在大山之间穿梭了一天之后，车子在雾蒙蒙的大山间来回穿梭。士兵们在车里闭目养神，或者悄然入睡。也不知过了多长时间，当沈长庚被车外的鸟叫声惊醒时，黑夜已经结束，大地曙光初现。

　　老兵李书水好奇地趴在车厢最后面，他睡不着。登机前挤断了的那支枪托子已经修理好了，他紧紧握着这个"老伙计"，在想着无比遥远的未来。但是还能有未来吗？不知道。公路开始被绿色伪装网所遮挡，有些树木茂密的山坡上，开始有士兵走出来。有一丝异样的烟雾腾起，那是炊烟独有的形状。也许副连长和炊事班长就在这些地方吧，李书水觉得阵地就在眼前了。

汽车颠簸得越来越厉害，开始蹦跳。老兵成玉山的心脏颠簸得疼痛难忍，他条件反射地吐了几口酸水，还带着前一天在车厢里吞下的干粮味道。炊烟越来越浓烈，渐渐有了一丝蒸锅的气味，汽车戛然停下，沈长庚的心里一紧：到战场了？

于孝仟从驾驶室下来走到车厢后面，呼啦打开了车厢："下来下来，吃点东西再走，再不吃点热食，老子的胃就完了。他妈的，这破干粮，真他娘的硬！"

并没有问对方是哪个单位的，但肯定是事先得到了通知，在这里的炊事人员煮了满满两大锅稀稀的米汤，算是六连勇士们踏入战场的第一顿饭了。用米汤浸泡了干粮，带着那股热气囫囵倒入胃里，士兵们吃出了比连队会餐还香的感觉，然后继续前进。

一条大河渐渐驶入眼帘，那是盘龙江。沿着盘龙江就是阵地了，士兵们开始在河里看到了顺流漂下来的战地废弃物。一阵炮弹爆炸声惊动了整个车厢，大家有了一丝慌张，但很快又归于平静。

沿着盘龙江走上了2小时的路程，地形开始复杂起来，盘龙江不停打着滚、扭着弯，而笨重的汽车只得老老实实沿着它的躯干前行。地势起伏不平，哗啦啦的河水越来越清晰地传到沈长庚的耳朵里。一个平缓的颠簸过后，汽车越过一座大桥停了下来。已是二次参战的排长王国安拔掉了嘴里嚼着的一根干草，对大家说："阵地就在前面。"

大家陆续跳下了车厢，队伍还未站稳，"轰隆隆，轰隆隆！"一阵炮弹的爆炸声传来。于孝仟看了看迅速卧倒隐蔽在路旁的士兵们，笑了笑说道："大家不要紧张，这炮弹离我们远着呐，我们先去炊事班吃饭，然后再去前沿阵地。"

炊事班人员都驻防在山崖处一个由钢筋混凝土浇筑的国防工事里，六连先期到达的副连长和炊事班人员正在那里等候着。副连长说，这里的村子名叫里头寨村。

到达山崖后，饥肠辘辘的士兵们吃上了炊事班战友提供的可口饭菜。于孝仟说："大家都可着劲使劲吃，下一顿这样的饭菜可没那么容易吃到了。"虽然于孝仟叮嘱的是实情，但这句话还是让大家心里有些沉重起来。

午饭过后，大家靠着山坡休息，有的晒着太阳昏昏欲睡，有的干脆打起了呼噜。不知睡到了几点，于孝仟的催促声叫醒了大家："准备出发上阵地，所有人不带背囊，轻装前进。"

从山崖下到山路，再拐两道弯，在盘龙江的下游方向，士兵们看到了若隐若现的弥漫的硝烟。山路尽头是一条堑壕，进入堑壕之前，于孝仟集合了队伍，交代说："从脚下这条堑壕开始，我们正式踏入战场，从现在起的每一步，我们都在敌人的火力打击范围之内，随时有可能遭受敌人的冷枪冷炮。我在前面带队，会根据战况迅速通过某些地段，大家要小心，绝对不要掉队。但万一掉了队，一定不要慌张，就地隐蔽。"

在交通壕里，最开始还有一段是平缓的，按照野战奔袭的速度，于孝仟带着大家一路狂奔。但跑不了多久，堑壕沟内的石块开始增多，于孝仟大声招呼他的士兵们："一定要注意好脚下，以防崴伤。"

越往纵深，堑壕两侧的植被越稀疏，从遥远的对面不期而至的炮弹，常常把这里烧成一片焦黑。没有一丝风，更加衬托了南方天气的无情，大家汗流浃背，个个气喘吁吁。于孝仟回头看了看有些散乱的队伍，稍微停了几步："跟上跟上，一定要跟上。"

大约过了40分钟左右，在起伏的山坡尽头，出现一片开阔地带。于孝仟示意大家隐蔽停下，然后一军的向导走过来站到队伍前面说："从这里到前沿各阵地，不过百米的路程，但是这一百米，也是敌人炮击和狙击手瞄准的重点；从这里开始，大家在通过时要拉开距离，速度一定要快，大家都争取安全地通过这个百米生死线。"

正当向导介绍情况之时，咚咚咚几发炮弹飞来。向导说，这是敌人的60炮弹，等到了阵地，每天都是这样。说话间炮弹炸落，浓郁的硝烟味道浸漫在大家的呼吸中。

百米生死线两旁弹坑密布，灌木丛被炸得七零八落，还有几根稍大的树干，呲呲冒着浓烟，这是上一次炮击时留下的伤痕。按照向导的办法，大家两人一组，飞速通过。

安全地通过百米生死线，士兵们终于来到148高地北侧山根处。远处山包开始有人影晃动，向导说："再往前就是一线各阵地了，二营的指挥所就在高地顶端的西侧。"

零落的炮声渐渐归于平静，向导说："大家慢慢都会摸到炮击的规律。有些很危险，有些根本不用理它。"突然安静下来，群山一片静默，再往山根走，一条小溪出现眼前。向导说："大家赶紧把水喝足吧，阵地上的饮用水比较缺乏。"一阵奔袭，再加上高度紧张，大家也都疲劳不堪，听了向导的话，便纷纷走到溪里。士兵们把水壶灌满，把肚子灌饱，几个衣服湿透的老兵还把上衣在水里漂洗了一下。稍作休息后，他们继续向148高地顶端进发。

从山根网上，堑壕越来越多，越来越复杂，密密麻麻地交错着。向导说："冷炮经常翻着山头过来，如果不在堑壕里，极有可能被炮弹碎片崩伤。"经过迷宫一样的堑壕，在148高地顶端，士兵们见到了营长曹汉。

按照营指挥所的统一部署，六连的第一批参战人员要到908高地的阴面，那里是一处连级指挥所。从这里到908高地并不远，在左前方翻越一个山头大约步行二十分钟就是。于孝仟带领士兵们不久到达了908高地阴面山洞里。

908高地连指挥所为土质山，位于146高地北侧，比146高地低几十米，但视野开阔，战略位置极其重要。到达908高地后，如果再往前沿阵地去，就会有暴露的危险，为了战士们的安全，必须要等待天黑后才能上去，六连二十多人便在908高地等待天慢慢黑下来。

正当大家坐在堑壕里休息时，连长突然过来说："前沿的情况比我们预想的要复杂很多，根据阵地上一军同志的建议，大家需要把背包带上来，所有人员立即回里头寨去拿背包。"

按照连长的指示，20多人一路跌跌撞撞又回到里头寨炊事班驻地，找到各自背包后立即开始返回。此时，太阳已落下山去，山谷里开始一片模糊，伴着久经不散的硝烟，天空又升腾起薄薄的水雾。不透明的昏暗天空让大家比之前心里踏实一些，再加上二次往返，路途也比第一次熟练很多，士兵们多少有些底数了。在天色全部黑下来之后，阵地上终于一片寂静，按照通常的规律，一天的战事暂时结束了。

老兵李书水个子瘦小，在返回的路途中跟不上前序队伍，很快自己走散了。天空伸手不见五指，堑壕七扭八绕，李书水几乎是一边爬着往前摸索，一边小声地呼叫排长王国安的名字。大约到了晚上九点钟，实在爬不动了，李书水就想起于孝仟连长说的，实在掉队了，就地隐蔽，千万不要乱动，以防爬到敌人阵地去。

不知趴了多久，李书水打算挪动一下。谁知刚一翻身，一阵拉枪栓的声音在头顶上方响起："你是谁？"

李书水以为是遇见敌人了，仔细一想，敌人怎么会汉语，还带着山东口音，他一下子明白下来是自己人，于是小声地报上自己姓名。

"咔咔"，这时李书水又听到枪保险关闭的声音，一个人走到跟前，走近了他才看到是连队的老兵孙朋斌。

"离我们返回的地方没有多远了，你跟着我走吧。"孙朋斌对李书水说道。这时，李书水才知道，大家早都到了，由于发现李书水走失，连队专门派孙朋斌回头找他。

两人沿交通壕加速前行，一路上磕磕绊绊，但总算有惊无险。当他们到达908高地连指挥所时，两人累得一下瘫坐在堑壕里，一步也不想走了。周围静得有些可怕，哪怕是地上的虫子经过，士兵们都能听到虫子的蠕动声。突然，从夜空中不时传来一声声沉闷的炮弹爆炸声，大家纷纷警觉起来，又使刚才的疲惫远去了，士兵们想起了指导员的战前动员，对胜利和荣誉的渴望支撑着他们坚持下去。

大约夜晚 11 点左右，前沿阵地下来的向导陆续来到 908 高地六连指挥所。于孝仟对大家说："这里只是连部指挥所，前沿各阵地都在 908 高地的阳面之外围，到了那里，我和你们也就只有电话线的联络了，你们都是班级骨干，一定要保持高度警惕，严格落实战场纪律，自己留心自己的脑袋。"

　　任务得到了具体分配，111 高地作为最突出前沿的阵地，由二排长王国安带领四班长刘耐峰、副班长张林以及战斗骨干成玉山、李书水和张元祥值守；沈长庚则被分到左六号高地，其余各班均有不同值守阵地。

　　照明弹不停地打，队伍时刻注意着隐蔽，只能趁着熄灭间隙赶紧走，匆忙和紧张，大家的衣服都湿透了。向导说："你们走得太慢了，赶紧把背囊丢了。"士兵们说背囊里还有蚊帐被子这些呢。向导说："这里是战场，不是过来生活的，这些都用不到。"大家听从了意见，于是就带了饭盒，然后把烟和信纸放到饭盒里，其余的就地扔掉。

　　尽管是茫茫黑夜，行进中，精通军事地形学的沈长庚还是对阵地有了一个"U"字型的大体认识，而他所去的左六号高地正在"U"字型的最右端，与他相邻的 111 高地则在"U"字型的最左端，他们之间是一条尚存植被的冲沟。

　　前面带路人员对地形较熟，在伸手不见五指的堑壕里一路狂奔，交通壕里乱七八糟什么都有，破钢盔、罐头盒，稍有不慎就会踢碰到。只要一有响动，前面带路的人员就压着嗓门骂："他妈的，你们不要命啦！"沈长庚跟在后面又累又紧张。

在山上跑了几个小时，沈长庚浑身湿透了。跑到山跟前，带路的人员一头钻进洞里，然而沈长庚不知道地形，顿时迷了路。过了一会儿，洞里有人向他低喊："在这里！"沈长庚急迫地就着声音一腿迈进去，立刻产生一阵刺骨的疼。原来，慌忙中脚插到石头缝里了，等他把脚抽出来，小腿全是血。

沈长庚也不敢吭声，他总算找到洞口，往洞壁一靠，身上的汗直淌，粗气直喘了半个多小时才平息下来。在洞里，一只小小的蜡烛燃烧着，有了一丝光亮。借着微弱的光线，沈长庚看了看洞里的情况：这是一处靠着山坡自然形成的石缝，有大石头斜盖洞口，里面容纳5个人没问题。

一个老兵介绍，在这个左6号高地上，住着一个排。沈长庚立刻明白这老兵是排长。聊天过程中，沈长庚得知老兵排长竟是自己的滁州老乡。知悉沈长庚也是滁州人后，排长很热情很客气，就给沈长庚打开一瓶水果罐头，沈长庚正口渴难熬，一口气把水果罐头里的糖水喝光了！

一夜无眠，沈长庚时而打盹时而惊醒，在洞里待到天亮后，沈长庚有些心急，就对排长说，希望能出去看看阵地。排长带着沈长庚跑到洞外，借着隐蔽，简单地向沈长庚介绍了阵地上的3个哨位。看完地形后，沈长庚决定，待补充人员上来后，必须加强防御工事的构筑。

张元祥终于追上了小分队，被领到了7号哨位，四班的5名同

185

志算是到齐了。简单休息后，友军先是口头介绍了一下地形和哨位情况，随后王国安对人员进行了分配，王国安说："这个阵地上，最危险的就是6号哨位，那个地方距离敌人太近了，洞也小。"

成玉山立即接过话说："排长，这个地方交给我吧，我个子也小，这样躲藏起来方便。"王国安想想也是，就说："张林，你是副班长，你也个子小，6号哨位就你和成玉山的了。"由于6号哨位也是最远的，距离7号哨位35米左右，在敌人的火力控制中，往返比较困难。王国安对等待引导的友军说："你先把他俩带走吧。"跟在一名友军的身后，在哒哒的冷枪声中，两人顺着堑壕经过十几分钟的爬行，终于来到6号哨位。

友军老兵说："明天晚上我们就要撤了，今天把吃的东西都拿出来吧。"说完从溶洞的角落里拿出两包方便面和一瓶水果罐头。张林说他们在排指挥所已经吃了，友军老兵说："那就坐着说话吧，反正在这儿就是闲着。"成玉山着急向友军了解情况："咱们一边吃着一边说，也不耽误事，说说这里的情况吧，要不然也吃不安心。"那个老兵伸头看看，天基本上完全黑掉了，说："这是个好时候，要是天不黑，我可不敢这么站起来！"

友军老兵走到哨位溶洞门口的堑壕里，便不再往外走，就站在那里介绍情况。大体说了一遍方位之后，张林和成玉山也是听得稀里糊涂，天那么黑，哪里能看得清呢？！成玉山问："往前走走不行吗？"说完自己就往前走了走。突然"啪、啪"两声，身后的堑壕上溅起来一些碎土。

"快进洞。"老兵一把把成玉山推倒在堑壕里，然后两人连滚带爬地撤进洞里。进洞后，那个老兵还呼呼直喘："敌人，敌人有狙击手！看不清也胡打，碰着谁就谁。以后一定要记住，白天的时候千万不要停留和暴露在表面阵地上！因为他们的阵地比我们的阵地高，他们居高临下，便于对我们进行观察和射击。"

到了九点来钟，友军的老兵们说："今晚你们站岗放哨吧，感受一下，我们先睡会儿，等到下半夜最安全，我再起来带你们看阵地。"可能是白天太累了，友军战友说完没几分钟就开始打呼了。张林和成玉山抱着冲锋枪趴伏在友军老兵指定的战位上，他们大气也不敢喘，直直地盯着对面。

慢慢地，月亮出来了，冲破团团大雾露出了亮光。借着月光，张林向成玉山指了指面前：一道东西走向的山沟，大约十几米深，三十米宽。在他们的趴伏点上，正对面就是敌人。身后，一条弯弯绕绕的堑壕，只有二三十厘米的深度，两边砌着石块，一直延伸到哨位的溶洞跟前。看看身下，是个石头坑，前面用螺纹钢搭了一个简易掩体，里面放了四五支冲锋枪。成玉山摸了摸，全部都打开了保险，有一堆手榴弹也是拧开了盖子的。

似乎有虫子的鸣叫，但很远很远。在无聊而又紧张的寂静中，他们终于挨到了凌晨三点左右。果然，友军的那个老兵过来了。月亮此时格外亮，顺着友军老兵的指点，敌人的一个个阵地呈现在他们的眼前。

阵地间的山坡上，许多被炮弹炸倒的树木乱七八糟地躺在地上，一些没有被炸弹炸倒的树木，正顽强地挺立着。

介绍完了阵地，大约四点多，老兵说："行了，你们回去睡会儿吧。"于是，张林和成玉山就回到哨位里。哨位实在太挤了，又闷热又潮湿。成玉山从背囊里找出毛毯啥的，友军老兵瞧瞧说："扔了吧，用不着还占地方！"

成玉山把毛毯团了一下，塞到屁股底下，然后对张林说："来吧，坐这上面，稍微能舒服点。"屁股一沾毛毯，眼皮就不听话了，两人一觉醒来，已经快中午了。头天晚上的稀粥吃多了，张林肚子有些不舒服，就要跑出去拉稀，友军老兵赶紧拦住他："只要是白天，无论大小便，都必须在洞内解决，自己找个罐头瓶子吧，把瓶子放好了，拉完扔出去就行了。"张林想了半天，说："那我忍忍吧，实在忍不住了再说。"

经过一天的了解和熟悉，张林和成玉山对6号哨位初步有了全面的认知。在前沿阵地上，6号哨位像一个拳头前伸着，最远的趴伏点距离敌人8米，友军喊它为"狗洞"，意思仅能趴下一只狗的容积。友军告诉张林和成玉山，这个狗洞白天不能待人，必须晚上才能过去执勤，就是平地上挖了一个坑，一根草也没有，敌人哗啦啦的撒尿声都能听得见。成玉山听得倒吸一口冷气，对于自己的选择多少有点忐忑起来。

6号哨位是一个狭长的岩洞，最多能够容纳3人，从6号哨位出来，在前方的左右位置各有一个小小的溶洞，仅能够容纳一人。说是溶洞，其实已经没有了上盖，好在友军用工字钢等设备进行了加固，但即便如此，也算是简陋至极，但这是两处白天的趴伏点。从右侧的趴伏点往后五米是一处防炮洞，而往前十米左右，则是一处陡峭的山沟，山沟的半坡上就是狗洞的位置。

临走之前，友军老兵告诉他："不用怕，这个地方虽然比较危险，但没有发生过什么大事情。"成玉山提出前面的山沟应该设置一些障碍，友军老兵哈哈一笑："山沟早已被炮火炸成悬崖峭壁了，放心吧，敌人要想上来，非得拿梯子爬不可。"在和友军老兵的交谈中，成玉山了解到，他们全都是比自己兵龄早两三年的老兵骨干，作战经验丰富。自己虽然在连队已是老兵，但也毕竟才刚满两年而已。

张元祥先是被送到 5 号哨位，5 号哨位是整个高地最高的地方，第一晚到达后，张元祥就做了个梦，在家骑自行车碰倒了腰，醒来一看，腰后面挤着一块石头。醒来后，张元祥迎来了自己战场上的第一个白天。一个即将替补回后方的友军老兵要带张元祥出去侦察一下地形。谁知出了洞刚一抬头，就发现远处一个敌人在那里探头探脑。怎么办？张元祥有些犹豫，这时他想到指导员之前说，谁先消灭一个敌人，立三等功。但那个友军老兵却说："不能打，大部队还没来，如果我们贸然动作，敌人大举反扑，我们的虚实就被敌人知道了，在阵地上必须要以大局为重。"

在 4 号哨位上过了一夜的李书水，第二天一早便被带到 2 号哨位和 6 号哨位熟悉地形；在 6 号哨位上，李书水和副班长张林聊了一会儿。成玉山说："和人家友军比，咱们太嫩了。"李书水说："行不行与老不老关系不大，关键时候能顶上才行。"彼此互告珍重之后，一名友军继续带着张元祥了解阵地上其余哨位以及周围的地形敌情方位，火力交叉点，炮兵指示位置。除了坚守自己的哨位，王国安把与其他哨位通联的工作交给了张元祥临时负责。

战场上的士兵们紧张不安，留在三塘乡的士兵们则焦躁不安……

两天后，韦昌进和所有第二批战友们才在指导员王效章的带领下开拔前线。部队选择在凌晨4点出发，尽管天还没有亮，但村里的老百姓都赶来送行。山保民夫妇把六连官兵送到村口的车上，山保民的母亲挨着一个一个地向士兵的口袋里塞鸡蛋。很多老乡都哭了，说："娃娃们多年轻啊！一定多保重！"

韦昌进想起了从山东营区出发时的情景，前往新泰空军机场的路上，军车开得很慢，以时速5公里的节奏在公路上缓缓、缓缓地向前行驶着，驻地任马庄的群众都出来送行了。老百姓在公路两边围着军车，乡亲们开始追着往车厢里塞鸡蛋、塞面包、塞水果，奉上一切能表达他们心意的东西。人群中不断有人高声喊着："你们记住，一定要胜利归来！一定要回来！一定啊！"年轻的士兵们在车厢里红了双眼，战士们都不知道如何应对这平生第一次所遇到的激动人心的场面。

但也就在这短暂而难忘的时刻，他们似乎一下子成熟起来。指导员坐在头车上，一边昂着脑袋高喊："拉歌！拉歌！"

歌声很快在车厢里响了起来，一首接着一首，根本无法停下。士兵们在车与车之间拉歌，距离不能扯断他们共有的感受，心中奔涌翻滚的万千激情似乎一下子有了宣泄的渠道。在此起彼伏的歌声中，与默不作声地安静躲在角落的王和平和韦昌进相反，张延景和吴冬梅歇斯底里般的喊叫异常突出。很多人的嗓子都哑了，但仍旧大张着嘴不肯停下。歌声震荡着天际，但除了他们青春的灵魂，谁能知道这歌声此刻融化了什么。

老乡们追出去很远，士兵们的歌声无比雄浑，每个人都流着眼泪不停挥手，这为六连增添无限悲壮。对战场的向往和对荣誉的渴望使战士们情绪高涨，恨不得立即战斗。王效章向着车窗外振臂高呼："六连不辜负乡亲们的期望，一定带着军功回来看望大家！"车子缓缓行驶，很多老百姓追着跑了两三公里。车厢顶上的大喇叭，播放着流行歌曲《今天你要去远行》《风雨兼程》。

卡车行驶了一晚上，不久士兵们被隆隆的炮声震醒，卡车停到一个地方，可是却不敢开灯；下半夜时候，战士们下车开始休整，大家开始吃东西补充体力。这时候遇到了从阵地上下来的两名友军士兵，交流之中他们说是111高地的，还说已经有六连的人员抵达了那里，并开始接防。士兵们想问到更多情况，可两个人也说不出所以然来，大家的心开始有些不安。

沿途上，回来的友军士兵越来越多，他们都又黑又瘦，头发很长。六连的士兵们不停与他们互相招手，彼此鼓励。又走了一天，大家已开始能比较清楚地听到炮声，在百米生死线步行处，大家吃饱了肚子，人员得到了分配。前来带路的一名友军老兵说，九班全体人员跟随他前行。

天色已经伸手不见五指，山路上遍布一人多高的草，尽管前面有人带路，但岔路太多，丢了就丢了，韦昌进一路跟着猛跑，差一点跟丢。在一处岔路口，韦昌进愣了半天，直到吴冬梅喊一声他才跟上。

堑壕里的情况，对于新兵们来说更为艰难。在浓密的大雾中，士兵们几乎和盲人没什么区别。为防止走失，张延景要求大家一个接一个用手抓住前面的战友。

通往148高地的山坡上，阵地里开始传来一阵阵手榴弹和炮弹爆炸声。敌人发现了对面阵地人员换防的动静，妄图用猛烈的炮击摧垮这些战场新兵的心理防线。

张延景走在小分队的最后，他在一个堑壕拐角蹲了好久，终于等到炮击间歇才起身准备往前走。但是前面的战友还在那里蹲着，张延景就继续停下来等他。但是等了好久，前面的同志还是没有动静。一发照明弹打出来，张延景急忙喊道："趁着光亮，快点出发！"前面的同志仍是一动不动，张延景着急得直拍他的钢盔："快走啊快走啊！"拍了好久那人毫无动静，张元祥试探地一把抓起钢盔，原来没有人，原来只是一个空荡荡的钢盔在那里！

大家在148高地哨位歇了口气。营部在这里为九班配属了一名重机枪手金德党，临行前，营长曹汉叮嘱张延景："转告沈长庚，务必使用好各种火力，坚决把左面通道封锁住！"

晚上7点多，张延景带着九班其余同志按时抵达左6号高地。他们抵达的时候，友军的老兵们还没有离开，刚刚用煤油炉子煮好了稀粥，看到过来接防的战友，友军老兵为他们各自盛了一碗，说："别说不饿，赶紧吃吧，吃完再说。告诉你们，赶巧了，半个月了，才吃这么一顿热饭。"说完踢踢脚下一堆压缩干粮的外包装。另外一个友军老兵则过来说："这个煤油炉子不能用了，两个小时做了这么一顿饭，你们接防之后，要赶紧申请！要不然天天吃压缩饼干，撒尿都是绿色的。"

韦昌进听那老兵说话的口音是老乡，就用家乡话接了一句。果然，那个友军老兵惊喜地说："南京的啊？"韦昌进说："我家住在溧水（属于南京市）。"

机枪手金德党找沈长庚报了到，沈长庚代表九班热烈欢迎金德党的加入。由于韦昌进是九班机枪手的编制，沈长庚便把金德党和韦昌进分配在一起。经过简短的分析，沈长庚趁全班人员吃饭的时候，为他们分配了具体哨位。

按照沈长庚手里画出的草图，借着微弱的蜡烛光芒，士兵们大体知道，班长沈长庚自己占领阵地上的一个居中哨位，在他左侧的哨位，是韦昌进和金德党，那里向前突出，也是最危险的地方，但作为机枪手，位置必须靠前，而右侧的哨位则是张延景和吴冬梅。

在哨所里，友军老乡反复给韦昌进强调："晚上执勤的时候，要仔细观察阵地下面的情况，仔细听阵地下面发出的声音。如果发现有可疑的情况，一是向可疑地点投掷手榴弹，二是向上级要炮火覆盖可疑地点。投弹时不要总在一个地方，投弹后要迅速离开投弹的位置。当听到敌人阵地有 60 炮发射和枪榴弹发射的声音时，要立即隐蔽起来。"

韦昌进懵懂地问道："那我怎么判断有 60 炮发射和枪榴弹发射啊？"友军老兵笑了笑："听久了就知道了！"然后又说："我们明天一早就要撤了，小老乡你自己保重啊！"

沈长庚此刻则忙着调试使用电台和报话机，这些都必须在友军老兵下去之前解决完毕，否则阵地会立即陷入瘫痪。

一大早，左6号高地的友军老兵们静悄悄地撤离了，而韦昌进迎来了前沿战斗的第一天。

天亮后，韦昌进终于看清了自己面前的情形：正前方就是敌军的高地，自己的位置和敌军的防护网、障碍物，也就相距十几米远。

和预想的激烈场面相反，近在咫尺的战场却是安静的。然而，这凝滞般的安静与等待几乎就是一种可怕的心理煎熬。

不远处，班长沈长庚趴在哨位上，和开赴前线的战友们一样，战壕里的生命热血沸腾，徒增一种"马革裹尸"的豪情。

令人窒息的静寂差不多熬过了一周，沈长庚一边带领班里人员加紧构筑工事，一边通过各种信息熟悉着周边阵地地形。

5月24日，营部通信班上来给沈长庚专门配置了一台884型电台，这款电台在当时配属到营指挥所一级。沈长庚的普通话在部队是有名的"地道"。营长命令，沈长庚除了坚守左6号高地，还要负责传达所有高地呼叫炮火的任务。根据营指挥所提供的兵力部署图，沈长庚了解到，在左翼约一千米是八里河东山，团里的重火力点都在那里；山底是盘龙江，右后翼是老山；八里河东山和老山之间是个山凹，叫那拉口，这是二营防护的重中之重。

在沈长庚带领士兵们构筑工事的同时，整个阵地最前沿的111高地6号哨位上，张林正和成玉山商量着哨位工事的加固方案。在111高地7个哨位的地形分配上，7号哨位在高地最右侧，其余6个哨位以7号哨位为圆心，呈扇形交错分布，其中1号、2号、6

号哨位为外侧扇边，3 号、4 号、5 号哨位为内侧扇边，除了 6 号哨位距离 7 号哨位最远约 35 米外，其余均距离 7 号哨位 15 米左右；111 高地是一处石头山，轮番轰炸已让它寸草不生。

6 号哨位里，除了老兵张林、成玉山，刚刚补充了新兵于九革和康庆忠。按照战位划分，张林将成玉山和于九革分配在右侧趴伏点，自己和康庆忠在左侧趴伏点，还有一处二线趴伏点位于洞口；而晚上九点之后，夜间值守小组则前出到狗洞位置，其余人员回到哨位洞内休息。

6 号哨位的周围，所有的树木草皮全被炸光，只有光秃秃的岩石和地下的岩洞。于孝仟将全连的防守哨位走了一遍，对 6 号哨位充满了特殊的关注。他建议 60 炮班加强对 6 号哨位炮火支援，并指令王国安在 6 号哨位周围寻找一个天然石洞；同时另建立一个哨位，以加强 6 号哨位的补充性防御和协助。

根据连指挥所的命令，王国安派人恢复了已经废弃的 2 号哨位，2 号哨位距离 7 号哨位 15 米左右，距离 6 号哨位也是 15 米左右，在整个高地上，是距离 6 号哨位最近的支援点，也是防守 111 高地反斜面之南敌人的有利位置。之前因为有着 6 号哨位的存在，再加上 2 号哨位的容积太小，所以被废弃了。于孝仟通盘考虑，6 号哨位再强大，也需要支援火力来配合，因此恢复 2 号哨位是颇为急切的事。麻烦的是，2 号哨位的这个洞，只能一个人躺下，另一个人站着；而且洞口前面是悬崖，门口的路只有一尺宽，洞是个缝隙。

王国安斟酌人选，考虑再三，增派张元祥和新兵陈贵福两人坚守，主要任务就是必要时火力增援 6 号哨位。

与 111 高地的重要性相同，左 6 号高地上，沈长庚和九班全体人员在考虑着各种防御加固措施。

前序战斗中，敌人常常沿着左 6 号前侧冲沟向其发起攻击，或者采取偷袭的方式通过左 6 号高地向后冲击威胁指挥所，但左 6 号高地的工事实在太少。

摸清情况之后，沈长庚开始带着士兵们修筑工事。张延景所在哨位是工字钢构筑的，其余人员的哨位都是在石缝里，为了增加新的哨位，沈长庚不得不带着大家用爆破筒把石缝炸开，扩大了一处新的洞口。

此时，韦昌进和金德党正在发生一场特殊的"分歧"：他俩所在左侧哨位洞旁边石缝里，盘踞着两条大蛇，大约都有三米长。金德党几次要用手榴弹把蛇炸死，韦昌进坚决不同意，还把平时吃剩的食物扔里面喂大蛇。金德党气得不行。

除了大蛇威胁，洞里的老鼠也很多，开始两人还警觉地驱赶。随着与日俱增的疲劳，偶尔打盹时老鼠会从脸上爬来爬去，醒来后不禁毛骨悚然。但韦昌进认为，这山洞本来就是动物们的容身之所，在炮火遍地的秃山上，动物们又能去哪里呢？大家只能和平相处了。金德党只好无可奈何地摇摇头，忍耐下去。

云南有句土话：三个蚊子一盘菜，三个老鼠一麻袋。来自北方的士兵们总算见识到了。

最开始十天的静寂，让沈长庚和战友们的神经慢慢放松下来。根据请求，后方开始运送防蚊网上来。士兵们有了对付蚊子的器具，大家开始追求过得相对安逸一些。

左 6 号高地距友邻阵地就十来米，而且那里有两个枣庄老乡，张延景经常和他们隔空拉呱。

吴冬梅不太爱说话，一个人心事太重。到了阵地上半个月时，才遇到了一次出太阳的好天气，吴冬梅没有请示沈长庚，自己抱着被子出了洞口。他刚把被子搭在工事上摆弄好，一发炮弹呼啸而来，吴冬梅就地卧倒，躲过一劫，被子却被炸碎了。

通过敌人的这次炮击，沈长庚看到了阵地的局限性：如果敌人在炮击后迅速发起冲锋，将无法及时阻击。他马上决定在阵地最前沿修筑一个重机枪工事。修筑工事，首要就是保障物资和工具充足。韦昌进承担起了这个任务。

阵地之间的走动靠着战壕来贯通。战壕有时并不明显，只能在中间扯上一根电话线。人员通行时，需要手里拉着电话线走，而战壕两边都是地雷，稍不注意就会碰触炸飞。那个时候，双方拉锯战已达数月，彼此攻守易手时，都埋了不少地雷。

对于新兵韦昌进来说，这并不可怕，一是知之甚少，二是前面有老兵带着，他觉得这里目前还是安全的。

战场上，有经验的老兵都深信一个道理：宁愿不要吃的，也要有充足的弹药。为了准备充足的弹药补给，士兵们需要整日不停地来回跑动运送物资，这就需要有超强体能的士兵才能胜任。有的人平时训练偷懒，这会儿需要火炼真金了，却啪地往地上一躺，死活不起来了。韦昌进之前在训练中的严格自我要求此时有了回报，整个左 6 号高地上充足的物资中，有半数都是他搬运过来的。

后方还在陆续补充兵力，换防拖延了半月之久，通常是上来一个班、下去一个班。韦昌进一边埋头干活，一边也在警醒地找机会向回退的战场老兵请教战地经验。一次，在战壕里搬着物资走动的时候，有两个口音是南京的老兵正往回撤。韦昌进一把拉住，问："你是老乡？"一番寒暄之后，老兵再三交代说："执勤时，趴在哨位上千万不要乱动，眼珠子要瞪起来，经常有敌人特工钻过来抓人。"韦昌进还想多说几句，但老兵一分钟也不想待在前线了："多保重，我们任务完成了，撤了。"

韦昌进和金德党驻守的哨位是两个相连的溶洞，现在两条大蛇守一个，他俩也守一个。

之前的拉锯战中，敌人失守时留下过大量特工藏在溶洞里；当我军大部队攻上阵地之时，常常会造成很大的混乱。为了避免类似事情发生，上级指示，务必在溶洞四周派出岗哨。

然而不可避免的是，刚进战场的士兵们都相当紧张。只要对面的炮火一响，各个阵地的电话便纷纷打向指挥所，所有的哨位都大喊着呼叫炮火。于孝仟在报话机里喊道："不要紧张，不要紧张！要尽快适应战场！"放下话机，于孝仟便令沈长庚去一个个核实，到底哪些哨位确实需要炮火，再通知60炮班发炮。

炮火中的新兵韦昌进每一晚都不敢深睡。即便不上哨位的时候，他也坐在溶洞里双手紧抓着枪，经常满手都是汗。这时候，敌人不再似往常狂躁、毫无战法地乱轰乱炸，而试图以高密度火力覆盖，打乱我军军心。进入6月之后，热林阵地上白天气温高达40多度。猫耳洞中闷热潮湿、热气腾腾，就如同一个天然的桑拿熏蒸室。士兵们穿在身上的衣服很快就被潮热的空气和不断流下的汗水浸湿。到了晚上，硕大的蚊子拼命地叮在他们脸上、耳朵上、脚踝上……一切裸露出来的肌肤上，尽情饕餮，凡是能咬到的地方，它们一处也不放过。

然而，最让战士们感到难以适应的是，由于刚接防阵地，加之敌人密集炮击，后勤保障工作还不能全面展开，于是前沿阵地出现了极度缺乏饮用水的困难。

为方便行动，大部队接防前沿阵地时，要求每人只随身携带一水壶水；由于气温高，到达阵地后很快就被喝光。原先守卫部队保存在哨位上的少量水，也很快被喝完。阵地上没有可饮用的水，急需为战士们补充饮用水。正常情况下解决的办法，一是后方军工送上来，二是战士们到后方去背水。

可大家刚上阵地，地形不熟，敌人又一直用火力封锁，阵地上的人下不去，下面的军工也上不来，缺水的困难迟迟得不到解决。阵地上，战士们的主食是压缩干粮，在连续缺水的情况下，吃一口压缩饼干好像咬着一团棉花，怎么也咽不下去。这样一两天还能咬牙坚持，到三四天后，士兵们都被干渴折磨得确实受不了。

哨位上极度干渴产生的反应，使得人都有些精神恍惚。韦昌进在洞穴里仔细搜寻可饮水，发现了几个罐头瓶子。拿到阳光下瞧，瓶子里是闪亮的金黄色液体，虽然有些浑浊，但看起来似乎没有变质。韦昌进兴奋地向金德党喊："我找到喝的了！"

金德党从哨位趴伏点上跑回洞里，举起瓶子端详了很久，判断说："这可能是友军防守时吃剩的水果罐头。"韦昌进也觉得有理，感慨说："他们也太浪费了！只吃水果，不喝汁液。"金德党很得意地说："那是知道咱们渴，给咱们留的！"说完，金德党揭开瓶盖，仰头一口气喝了下去，大喝几口后，金德党才停住了。他皱着眉头递给韦昌进，说："你尝尝，我觉得味道不对……"韦昌进小心喝了一口，缓缓吞进了肚子里，才开始慢慢品。过了好一会儿，韦昌进对金德党说："里面是尿。"

金德党一下子恍然大悟，夺过瓶子骂："他奶奶的！"抬手就要将瓶子扔出去。韦昌进赶忙一把拦住说："瓶子不能扔！尿可以倒了，那是别人的。"金德党带着奇怪的眼神看着他。

韦昌进平静地接着说："万一有情况，咱们也要喝自己的……"金德党呆呆地愣了好一会儿，才把手里的罐头瓶子递给了韦昌进。

真是天无绝人之路，阵地上很快迎来了一场暴雨。沈长庚带领全班人员尽一切可能地收集雨水，但因暴雨来去太快并且蓄水工具有限，所存雨水太少。沈长庚下令，要大家趁着部分积水没有完全沉入地表，赶紧就近找水。

张延景很幸运地在工字钢工事上找到一汪雨水，想都不想就埋头一口喝下去，结果被呛得眼泪直流。由于长时间炮击，整个工字钢表层全部被炮弹里的硝酸浸满，而雨水降落之后，这种米汤一样的混合物不仅苦涩得难以入喉，更是刺激得呛肺。

士兵们实在无法忍受干渴的煎熬，纷纷请求下去背水。最初，连指挥所不同意各阵地下去背水，原因是敌人炮火封锁太严，途中危险太大。但负责后勤的副连长班学进在查看各高地之后告诉连指挥所，阵地上战士们已缺水好几天了，再缺水将面临身体脱水，那将比炮弹威胁更大，连续汇报说："再危险也得让士兵们下去背水。"

　　严酷的战情考验着指挥员的决策。再三研判之后，于孝仟决定同意各阵地每天派一个人下去背水。而整个前沿的水源地，就是908高地下方的一个水潭。于孝仟提醒大家，敌人一般上半夜封锁得厉害，后半夜就封锁得松一些，所有背水人员必须下半夜到达连指挥部集合。为了加强水源地保护，防止敌人特工渗入投毒，于孝仟同时将60炮班设置在水潭上沿要道守护水源。

　　左6号高地的第一次背水任务，交给了韦昌进。他在新上战场的士兵中，体能算比较好的。韦昌进和其他背水士兵一样，到达连指挥所时正是黑黢黢的凌晨，于孝仟拿出指挥所里最好的东西来招待从前沿阵地上下来的战士们。等吃饱喝足后，于孝仟又把之前60炮班使用的猫耳洞交给他战士们，让他们在那里好好地睡上一会儿。

　　天蒙蒙亮，背水战士在通信员的带领下到达水潭。大家高兴地灌满蓄水囊，又惬意地将自己灌饱，还把身上汗得都发臭了的衣服洗了洗。休息之后，再次赶到连指挥所休息，等待各自原路返回。

　　等到又一次夜幕降临，韦昌进和背水战友们依依不舍地一一告别。临行前，于孝仟为每个人员发放了两瓶水果罐头。韦昌进整理好随身行装，小心翼翼地背起数十斤重的蓄水囊，一步一步地向着亲切的左6号高地进发。蓄水囊一次可以盛下五十多斤的水量，凉丝丝地贴在身上，韦昌进感觉一阵惬意。

　　眼前到了145高地，翻过这个高地就是左6号。再有一口气就可以到了，韦昌进休息了几分钟，想到哨位上饥渴了几天的战友们看到这五十斤淡水，那得有多高兴！突然，"咚咚咚"三声炮响，紧接着一个黑影擦着后脑呼啸而过，韦昌进本能地一个前扑趴在地上，为了保护蓄水囊，把连长发的两个罐头都摔了；可是狙击枪子弹还是顺着他的后脑打穿了水囊。五十斤淡水哗哗地流得满地都是。韦昌进气得跺脚，又只好冒着危险重新回去背水。

上级的安排暂时解决了饮用水这个问题，接踵而来的是一个更大的麻烦——热林阵地炎热湿闷的气候，给战士们带来的伤害并不比战士因为干渴脱水轻松。长时间的蹲伏出汗、无法洗澡，士兵们开始出现普遍性烂裆。加之癣菌、病菌的衍生，很多人都出现肢体糜烂。

最开始在哨位上，大家还都穿着衣服；随着雨季的到来，湿热严重，很多士兵肢体的溃烂处开始冒黄水，严重的洞能塞进手指头。6号哨位里，成玉山大腿处伤口已经闻得到一股臭猪肉的味道。不得已，他打电话向7号哨位的卫生员刘贤军要酒精、棉球。但前沿的酒精、棉球都没有了，而后勤物资还没有送到。

111高地终于迎来又一个黑夜。5号哨位上，李书水急不可待地背起空空的水囊准备出发去取水。由于烂裆严重，他害怕以后失去性功能，他决定到水塘里清洗一下污浊不堪的阴囊，判断一下还能否使用。

仓促不安地度过了战场上的最初半个月，对最前沿的士兵们来说，犹如半年之久。单调寂寞的时间久了，人人都渴望开一场真刀真枪的战斗，以发泄心底的长久憋闷。

一切都如于孝仟所想，敌人也有了安排。五月底的一天晚上，连指挥部向各哨位传达了上级传来的敌情通报情况：敌人正在策划一次进攻战役，目标直指夺取我前沿阵地。此次进攻计划代号为 M-1。

四、初战

什么是 M—1 计划？

营部参谋人员分析道：我们处于守势，敌人的计划则肯定是攻势；而鉴于特工提供的情报，对面驻扎的为敌人一个团，这个 M—1 计划，则很可能是营级以上规模的进攻。

在后方的指挥所里，最初接到通报时，营长曹汉就和指挥员们分析了作战地图——

二营的防守区域内，整个那拉前沿阵地以 146 高地为支撑点，四周若干高地拱卫，从而形成一个整体的防御体系。作为制高点，146 高地可以辐射四周火力支援其他高地。而敌人若要采取行动，非得从 146 高地下手不可……在分析情况中，曹汉迅速向各阵地发出备战令：后方的重炮火力组要对 146 高地周围的重火力射击诸元调整到相应标尺，做到心中有数；万一发生什么不测，确保炮火能够随时控制 146 高地。

前来参加战情研判的团作战参谋指出，在之前的战斗中，步兵和炮兵协同不好的问题比较普遍，一方面是前沿步兵不会指示目标，遇到情况无法判断真实情况，往往都是各个哨位一起喊叫要炮火覆盖；另一方面，后方炮火的射击诸元是固定的，但敌人进行攻击是狡猾变动的，这就要求炮兵不断修正其射击诸元，才能有效。

火力组长则提出，我后方大口径炮，主要是压制敌炮阵地和威胁我们比较大的前沿阵地，减少敌军炮火对我前沿阵地的威胁，无法为各个哨位提供支持。为了最大程度地确保精准度，作战人员决定，增加后方炮兵在一线阵地炮兵观察所的人员，使炮兵有自己的眼睛；并为主要阵地、主要方向上的防御分队和炮兵的观察人员建立相互沟通的渠道。

参加战情研判的连属火力组人员、60炮班班长杨维对则提出，尽管大炮有着自身的优势，但在前沿阵地，60炮和82迫击炮更为实用，既可以对我前沿哨位周围进行环绕射击，同时对阵地的防御和精准打击敌人，都有超高的效果。

一线战士的意见更为重要，而且无论敌人进攻哪个高地，这种情况都是绕不开的事实。作战参谋立即向团指挥所汇报了这一需求，除了从密度上加强60炮的配备外，团指挥所正在协调为每个高地再增派一个82迫击炮班，以及为一线阵地每个哨位配备一至两枚107火箭弹。

火力储备得到了有效的解决，但各个阵地上兵力稀少的情况也需要得到相应的重视。团指挥所并不同意在一线摆兵过多，担心炮击会引起过多不必要的伤亡。在多次说明情况后，团指挥所最终同意，要在146高地的屯兵洞里囤积一定数量的预备队，防止146高地失守，并可以及时支援向前凸出的211、111高地，在前沿阵地出现紧急情况时对其阵地立即实施增援或者反冲击。

但是，146高地并非那么脆弱。作为拱卫，211、111高地与其他几处高地在 146 高地东南、南侧、西南和西侧位置，天然构筑起了一道安全网，他们使得 146 高地成为二线阵地，也就保障了 146 高地的安全。

如拳头般前凸的 111 高地，则是防御的最难之处。炮兵参谋及时标识了主要炮击区域，其中最主要的一处就是在 111 高地 6 号哨位下沿的一条冲沟。那里地势平缓，还有一条敌人原来遗留下的堑壕，敌人容易从此处向 111 高地发起攻击。

关于对战双方的利弊，曹汉也分析得较为清晰。不利的一面是，敌人阵地海拔高，对我一线阵地威胁大，前沿各阵地都在敌人的直瞄火器射击范围之内，阵地上人员行动不方便，给后勤保障带来很大困难；有利的一面就是，前沿各阵地与敌人阵地犬牙交错，有的哨位和敌人哨位距离只有十几米甚至几米远。如此之近，敌人根本不能利用重型火炮对我前沿阵地进行轰击，减少了一线阵地掩体和猫耳洞被越军重炮破坏的概率，从而使一线防御部队有了安身之所，也为一线士兵守住阵地创造了比较有利的条件。

迎战通知逐级下达，连长于孝仟逐个哨位打了电话，要求务必坚决迅速做好迎接敌人大规模进攻的准备工作。

与此同时，营指挥所派出侦察排进一步摸清了准确情报，敌人进攻重点确实就是 111 高地。

于孝仟在各个高地来回检查战备情况，有些哨位已经被炮火炸平，全部暴露在阵地的表面。这样的情况下，坚守人员就容易出现不必要的伤亡，当敌人进攻时，阵地上的人员也失去了可以依托的堑壕工事发起还击。每到一处，于孝仟就让大家尽快利用黄昏有利时机修筑工事和加深后方的交通壕。

在111高地，于孝仟在6号哨位的溶洞里待了一个多小时。他提醒在洞里休息的成玉山说："在一线阵地，工事就是生命，工事就是胜利，工事就是战斗力，宁可加固工事、挖工事累趴下，也不能被冷枪冷炮炸死。"临走时，他又叮嘱趴伏在溶洞外侧值班的张林和于九革："敌人的小炮多，冷炮多，在阵地上一定不要乱跑，防止炮伤或踩踏地雷。"

后勤人员迅速行动起来，卫生部门为一线阵地提供大量必备药品，如消毒的药片、防蚊子的风油精等。刘贤军在111高地上，将这些物资及时分发到位。为了补充一线人员体内的维生素，减少不必要的非战斗减员，炊事人员也迎来繁忙的时刻，他们分头为一线阵地提供一些新鲜蔬菜，比如可以生吃的大白菜、萝卜等。

战争不仅仅是双方武器装备的较量，也是双方将士军事素质和心理素质的较量。再优良的武器，再过硬的军事素质，如果没有过硬的心理素质做保障，这支部队也是一支没有任何战斗力的部队。军事素质已在长期的野战生涯中获得，但如何激发肌体的潜能，还需要强大的心理作用为媒介。

阵地上，尽管空间有限，指挥所还是要求各哨位负责人对所属人员通过各种形式进行思想政治教育，大力宣传我们的英雄，鄙视投敌变节行为，以牺牲战友的英勇事迹，不断激发深藏士兵们身体内的无穷斗志和持久忍耐力。

于孝仟连长在查看各阵地火力配属时，认为处于最右侧的左6

号高地处火力不足。左6号高地处于"U"型防御线的右前方，与处于中间位置而又前伸的111高地处于同一等线，能够在敌人的主攻方向上形成火力压制。为此，连指挥部要求沈长庚在左6号高地上加强重火力配属，以最大程度火力支援111高地。但左6号高地本身就武器不足，除了刚刚配置的重机枪手金德党，轻机枪手韦昌进并没有机枪。

得到上级指令，沈长庚当晚带着韦昌进到146高地三排指挥所，领取一挺轻机枪。从左6号到146高地虽然不远，但要经过908高地，中间基本一路爬坡。此时，前沿阵地的情况已经比较严峻，尽管敌人没有明显的进攻，但是为了掩护企图，敌人一直有零星不断的炮声。阵地上一片狼藉，到处都是光秃秃的被炸秃了的大树干，一些巨大的山石则完全被炸出一片片坑洞，堑壕更是残缺不全。在阵地上行走，最关键的就是速度，快速通过才能使得阵地伤亡减少到最低限度。沈长庚带着韦昌进一路小跑，在磕磕绊绊的堑壕里，踏着被炮弹翻起的新鲜泥土，很快到达了908高地连指挥所。

此时天还没有黑，如果立即去146高地的话，还必须经过145高上的一段暴露地带。那是一段直接暴露在敌人狙击手视野里的空旷处，非常危险。沈长庚与韦昌进商量着，决定先到连指挥所等到天黑再行进。

在连指挥所，指导员说一会儿要扛个大家伙回来，得把体力储备好，然后给他俩每人拿了些吃的喝的，并在猫耳洞安排了休息。不久，于孝仟也从外面回来了，就去猫耳洞找沈长庚，询问前方阵地的士气如何，准备工作咋样了。沈长庚就汇报了提早加固工事的情况。于孝仟严肃地提醒说："左 6 号阵地是敌人的一个突破口，这个地方丝毫不能马虎，一旦敌人突破这个地方，就会渗透到整个阵地的后方去。如果端了八里河东山的炮火群，后果更不堪设想了。"

休息到夜晚来临，沈长庚和韦昌进开始向 146 高地进发了，这需要一段很长的路程，原因是 146 高地地形的特殊。146 高地南北狭长，制高点有三个，主峰的高度最高，南北各有一个高地，分别称作南北无名高地。

沈长庚和韦昌进经过北无名高地的炮兵前沿观察所时，短暂停留了一会。在和守卫士兵的聊天中，韦昌进得知王和平就在南无名高地的观察所内。这消息让韦昌进异常兴奋。韦昌进对沈长庚请求说，想去看望一下王和平。沈长庚有些迟疑，说："那样的话，咱们就要多爬一个山头……"韦昌进继续表达出强烈的愿望，沈长庚决定下来，说："那行吧！"

于是两人继续往南进发。

从北无名高地向主峰进发，中间要经过一个巨大的反斜面。根据团指挥所的部署，这里正在开辟一个屯兵洞。借着山坡的一处缝隙，几名士兵正在安放炸药。在大石缝的左上方有个小石巢，士兵在这里拦住了沈长庚进行盘查。由于敌人要实施 M—1 计划，为了安全需要，我方加大了特工侦察，三天前就在前沿一些要隘设置了盘查哨。

爬往主峰的路极其凶险，山头全被炸光，一片白茫茫的光石头，几乎没有植被。在主峰山顶，是大约一百平方米的凹地，这里设置着排指挥所以及重机枪射击阵地、高射机枪俯射阵地。

　　到达三排指挥所，王可顺激动地为沈长庚和韦昌进每人开了一个水果罐头。这是阵地上最昂贵，也是最实用的、唯一的副食。吃完了罐头，王可顺又为他俩煮了方便面。韦昌进高兴地接连吃了两碗。沈长庚说不要吃这么急，防止吃坏了肚子。王可顺问韦昌进："害怕吗？见过敌人没有？"韦昌进一边吃一边摇头，此时此刻，嘴巴和肚子远比恐惧问题更重要。

　　王可顺等着他俩吃完了，然后把微光夜视仪拿来让他俩看。在镜头里，韦昌进第一次看到敌人像老鼠一样跑来跑去。三排指挥所和七班住在一起。七班长是沈长庚的凤阳老乡，安排完工作，沈长庚对韦昌进说："我送你去找王和平。"

　　翻过中间的主峰，两人爬上南无名高地，相比北无名高地，这里的哨位开始增多。沈长庚发现士兵们用的都是轻机枪。一个老兵说，这里居高临下，轻机枪就足够了。沈长庚又打听到王和平的观察所位置，带着韦昌进迅速奔跑过去。王和平所在的炮兵观察所处于最前沿，直接暴露在敌人的炮火之下，不时有冷炮打来。

　　多半是敌人在观察镜里看到了前沿阵地上奔跑的沈长庚和韦昌进，嗖嗖嗖，一连多发迫击炮打来，炮火中两人左闪右躲，沿着纵横的堑壕弯腰奔行。就在一段堑壕的尽头，沈长庚远远看到炮兵观察所，两人正要跃出堑壕，突然一发炮弹炸在跟前。韦昌进和沈长庚一个跟头栽到堑壕外面，停了许久，韦昌进先醒了过来。看看四周没有动静，韦昌进小声喊了几句班长。沈长庚躺在不远处，他使劲睁开了眼睛，试试四肢都能动弹。沈长庚从地上爬起来，就问韦昌进的情况。韦昌进说自己没事，没有伤到。沈长庚轻喊："那就起来！赶紧跑！"

两人到达王和平哨位时，王和平正在捏着手电筒写信。看到韦昌进过来，王和平高兴得不得了，说："怪不得这会儿炮声这么多，是你们俩引来的狗叫啊？！"沈长庚留下韦昌进，便独自跑回主峰找七班长去了。

韦昌进兴奋地对王和平说："之前听说你是炮兵观测员，我还不相信，以为重名了呢。""这里的机枪手太多，但炮兵观测员缺乏，主要原因是没有人会使用精密仪器。"说到这里，王和平得意地一笑，然后他非让韦昌进看自己写的家信。

两人在哨位里一直聊到天亮才结束。他们谈到生命的意义，谈到战场士兵的价值，也谈到牺牲之后对彼此父母的照顾，后来还谈到秦岩送的笔记本。王和平问韦昌进："那小本本写了多少字了？"韦昌进说："有点惭愧，这点比不过你，本子还新着呢。"

最后，王和平告诉韦昌进说自己已经写了遗书，又问韦昌进写了没有。韦昌进说："还没写，没想好要不要写……"王和平就拿出自己的，想让韦昌进看。韦昌进突然想起海燕妹妹那封家信，愣愣地说了两个字："不看。"于是两人陷入了沉默。

临走时，韦昌进摆弄了一会儿炮兵夜视仪，然后对王和平说："一定要注意，这玩意发光容易被敌人发现。"两人聊到第二天凌晨，沈长庚才带着韦昌进匍匐返回自己驻地。

5月31日，天刚黎明时分，沈长庚点上刚刚从排指挥所拿来的煤油炉，想着为全班做米饭。就在这时，他的步话机响了。王可顺

210

紧急通报：敌人的进攻就要开始了，让沈长庚迅速通过电台上报指挥部。

沈长庚立刻推翻了煤油炉，迅速用电台向指挥所报告，并要求自己也进入堑壕战斗。连长于孝仟不同意沈长庚的请求，命令他必须在洞中坚守电台。沈长庚急得发火，大吼了一声："给我配的人手这么少，我必须得上去！"说完，戴上钢盔、提着冲锋枪冲了出去。

这时，敌人正在进行炮火准备。炮弹沉重的着地声，空爆的哨子声，弹片的呼啸声，步兵给炮兵提示目标的各种曳光弹、炮弹发射和爆炸的火光交织在一起，使应该还很黑的天提前亮了。阵地上一片硝烟弥漫，到处充满着炮弹爆炸产生的气味。那种场景一般是电影上无法看到的。这时天空虽然很亮，但地面仍然很黑，沈长庚问趴在右前方哨位的张延景，敌人上来了没有。张延景说，还没有发现。各哨位的战友们都趴在战壕里，大家一动不动，密切监视着敌人的动向。

为了防止敌人从这个口子冲上来，沈长庚向左前方防守 3 号哨位的机枪手喊道："金德党，快把机枪架到预备发射工事去。"金德党答："是，班长！"但话音刚落，金德党又说："班长，我没有副射手。"

沈长庚一想：也是，重机枪没有副射手怎么行呢？于是，当机立断对张延景说："后面由你指挥，我去给他当副射手；如果我牺牲了，这个高地就由你全权指挥，一定要完成任务！"说完沈长庚就冲到 3 号哨位。

金德党扛着机枪，沈长庚左肩背着冲锋枪，右肩扛着重机枪的支架，一手提着一个机枪的弹盒，向重机枪预备发射工事冲去。刚冲几步远，就在他的右侧火光一闪，沈长庚感觉右胸和右臂一麻，知道自己受伤了；但他紧紧抓住武器，咬紧牙坚持着冲进了工事中。

金德党发现沈长庚受伤了，立即要给他包扎。沈长庚满头大汗，说："先别忙，看看敌人上来没有，先把机枪架好！"

这时，后方的炮火开始对敌炮火进行压制，金德党和沈长庚盯着前面。面前是阵地冲口，这一定是敌人进攻的重点。

炮弹的震荡，让胸部受了伤的沈长庚疼痛难忍。在阵地上，士兵们不怕胳膊疼，最多截肢；但胸口疼就很危险，一旦是气胸，那就与死神接近了……但沈长庚来不及多想。

韦昌进单独趴伏在最左侧，强机枪保险已经打开设置在连发上面。突然，他发现正前方的一片碎石堆位置有异常动静，有两个好似人形的物体在不停地移动。韦昌进赶紧大声呼叫沈长庚，说："敌人摸上来了。"

沈长庚又爬到韦昌进的位置，一看果然是几个敌人，穿了伪装衣，正借着石头的颜色掩护，在炮火硝烟的遮蔽下慢慢往左 6 号爬来。他又沉着地趴了回去，悄悄下达命令："所有武器全部瞄准这几个敌人，但必须等靠近了再打！"

吴冬梅的趴伏点位于最右侧，他正好能从侧面看到几个敌人的身形，迅速将身边的手榴弹盖全部拧开，并将弹环拉出来。

敌人的炮火有意识地加大对左 6 号阵地进攻的掩护，炮弹在左 6 号阵地上不停地爆炸着。加固了的阵地哨位工事此刻发挥了它的优势，尽管有一定程度的损坏，但坚守到天黑是没有问题的。

敌人终于爬到了士兵们最佳的射击位置，沈长庚大喊一声"打"，所有趴伏点上的枪声都响了起来。四个火力点交织的火网在反复扫荡中将五个敌人打成了筛子眼。这是左6号阵地的第一次杀敌立功，但在嗜血的战场上，却为士兵们增加了无穷的胆量。

敌人的渗透被破坏了，很快打出更猛烈的火力来报复。左6号阵地被如雨一般的炮弹浇灌着，沈长庚指示大家全部躲在掩体里面去。这样的情况下，敌人的步兵也一时无法冲上来。

此时，在炮火覆盖的111高地上，另一股渗透的敌人靠近了。在狗洞里值守的成玉山和康庆忠很快发现了鬼鬼祟祟从山沟里摸上来的敌人。成玉山想了想，对着康庆忠的耳朵悄声说："咱俩不能在这里开枪，这样就回不去了，慢慢往后爬，爬到白天的趴伏点位置。"

趴伏点上射击孔里，成玉山和康庆忠一边架好冲锋枪，一边提醒张林："敌人上来了！"张林和于九革立刻跑出洞口，在左侧趴伏点也架好冲锋枪。张林发话："等敌人再近些开枪，以我的枪声为令射击！"

枪声开响，但敌人的反击也很猛烈。狗洞上方十余平方米的区域内，不断遭敌炮击和狙击步枪、轻重机枪的射击。工事被毁坏了，成玉山和康庆忠只能待在长不足两米、宽不到一米的石缝里回击。

张林的哨位小，不能充分发挥火力的威力，他和于九革靠手榴弹持续发挥效力。

激战持续了一小时，战士们仍然牢牢控制着阵地。

敌人的炮火在对 111 高地进行持续轰炸后，进而转向对 146 高地进行了猛烈的轰炸，以防止 146 高地对 111 高地前沿进行火力支援。在敌人猛烈的炮火中，连指挥所不停命令连 60 炮班对 111 前沿阵地进行炮火射击，同时又从团指挥所取得炮群全力覆盖。60 炮班的士兵们不停忙碌，炮管打红了，手烫起了泡，还是不停地飞快装填着炮弹。

炮阵地距离敌人高地的距离不是很远，60 炮班连续发射炮弹的声音很快被敌人觉察。时间不长，敌人也开始呼唤后方炮兵对 908 高地后方进行炮火覆盖。由于 60 炮班的炮阵地在 908 高地北侧的反斜面，许多炮弹都落到了炮班阵地西侧和北侧的沟里，其中一发竟鬼使神差地落到了 60 炮班右侧堑壕里，六连的部分武器被炸坏了。

而 146 高地南侧的炮兵观察所里，王和平看到很多支援炮火都打歪了，心里十分着急。为了找准炮弹目标位置，他决定走出炮兵观察所查看。刚走到洞口，敌人一发炮弹呼啸而来，旁边就是炮兵观察所的珍贵器材。对于炮兵来说，一旦前沿的炮兵观察所器材坏了，炮群也就成了瞎子。

情急时刻，王和平毫不犹豫地飞身扑向了观察器材……

韦昌进守卫在左 6 号高地上，还不知道王和平牺牲的消息。他趴在湿漉漉的地面上，看着天空里各种凄旷的美。云朵从这边飘到那边，又从那边被炮弹炸到这边。看八里河东山打出的炮弹，看重机枪打出的曳光弹，在摇曳中几颗子弹越来越远；而双方互相炮击时，是整个天空最美的时分，天是红的，而炮弹的交接处则是一片火光……

正发愣间，突然一发炮弹打来，韦昌进根据弹声，瞬间判断出落点。他一把把金德党拉开，自己也往洞里一蹿。随即，洞口前沿上的一块大石头直接折断在两人面前。金德党夹在石头缝里面不能动弹，硝烟过后，韦昌进使劲将金德党拖了出来。韦昌进为自己判断的准确性感到欣慰，又为刚才的险情有些后怕。为了缓和心里的紧张，他对金德党调侃说："我送了你一条命。"

阵地上的炮声伴随着热带雨季的变化节奏似的，雨停了，炮声也停了。战争，残酷地消耗着彼此的生命，也磨砺着年轻士兵们的精神。前沿高地上，由于激战之后尸体太多，加上南亚丛林气候炎热潮湿，肉体很快开始腐烂。防化兵上去消毒，大瓶香水到处洒，前沿阵地仍然是臭气熏天，士兵们被熏得连连作呕。

六连指挥所里，王效章焦急万分。他一人守着3部电话机，丝毫不敢走神。前线的巨大伤员空缺亟须预备兵力的填补，但在增员尚未到达之时，王效章一遍遍通过步话机要求各阵地人员迅速躲进防炮洞，避免敌人的轰炸触发更多伤亡，并提醒士兵们节省弹药。但事实上，111高地上，弹药已寥寥无几，生活物资也十分紧缺。各种情况接踵而至。

当晚11点左右，在狗洞值守的成玉山突然发现111高地下侧出现20多具敌人的尸体。他警觉地将这一不同寻常情况迅速上报排指挥所。富有战场经验的排长王国安分析想到：白天敌人尸体大都被抢走，怎么到了晚上又出现这么多呢？王国安断定其中必有诈，随即上报连指挥所，命令 60 炮班对准目标集火射击。

一连两排炮弹打出去。随着炮弹炸响，"尸体"一下又全部复活了。可惜他们还未来得及逃脱，便在炮火中丧命了，侥幸活着的几个也带伤逃走了。成玉山长舒了一口气。

凌晨 1 点左右，王效章走出连指挥所，他要亲自到前沿各阵地查看情况。2 号哨位上，张元祥和陈贵福几乎将所有的弹药消耗一空，只剩下几枚手榴弹和地雷爆破筒。为了和指挥所保持联络，张元祥在 2 号哨位和 7 号哨位之间扯了一根电线，用一个灯泡当作信号。张元祥控制着开关，长亮表示安全，闪亮表示危险。而电灯长亮时，张元祥和陈贵福会有一人返回排指挥所领取食品和水。

炮火逐渐歇息下来之后，冷枪冷弹开始增多，阵地上每天就是防炮和枪榴弹。哨位里，晴天气温常达 40℃，蹲在洞里就像钻进了大蒸笼，身上汗水不停地流，嘴唇干裂，喉咙冒烟；雨天猫耳洞里积水汪汪，潮气袭人，晚上蚊虫叮咬异常厉害。为了使哨位达到能打、能藏的要求，张元祥想方设法和战友陈贵富一起，利用夜暗搬来一块块石头，在哨位前垒起了一道高约一米的石墙，并在哨位的左后侧，用手抠出了几个射击掩体。

增援人员到达阵地后，弹药的运送并没有及时跟上。为了迅速补充给养，担任预备队的一连接到向前沿运送弹药的任务行动。

阵地上不能大声说话，有蚊虫叮咬，要求送驱蚊剂，可用了一下就不敢用了，因为香味太重，容易让敌人找到方位。

士兵们最希望补充来水果罐头，这样可以来补充一些维生素。在阵地上待着需要防炮，炮弹一响四下硝烟弥漫，升腾起的烟进到嘴里面苦涩着；而一下雨，落进嘴里的雨水也是苦的。

张元祥发了一次高烧。他盼望能够等到一些退烧药品。不久，运送补给的战友们给他带来了卫生员的药包。他打开一看，整整 18 片药和一张纸条，上面写着：一次性吃完。张元祥尽管犹豫着，还是把 18 片药一次性吞进肚子里。果然，当天就退烧、恢复正常了。

111 高地的连天炮火和肉搏战，让大家都热血沸腾，徒增一种"马革裹尸"的豪情，左 6 号阵地的潮湿战壕里等待着的年轻的士兵们按捺不住了。张延景一边抽烟一边发着牢骚，他宁愿战死也不愿继续窝在这里等死。

沈长庚在连部指挥所包扎完毕，回到了自己的哨位。这让大家非常高兴。韦昌进对沈长庚说："你一走，班里就没有魂了。"沈长庚也知道，以张延景的暴脾气，肯定少不了与战友们发生冲突。

张延景一直闷闷不语，沈长庚了解他有心事。上战场之前，家人给张延景介绍了一个对象，在连队时两人通信较多；但后来女方听说张延景到了云南战场，一直在和张延景闹别扭。张延景思想压力比较大，抽烟也更加厉害。从连队出发时，张延景就把包里塞满了香烟，如今在战场上，快被他抽光了。每天看着他在那里呼呼冒着青烟，金德党说他总有种炮火不停的感觉。

白天睡不着，夜里不敢睡。张延景很快把烟抽完了，就写信给家里，让家里给他邮寄了十条佳丽烟。6 月初，连队电台通知张延景的烟到了，沈长庚告诉他一定要等到天黑再去取。但烟瘾来了就眼泪哗哗的张延景哪里能等得到晚上。沈长庚话刚落音，张延景就冒着炮火冲下阵地拿回了烟。战斗是残酷的，等待战斗是焦躁无聊的。对于张延景来说，吸烟成了他最大的精神安慰。

烽火边陲中的家书抵万金。可对于吴冬梅来说，战场上接到的家信却让他难过不已。母亲在信里说自己病得很重，同时信上写道："每当黄昏或天明的时候，我们总是盼望你能一下回到家里来。可是，你每次都没来。后来你来信说要去打仗了，我们曾担忧过。但想到，你既然是为保卫咱们的祖国去战斗，就要打出个样子来，绝不能给我们丢脸。说句狠心的话，如果你在战斗中有个三长两短，只要是值得，我们会想得开的，你要好好打仗……"吴冬梅每读一次信，都忍不住满含热泪。最后他向沈长庚递交了血书："让我上战场，就算战死，我也要战死疆场！"

而张延景的情感问题终于有了结果。在炮火连天的哨位上，连队通信员冒死为他送来了女友的绝交信。看完绝交信，张延景反而好了。张延景苦笑着对通信员说："你他妈的真行，冒死给我送来这么个痛快信！"

看着张延景斜身靠在岩石上，一下一下地撕碎了信纸，怀抱冲锋枪的沈长庚悄悄叹息着，回想到自己战前那次难得的探亲休假。此刻最幸福的事，就是回忆过去美好的时光，这会带来刻骨的思念，也会化为战斗的动力。留在连队的遗书，沈长庚没有直接写给父母，而是留给了女朋友胡冬梅。

相较于一同奔赴前线的战友们来说，沈长庚觉得自己非常幸运：就在作战命令下达前，他刚刚得到了10天的休假探亲批准。这是一次不同寻常的休假，而且是指导员主动要求的休假。沈长庚敏锐地估判着，战争可能就要到来了。他的心里有一种说不出的感觉，既期待着什么，又担心着什么。作为一名老兵和连队战斗骨干，沈长庚有着坚强的意志力，自己并不是怕死——死算得了什么呢，死就死了，为国家而死，为了保卫人民而死，这是一件值得骄傲的事情！

人员变动频繁，目标却纹丝不动。以 111 高地为核心，双方再次开始调兵遣将。

四连部分兵力由预备阵地出发，前插增援 111 高地。当天，四连四班副班长张泽群和新兵苗挺龙一起到达了 111 高地。在排指挥所里，为了让老兵们尽可能地熟悉各哨位地形情况，王国安将李书水调整到 2 号哨位，张元祥调整到 7 号哨位。在增援人员分配上，苗挺龙被分配到 5 号哨位，张泽群被分配到 6 号哨位。此时，成玉山接替受伤的张林，成为战时任命的副班长，并火线批准入党。

眼看着替补的一营、三营官兵都冲到最前线，韦昌进感到一种无法忍受的苦闷。韦昌进向班长沈长庚连续请求道："还是得打仗，这样干受别人炮火真窝火。"沈长庚于是就给连里报告要求上前线，说："111 高地上面牺牲了战友，让我们顶上去吧！"

报告第二天就有了回复：即将有一个排的兵力增援左 6 号高地，左 6 号高地人员可以适当前移。但营指挥所同时明确，沈长庚继续留下守住电台，并代理排长；金德党归于建制返回二机连，其余人员由副班长张延景带队增援 111 高地。班长沈长庚和连长争辩说，自己班都走了，自己也要向前沿走。连长说："不行，你必须坚守左 6 号高地！"

天黑之后，全班就要出发了，张延景却光着屁股站在那里一脸为难。他看了看沈长庚，说："衣服都碎了，没有衣服穿了。"沈长庚看看没办法，把自己的衣服找出来拿给了他。沈长庚对张延景叮嘱说："我必须服从命令在这里，你一定带好他们，注意杀敌并保存自己，注意方式方法！"然后，沈长庚和大家一个个含泪拥抱道别。

借着夜幕，张延景带领韦昌进和大家沿着估摸后的大致方向，先经过145高地反斜面，越过142高地，向111高地行进。绕开前沿阵地，张延景他们首先到了7号哨位排指挥所。

休息期间，排指挥所的报话机响了：1号哨位两颗大白菜，6号哨位两颗大白菜。韦昌进知道，这是需要增援。王国安刚把报话机放下，韦昌进就问："排长，我想到最危险的哨位上去。"王国安掂量了两眼这个瘦小的新兵，然后说："6号哨位啊？你这能行吗？那个地方比较重要，还是让他们有经验的老兵去吧！"

韦昌进一听不愿意了，坚持说："排长，你是二排长，我们是三排的，你不能这样欺负我们！在全连面前，大家都是一样的，我郑重向你提出要求，要到最危险的那个6号哨位。如果我不能尽到士兵的职责，你可以在哨位上枪毙我！"

王国安被眼前的新兵呛了这几句，一时也不知说啥好了。他使劲咽了一口唾沫，环顾了一下李书水和刘耐峰，发令："把九班的都送6号哨位去！"

士兵们正要出发，王国安又说："等一下！"他看了看张延景和张泽群，说："你俩都是副班长，成玉山也是副班长，过去多了不好管理，你们有一个留在排指挥所搞后勤。"

可这会儿看架势，两人都不想留下来，王国安于是指了指又黑又壮的张延景说："前面的哨位里太挤了，你这块头不行，你留下！"

张元祥急着说："那这不够 4 个人了啊！"王国安接着瞄了一下韦昌进，安排说道："把 5 号哨位那个新兵也带过去，都送给成玉山！"

在 6 号哨位的洞穴里，韦昌进第一次见到受伤的余九革和康庆忠。于九革伤得严重，身上有两个洞咕咕冒血。不久，军工上来把他抬走了。

五、6 号哨位

战争，对这些于年轻的新兵来说，曾经那么地遥远——一天前还在苦苦煎熬着渴望踏上最近的战场，如今却已在眼前。

111 高地上的 6 号哨位，经过一番调兵遣将，迎来了全新的阵容：副班长成玉山带着新兵韦昌进、张泽群、吴冬梅和苗挺龙驻守。

待了一周后，天空一滴雨粒也没有落下，看来靠天等水的好事不会发生了。又一个炎热的下午，成玉山终于说："这样不行，咱们得下去背水去！可咱们 6 号哨位出入的危险性太高，在阵地这么久，总共只背了两次水……"韦昌进充满信心地立刻请命说："背水我有经验，这个事交给我了，保证大家有水喝！"但为了安全起见，成玉山还是安排老兵张泽群和他一起去。

从 111 高地去 908 高地背水，路途虽然短了些，但通行难度更大。了解到张泽群没有背水的经验，在开始出发的时候，韦昌进胸有成竹地对张泽群商量说："如果敌人对我们进行射击的话，我们就交替前进，缩小目标，减少伤亡。"

在弯弯曲曲的堑壕里，许多被炮火炸倒的树木横七竖八地躺着。当韦昌进抵达 908 连指挥所的时候，天还没有黑下来。

就在他们刚从 111 高地下坡的时候，韦昌进耳边突然传来"啪啪"两声枪响。战场待得久了，对武器的声音也敏锐起来，这是苏式狙击步枪的声音。韦昌进即刻意识到这是敌人发现了他们。

几乎就在枪声响起的同时，一种本能的反应，韦昌进和张泽群立即卧倒在下坡的堑壕中。由于处在下坡过程中，堑壕挖得比较浅，主要用来认清道路。因此堑壕本身并没有太大意义，但人在危急时候迸发出的巨大潜能还是把他们自己惊呆了。毕竟，他们正处于全速下坡奔跑中，能在瞬间卧倒在堑壕里，需要对身体有极大的控制性。确实，在战场上，很多平时做不到的事情，在这里都变得稀松平常。

看看天色尚早，两人靠着一块大石头休息了一会儿。和张延景一样，张泽群也是山东滕县人。尽管两人不在一个连队，但他们从新兵时就彼此认识。张泽群就想自己一会要去找张延景聊天去，让韦昌进自己去水塘里取水。当聊到连队连续牺牲的几个战友时，韦昌进止不住叹息。张泽群颇有点豪气，他说到，家里还有两个哥哥，不怕牺牲，父母有人养老！

闲聊胡侃了一会儿，天慢慢有些黑了，休息得也差不多了。张泽群说:"继续出发吧。但是刚才敌人的狙击手说不定还盯着咱们。咱们不能再直着腰跑了,必须利用坡度弓着身子从堑壕里行进,敌人的子弹又不会拐弯,只有这样才是安全的。"韦昌进也同意说:"此地不可久留,咱们赶紧往下冲。"说罢二人弓起腰来继续往908高地冲去。

在连指挥所门口,韦昌进和张泽群可巧就遇到了前来领取给养物资的副班长张延景。张延景作为排指挥所的保障兵,经常在各哨位穿梭,负责在连指挥所和排指挥所来回机动,取水、背弹药,背食品及其他各种物资,韦昌进觉得很羡慕。

其他高地的背水人员还没有到达,需要等待一段时间,大家就在连指挥所外面的猫耳洞休息。张延景和张泽群胡侃了几句之后,跑到指挥所内扭了两只烧鸡的鸡腿,又倒了两杯热水。韦昌进连连说自己好久没喝过热水了。

入夜,月亮上来了,背水人员也到齐了。通信员带着大家去取水。张泽群就和张延景躺在猫耳洞聊天。和张泽群一样,张延景也是不停地抽烟,两人一边聊一边抽,韦昌进打水的工夫,两人竟然抽掉了整整一包烟。韦昌进回来时,被烟熏得直流眼泪,提醒他俩注意身体别抽这么凶。张延景非让韦昌进抽两口试试,说别牺牲了都不知道抽烟是啥味。韦昌进试着抽了两口,呛得眼泪直流。到了分别的时候,张延景临走再三叮嘱韦昌进和张泽群一定要注意防炮。韦昌进知道自己的副班长抽烟厉害,也对他说了句:"你抽烟一定注意烟火星子。"

张延景回到7号哨位不久,李书水从2号哨位赶回排指挥所找他。天黑那会儿，李书水突然感觉饿了。翻腾了一圈，哨位里已经没有吃的了。李书水想起刚刚分到排指挥所的张延景是枣庄老乡，就跑了回来。2号哨位到排指挥所并不远，李书水很快到了排指挥所。张延景给李书水开了刚刚拿回来的水果罐头，笑着对他说："能吃多少就吃多少，可别做个饿死鬼。"看着李书水吃饱了，张延景又提醒："打炮的时候一定注意躲着点，别死待一个地方。"李书水一边答应说好，一边又喝了一搪瓷缸凉水。吃饱喝足了，李书水就急着往哨位走。

李书水还没走到自己的哨位呢，当当几声炮响在身后方炸起。紧接着排长大声喊叫，让李书水快回来抬人。李书水一边跑一边问："炸到谁了？"排长说不知道，但是张延景也在。李书水一听愣了，张延景刚刚还给他开罐头呢，这会儿怎么会……他不相信这是真的。

排长说，张延景不放心旁边几个哨位，非要去告诉他们怎么防护炮弹，没想到就炸到了……

李书水发疯了一样跑出去，在炸点掩埋的地方拼命用手刨土。很快他挖出来一个血肉模糊的身体，还有一些气息，但这个不是张延景，是连队新兵马洪春。李书水心想：完了，张延景必死无疑。

又过了一会儿，他真的挖到了张延景的尸体，整个人都炸碎了，血肉模糊，李书水瞬间就泪奔了，想不到刚刚还在一起的同志转眼就牺牲了。他抱着张延景的尸体久久不肯撒手。就在十分钟前，两人还相互交代，如果出现意外，要把对方的父母当作自己的亲生父母一样对待……

尸体从 111 高地运到 908 阵地西侧小路上。由于高温炎热，很快就开始腐烂，肿胀得都认不出是谁了，一群苍蝇正围着他们的身体嗡嗡地叫着，并且不断发出一股难闻的气味。

而这一晚，韦昌进正在 6 号哨所上放夜哨。他似乎听到了身边不远处的炮响声，但很快被更远处更激烈的炮火声掩盖了过去。凭借着多日的作战经验，他知道形势的严峻，同时为战事感到了一丝异样与担忧。但很快，这一丝异样与担忧被他前方朦朦胧胧的一个人影给打破了。

韦昌进趴在洞门口，浓雾忽聚忽散间，对面的视线模糊不清。韦昌进迅速调整冲锋枪枪口对准目标，心想只要他走近哪怕一步自己就开枪。但对方好像猜透了他的心思，一直在那里一动不动。潜伏哨，最怕的是敌人从后面摸进来。但僵持中，韦昌进甚至没有去想周围是什么情况，对方有没有同伴，这些都是空白的，第一次遇到情况的韦昌进，只告诉自己：管好眼前这个家伙就行了。有好几次，微风吹散雾气的一瞬间，韦昌进本可以再看清一下对方，但那个瞬间太短了，韦昌进实在不好把握。

就在这时，他耳边莫名响起了一个声音："你不怕死吗？"韦昌进使劲甩下头，让自己清醒了一下。如此时刻怎么可以走神呢？但也在一瞬间判断出了那个声音，是秦岩的声音。

韦昌进提了提精神，双方都一动不动的，一直坚持到第二天黎明，当东方的第一缕曙光刺透战场浓郁的雾气后，终于看清目标的韦昌进泄气了：哪里有什么敌人，只是一株被炸成半截的孤零零的树桩，在迷雾中仿佛是一个匍匐在那里的敌人一样。

韦昌进第一次感受到了什么是真正的"草木皆兵"。劫后余生的喜悦，草木皆兵的自嘲，除了秦岩的话语在耳边时不时萦绕，并未能让韦昌进保持多久的好心情：刚换哨回去的他，便被告知张延景、马洪春牺牲的消息。

7月，迎来了南方雨季的盛期。即使是响晴的天，也会突然在山腰间飘过一块乳白色的浓雾，接着便哗哗地下起雨来。十几分钟后，浓雾飘过去，太阳又出来了。此时，刚淋过雨的湿潮土地在太阳的暴晒下，热气蒸腾，山里面的人们仿佛就在蒸笼里，韦昌进感觉空气湿度已达到百分之百，抓一把空气仿佛都能攥出水来。身上的汗水不停地淌着，军装好像刚从水中捞出来一样，身上没有一刻是干爽的。

到了晚上，山上层层下起大雾来，使得阵地上的险情愈发不可预测。几十米的视野里一片白茫茫，最多只能看到人影。为了加固溶洞两侧的防护，成玉山将人员分组，连续几天利用深夜挖石头抬回去。

坚守阵地是一场漫长的自我修行，整天只能窝在洞里，顿顿都是压缩干粮，水源极度缺乏，没吃过热米饭。大家也不知道饿，只要能维持生命就行。

在看似漫无尽头的猫耳洞时光里，苗挺龙获得了一个"老中医"的外号。苗挺龙出生于中医世家，最开始大家是拿这个取笑他，因为实在太无聊，大家想尽一切办法找话题。吴冬梅是整个6号哨位里比较胖的人，眼珠子有些发黄，精神头一般。韦昌进非要苗挺龙给吴冬梅把脉，吴冬梅开始不同意，最后大家都起哄，吴冬梅就同意了。苗挺龙说："吴冬梅你可能有黄疸肝炎。"吴冬梅说你才有黄疸肝炎，惹得大家一阵窃笑。苗挺龙又帮成玉山把了脉，说："你这脉象就像敲鼓一样，比较旺，没有啥事，好好打仗就行了。"成玉山鼓动说："那你也给你的班长张泽群把把脉。"苗挺龙笑笑说："那不行，我班长不信我这个。"

哨位里的交流全靠耳语，不敢大声说话。晚上执勤还好些，如果是白天的岗哨，就只能趴伏，连弯腰也会被对面看到。有一天上午雾气特别大，一直趴伏的韦昌进心想不会被发现，就站起来直了直腰。一分钟不到，韦昌进就被发现了，对面阵地连续三发60炮弹直接飞了过来。韦昌进对炮弹声有着敏锐的判断，在哨位上久了，什么炮弹，它的落点，他都能瞬间判断出来。当三发炮弹呼啸而来的时候，韦昌进瞬间钻进旁边一个石洞里。还未喘口气，"当当当"，炮弹全部落在刚才他站的位置上。韦昌进冷静了很久才敢跑回溶洞哨位里。他气喘吁吁地告诉战友们："我差点就死了。"

断续的炮火持续到了7月18日。

2号哨位的溶洞里，李书水正在驱赶一条大腿粗的蟒蛇，这条蟒蛇在溶洞里很久了，盘在那里怎么也赶不出去。阵地上，除了老鼠和蛇就是人，老鼠个头大得像小猪。开始李书水也打它们，后来一看根本打不完，就不打了，人与动物一起就这么过着。对于北方来说，这些体格大的生物开始会很害怕，但时间久了，他们融洽得就像一家人。要不然又能怎么样呢？

战场上的一切都被炸平了，这些动物们只能等着吃尸体。而当你活着的时候，它们也会饥不择食，有战友的耳朵都被咬掉。

李书水赶走了蟒蛇，2号哨位迎来了当天的晚餐。炊事班送来的是烧鸡和白米饭，这本来是一顿丰盛的午餐，但由于阵地上温度太高，食物储存困难，等送到哨位的时候，烧鸡已经严重变质。吃了一只鸡大腿的李书水当晚上吐下泻，肚子疼得大喊大叫。不得已，哨位用报话机给排指挥所打电话，李书水被送过去休整。

当晚，李书水严重拉稀，总共去了13次大厕，最后一次回来时，李书水已经站不稳了，直接爬回来的，还在壕沟边沿遇到了前来7号哨位汇报工作的苗挺龙和成玉山，被他俩取笑了一通。

在7号哨位，王国安听完成玉山的哨位布防，特地给他们奖励了一只烧鸡。回去也是闲着睡不着，成玉山就和王国安吹牛，直到凌晨四点，成玉山和苗挺龙才返回6号哨位准备第二天的接哨站岗。

凌晨4点下雾，成玉山和苗挺龙过来接岗，一切都平安无事。整个战场静悄悄的，山间浓雾迷茫，林中的小鸟儿也都睡得很沉。战场上的寂静是最可怕的，士兵们不知道会突然发生什么。值守回到哨位的韦昌进久久无法入睡，他怀里抱着枪，斜靠在岩石壁上，时刻保持着警醒，许多天来，他都是这样度过的。

这么多天下来，韦昌进的体重直线下降，只有七八十斤的样子，典型的皮包骨头。在极度的焦虑氛围内，内心的煎熬常常使战士们变得易怒。韦昌进的优势显现出来，从少年放牛时代，他就读了很多古籍书本。成为士兵后，作为连队的文艺骨干，为了准备节目，平时阅读的文学书籍也多。在溶洞内漫长的时光里，除了打盹、闲聊，他就是回忆那些书籍里的章节，或者回忆那些在面包房和王和平谈文学艺术的时光。现实与彼时的氛围确实差距太远，但与命运的距离却很近。

沉思中的韦昌进被一阵急促的报话机响声惊醒，一下子跳了起来。王国安通报：拂晓之际敌人可能要进攻，重点进攻你们6号哨位方向，你们务必要守住，决不能丢了阵地。

听到命令之后，韦昌进赶紧喊醒吴冬梅和张泽群："穿衣服，准备战斗！"又喊外面的成玉山和苗挺龙注意放哨，可能敌人要进攻。韦昌进的裤子都还没穿好呢，只听到天空中传来一阵阵"嗖嗖"的响声。这是炮弹在空中飞行的声音。随后伴随着"咝咝"的尖啸声，阵地上响起了炮弹隆隆的剧烈爆炸声。

敌人拉开了出击作战的序幕。轰鸣的大炮打破了黎明时分的静寂，炮弹的亮光划破天际刚刚露出的鱼肚白，呼啸着向111高地倾覆而来，发出巨大的爆破声响，激起的漫天灰尘使视线变得更加模糊。敌人开始针对111高地前沿阵地进行地毯式轰炸，炮火既猛烈又密集。整个山谷充斥着震耳欲聋的巨响，整个阵地在炮火中不停地颤抖。

团指挥所里，指挥员正在判断着敌人新的企图，认为敌人这次恐怕不会是单纯的炮击，多半会伴随步兵上来。为了确保阵地安全，团指挥部迅速命令八里河东山的炮群进行齐射还击。在作战地图前，团长问二营营长曹汉："假设敌人凌晨5点出击，按常规部队现在应该在哪里？"曹汉回答说："敌人发起攻击的阵地应不超过800米。"

炮阵地上的130mm自行火箭炮迅速调整方位，这是解放军最凶狠的火力压制武器之一，单车在短短的数秒内就能将30发火箭弹倾泻完毕。一个炮群一次齐射，被覆盖目标的有生力量基本没有生还的可能。炮群调整射击诸元后，在阵地前800米处迅速展开一番齐射。但是，射击完毕后，整个落弹区域却毫无动静，这让大家有些疑虑。事实是，敌人此刻已潜伏至我前沿300米处。

炮声渐渐歇息，这是步兵的进攻好时机。凌晨5点，敌人偷偷地摸了上来，在一瞬间全线向我阵地发起冲击。由于敌人突然偷袭，111高地的士兵们措手不及。成玉山通过报话机大喊："紧急呼叫炮火支援！"

八里河东山的炮群只能解决外围的敌人，对于冲上阵地的敌人，远程炮火根本无法精准打击。营属火力组之前虽然加强了100迫击炮排和152榴弹炮排，但此时敌人已经摸了上来，敌我交错，曹汉营长不敢命令开炮，怕打到了自己人。

这时，旁边的作战参谋提醒到："封锁阵地前沿，打敌后续梯队。"曹营长恍然大悟！火力组随后在111高地前沿壕沟外来回发炮，形成一道严密的火墙。

一时间，空爆弹、榴弹、燃烧弹，弹群所到之处，一炸就是一大片。双方都拼了命往对方阵地倾泻弹药，在单位时间内谁发射的弹药数量多，谁就能占上风。密集的炮击过后，对面阵地上成群的士兵可能找不到一个完整的。

而炮火之内，是另一番战斗。在被炮火轰炸成峭壁的山沟对面，苗挺龙清晰地可以听到敌人冲过来的哇哇大叫。敌人黑压压的，从山沟底部向上冲过来，来势汹汹。成玉山迅速向苗挺龙高喊："敌人上来了，快喊他们都出来！"

听到成玉山大喊敌人上来了，韦昌进觉得自己头皮都要炸开了。可战斗就在眼前，根本无暇多想。韦昌进和张泽群提着冲锋枪奔出溶洞投入战斗，负责报话机的吴冬梅守在洞里呼唤炮火。

冲出洞口，韦昌进首先想到如何占据一个有利地形，先能保全性命才能打退敌人。他想到平时军事理论课上学习的一句话：两发炮弹不会落在一起。于是，趁着第二发炮弹的火光，韦昌进一头栽进第一发炮弹的落点处。弹坑里正好有块石头，躲在石头后面，韦昌进开始判断战场情况。

此刻硝烟特别浓烈，但在飘忽不定的一瞬间能看到敌人的身影，韦昌进奋力扔过去几颗手榴弹，爆炸声隆隆而起，但并不能确定是否炸死了对手。趁着敌人没有冲锋，获得了喘口气的工夫，韦昌进看了看四下，没有退路，必须死守住。这时又一波敌人涌了上来，韦昌进拿起身边的两个爆破筒，再次使劲扔了过去。

一阵阵爆炸之后，双方的进攻缓了下来。与往常一样，双方的步兵都在加紧调整新的战术布局。

突然安静下来的战场，死一般的沉寂，韦昌进赶紧寻找战友。这时，因为线路不通，报话机失去作用，吴冬梅也提枪跑了出来。韦昌进一边挥手示意吴冬梅赶紧隐蔽好，一边喊着其余战友的名字。苗挺龙躲在另外一块大石头后面回应了一声。

因为刚刚停止了射击，苗挺龙的枪筒子里还冒着青烟。韦昌进对着苗挺龙提醒："做好隐蔽，防止冷枪。"

每次的间歇都是可以预判的，一分钟不到，炮击再次开始。这次的炮声比较稀疏，而且多为延伸射击。凭经验，成玉山知道这是龟缩在山沟底部的敌人开始准备阵地争夺战了。

突然，一道黑影蹿了出去。成玉山大喊："韦昌进！你干什么？！"但这瞬间，韦昌进已蹿入狗洞趴伏点内。从掩体里刚一抬起头，韦昌进发现一个身材矮小的敌人正从狗洞边沿爬上来。距离太近，韦昌进无法举枪，迅速抓起一颗手榴弹。在前沿阵地的各个哨位上，到处都是拔掉保险盖的手榴弹或子弹上了膛的机关枪，以备激战之需。

敌人根本想不到这里会有中国士兵，韦昌进一把拉出引火环，抓起敌人后背的领口使劲塞了进去。拉火环有三秒的燃烧时间，敌人身上扎着腰带一时解不开，吓得连蹦带跳，轰的一声炸死在狗洞前面。

狗洞位置的爆炸声吸引了敌人的火力。成玉山一看不好，连声高喊："全力掩护韦昌进撤退，盯着狗洞前面打！"他还不放心，让张泽群指挥火力掩护，然后迅速靠近狗洞，解救韦昌进撤回。

这时候，成玉山又高兴又想发火。他狠狠地对韦昌进说："你小子想打仗想疯了？等着吧，就今天这阵势，谁能活着离开6号哨位，谁他妈就是天下英雄了！"

成玉山使劲地骂着，韦昌进高兴地听着，憋闷了几个月的身体终于酣畅淋漓了一阵。按照成玉山的指挥，韦昌进、张泽群、苗挺龙、吴冬梅迅速在战斗位置一线排开，他们死死盯着前面，把冲锋枪设置成点射模式，远远地盯住堑壕边沿，只要敌人冒头就打。但很快，敌人越来越多，只能把冲锋枪从点射改为连发，一批批把敌人压下去。

此轮进攻的敌人实在是太多了。在韦昌进和战友们强力反击下，还是有 3 名敌人从 1 号哨位方向爬上堑壕，进入到了高地上的坑道内。

上来的敌人也摸不清方向，四处乱窜。2 号哨位里的陈贵福率先开火，敌人丢下一具尸体后，另外两名窜向 6 号哨位。

6 号哨位右侧的韦昌进与 2 号哨位最近。他听到 2 号哨位的交战声，早就守在堑壕里堵住了敌人的退路。在其他战友迎战着正面之敌的同时，韦昌进迎头击毙了两名窜过来的敌人。

跑到哨位正前方的苗挺龙，用眼睛余光看到偏右侧的壕沟边沿有个黑影正准备向他开枪，立即调转枪口打过去，敌人应声而倒。但这时又一个黑影经过自己身边，然后听到"咝咝"的声音，这是战场上最可怕的声音，苗挺龙迅速找到一个正在冒烟的手榴弹。苗挺龙想踢走，但又不敢，下面壕沟有自己的弹药，于是一瞬间他赶紧抓起准备扔出去。就在这时，前面一个敌人已经冲上来，苗挺龙顺势把手榴弹扔到那人脚下。一声震响，敌人的双脚全被炸断，躺在地上嚎叫不停。

苗挺龙正要弯腰摸枪，这时一发炮弹打来，他的钢盔掀飞，耳朵被撕裂开，浑身是伤。这时候，苗挺龙发现自己眼前什么都消失了。"为什么没有敌人了？"他用手晃晃，还是看不到。想到左边是成玉山，就喊："成玉山！为什么我看不到了？"成玉山说："你负伤了，脸上全是血。"苗挺龙拿着机枪一阵乱扫，可子弹也没了。成玉山回头大喊："韦昌进，快把苗挺龙拖回去，他不行了！"

听到喊声，吴冬梅也放下报话机，跑出来和韦昌进一起把苗挺龙拖到了洞里。苗挺龙说："现在不要管我，你们先打敌人"。这时候报话机在叫："什么情况？什么情况？"吴冬梅迅速拿起报话机，报告表面阵地被占领，需要炮火。指挥部又问打哪里，吴冬梅看了看外面的情形，又看看韦昌进，不知如何回答。韦昌进说："就这个阵势，敌人洪水一样往前涌，谁也别指望能活着离开！"说完，韦昌进一把抓过报话机咬牙喊道："你们就往哨位位置打就行，要快！要准！要连发！"

我方炮火起来的同时，敌人的炮火也再次疯狂倾泻过来。成玉山正在不停轮换轻机枪进行火力压制。在他身后，三只轻机枪都被打红了枪筒。30多名敌人号叫着冲了上来，在离哨位20米远的时候，成玉山英勇地一跃而起，将6枚手榴弹接连地投进了敌群。冲上来的敌人一阵哭叫，扔下几具尸体逃下山去。

张泽群在向敌人进行投弹和射击的时候，一发炮弹落在了他的身边。他被弹片击中负伤，倒在了阵地上，他趴着继续坚持战斗。随后，又有几十名敌人又在炮火掩护下冲了上来。

张泽群一边坚持打，一边向旁边的已多处受伤的韦昌进说："你们南方兵还挺能打的嘛！"韦昌进没有回答，但此刻他觉得更添了万丈豪情。

鲜血浸透了士兵们的衣衫，但并没有觉得伤痛的存在。成玉山斜靠在一块岩石上，一会儿用冲锋枪扫，一会用手榴弹炸。一面打，一面喊："来吧！先到我这里试试！"这时，成玉山的身上已经多处负伤，鲜血浸透了衣衫；张泽群也因流血过多靠在岩石上。

苗挺龙和吴冬梅死死守住自己的战位，炮火掀起的石子将他们的头盔打得咚咚作响。这样坚持到了上午9时半，敌我双方才稍稍喘了一口气。

　　韦昌进越过吴冬梅，走到靠近成玉山的一侧说："班长，没有增援可不行啊，咱这几个人谁也不怕死，但是都死光了，谁守阵地？"成玉山说："哪里也没有增援，阵地就没这个计划。"按照当时的防御政策，为了减少阵地伤亡，排兵政策遵循"少摆多腾"的原则。这虽然可以在平时的炮击中减少伤亡，但在阵地战中已严重显出它的缺陷性。

　　这时张泽群也说："敌人过不了很久就会再次发起攻击，我们这边几个人死守，抵挡不了多久，如果要保住这个哨位，只有一个办法——炮火不停覆盖，让敌人无法靠近。"成玉山觉得张泽群说的有道理，就对韦昌进说："你去哨位呼叫炮火，告诉他们不停炮击，并增派人员。"然后又对吴冬梅说："你也快点回一趟哨位，把那两箱加重手榴弹搬过来。"好像被炸弹震晕了一样，3天前专门要的两箱加重手榴弹，打了半天竟然忘了用。相比平时只有8两重的常规手榴弹，加重手榴弹素有"小钢炮"之称，单体重达到1.25公斤。

　　韦昌进走在前面，吴冬梅走在后面。韦昌进刚刚走到哨位门口，一发炮弹"咚"地打在溶洞正面的大石板上。韦昌进头上的钢盔嗖的一声飞走了，随后被炮弹气浪重重摔进了溶洞里的地面上。不知过了多久，韦昌进醒了过来。他摸索了一会，右手找到了枪，艰难地爬起来。刚一站稳，一个黑影向面部飞来，韦昌进赶紧抬手捂挡，但是晚了，他的手捂住了挂在脸上的一个肉团子，还涩涩的沾满了沙土。韦昌进以为是脸上的肉被弹片削掉了，就顺手往下一捵，想把它扯掉。但是他感觉眼窝空荡荡的，才意识到他捵着的是个眼珠子，韦昌进赶忙摸索着把肉团子塞进眼窝。

洞口还能进人，被气浪冲晕了的吴冬梅醒来后迅速扒开洞口，并取出急救包为韦昌进包扎。这个时候，外面的成玉山又在高喊："快点呼叫炮火！快点把手榴弹搬过来！"

一听到敌人又冲上来了，韦昌进把成玉山交给他呼叫炮火的任务也忘了，着急得就想站起来。但是，炮弹片形成的大腿贯穿伤此刻让他无法动弹。无奈之下，韦昌进说："吴冬梅，敌人又来了，你不用管我，快点把加重手榴弹送过去。"正在包扎绑带的吴冬梅抬头看了韦昌进一眼，像是想说什么，但最后没说出来，毅然拿枪冲了出去。吴冬梅刚一出洞口，甚至还没有打响手中的冲锋枪，又一发炮弹瞬间飞来。

炮弹炸塌了溶洞上方前伸的巨石。一阵稀里哗啦的动静之后，洞口被彻底封死了。

阵地上只有成玉山和张泽群两个人了，成玉山把冲锋枪子弹、爆破筒全打光了，手榴弹只剩了五枚。这时，炮火依然没有动静，成玉山回头看看炸平的哨位，知道希望不大了，他指示张泽群："迅速跑回排指挥部，呼叫炮火！"

成玉山想爬回哨位的洞里。可是此时眼前一片平地，哨位在哪，他已根本无法判断。在炸平的哨位上，成玉山发疯般焦急地呼喊韦昌进、苗挺龙和吴冬梅三人的名字。突然他摸索到一个钢盔，使劲拉出来一看，是吴冬梅的头颅。他心里不禁涌起一阵强烈的伤痛：哨位完了？！

回过头来，成玉山看到约一个班的敌人此时又向着阵地涌来。他们并不开枪，而是做着一连串交叉前进的战术动作，并成扇形散开。成玉山明白，敌人这是打算活捉自己了。

看看哨位后方的防炮洞还在，成玉山迅速滚跳到防炮洞。一落地，他就吓了一跳。一个绕后包围过来的敌人已经到达了防炮洞，成玉山正好落在他的面前。两个人实在太近了。但狭路相逢勇者胜，成玉山想，也没有其他指望了，只能冒死一搏。他个子虽然矮小，但摔跤是个高手。他瞬间跃起，迎面将敌人扑倒在地。敌人拼命挣扎让成玉山腾不出手来；敌人一侧头，成玉山正好咬住敌人的脖子动脉。一股血腥味直涌脑门，鲜血喷了成玉山满满一脸。放下敌人，成玉山连滚带爬向着排指挥所跑去。

上午10点多，2号哨位的一棵大树被炸起火，王国安说这样势必引起敌人注意，命令张元祥迅速灭火。张元祥跑过去浇了一桶水之后，抬头看见硝烟中一个人踉踉跄跄过来。张元祥想：不好，敌人摸上来了！但由于自己没有带枪，正当他犹豫之际，听得一声枪响，那个身影倒了下去。

张元祥回来汇报后，王国安认为应该是自己人，就派张元祥带着卫生员刘贤军前去营救。到了跟前一看，是张泽群。张元祥抱着张泽群，看他流血并不多，但人已经不行了。刘贤军看了看说："是狙击手打中了头部，人已经不行了。"正准备撤退，又看见一个人影从远处踉跄而来。张元祥说："不好，这可能是那个狙击手。"

两人迅速进入排指挥所取枪，刘贤军先拿到了枪，爬出洞口就要开枪，一睁眼吓坏了：对面站的已分不清是人是鬼，头发全部直竖着，满脸都是鲜血。一看刘贤军的动作，那个人赶紧大声喊叫："卫生员，卫生员！我是四班长成玉山，我是四班长成玉山！"从一口浓重的江苏口音里，刘贤军这才确认了来人是自己的战友。

见到成玉山，王国安急切地问6号哨位情况。成玉山喘着粗气说道："6号哨位已被炸平，子弹、爆破筒、手榴弹也全部打光，战友全部牺牲，哨位失守；要想夺回阵地，赶紧增援。"

成玉山一口气说完，就瘫倒在地上了。接下来他只顾大口大口喝水，觉得这时候再怎么是死是活，都和他再没有什么关系了。王国安有点不甘心，命令通信兵继续呼叫6号哨位，可对方很久很久都没有任何回应。看来成玉山所言属实：失守了一个哨位。这让大家都沉默了。

王国安向连指挥所汇报了成玉山活着的消息。为了解情况，军工队迅速赶上来将成玉山抬了下去。6号哨位失守情况被逐级上报到团前敌指挥所，但富有经验的指挥所参谋人员分析后并不这样认为。他们指令六连务必派人前去侦察，活要见人死要见尸，必须确保信息可靠。这个任务难不难都是次要的，可现在谁去完成？王国安看了看，也没有别的人了，就剩下拉肚子的李书水了。

王国安看着李书水，问："还拉吗？"李书水挺起胸来说："不拉了！"

"好，这个任务交给你和张元祥，你们俩去完成这个任务。"

王国安布置完任务，可确定何时出发又让他犹豫起来。王国安是战争期间提干的，经验丰富，他分析道："现在就上哨位去，人必死无疑。"于是让李书水和张元祥见机行事，但务必要在天黑时赶到6号哨位。

临行前，张元祥突然上前紧握住王国安的手，大声请求说："我的入党申请书还没有写完，看来是来不及写了！请你转交给党支部。如果我牺牲了，没有别的要求，请组织上追认我为党员！"

111高地的告急，指挥所非常重视，除了要求现场侦察，团指挥所命令六连火速增援兵力。团指挥所通知下达后，王效章急得手足无措：现在整个连指挥部只剩下了指导员王效章和两名后勤人员——炊事兵王吉效和新兵王志波。最后，他不得已越级把电话打到团指挥所，请示道："现在炮火覆盖，去一个死一个，毫无意义！如果要支援111高地，最好的办法就是增加我方火力反击！至于现场侦察人员，必须等到天黑之后再上去！"

但是，团指挥所坚决不同意王效章的说法，斥令他立即行动。无奈之下，王效章命令王吉效带着弹药和干粮冒死增援111高地。

枪林弹雨中，王吉效艰难爬到了7号哨位附近，但无论如何也找不到哨位所在地了。他着急万分，不停呼喊。突然听到一个回音，一个水桶粗的洞口里钻出一个人头，正是卫生员刘贤军。原来，整个7号哨位的表皮掩体全被炸没了，只剩下一个圆洞，里面藏着王国安和刘贤军、李书水、张元祥4人。

王吉效迅速爬进洞里。王国安说："现在你还能爬过来送给养啊？连队选你当炊事员是选对人了！"说完大家便拿起干粮和水赶紧补充能量。正在这时，一直处于警戒位置的刘贤军回头对王国安说："增援来了。"王国安问："来了几个？"刘贤军说："4个人。"王国安赶紧说："提醒他们一下，注意安全！"刘贤军一边观察一边说："他们走得很快，直奔6号哨位去了。"

话刚落音，排指挥所报话机响起来了，连指挥所再次催问6号哨位的事。王国安回答："6号哨位增援已经到达。"

王效章听了，在报话机里急得不行，连喊道："哪里有增援？根本没有增援！"王国安于是说："刚才刘贤军看到去了4个增援。"王效章喊了一句："那完了！肯定是敌人的化装特工！"

不知过了多久，韦昌进终于醒来。恍惚间，他还以为吴冬梅刚刚跑出洞口。他连续喊了几声吴冬梅的名字，还真有了回声。在洞口方位，吴冬梅微弱地喊了一句："我的妈呀……"此后，再无动静了。

眼看着战友们一个个倒下，韦昌进克制内心悲痛，冷静判断了处境，提醒自己：绝不能等死！他拼命用手扒开洞口，但压下的石头太多，试了几次都无法出去。通过观察，韦昌进觉得自己出不去了。

此时，外面的敌人又在哇啦哇啦地说话，听声音还有女人。韦昌进立即想到了传说中的敌军寡妇连。韦昌进听音判断了一下，靠近的大概有4人。看来，这4人正是刘贤军看到的4个敌军特工。听动静，敌人并不继续进攻，而是在寻找什么。

这光秃秃的山头上能寻找什么呢？韦昌进很快想到：敌人寻找的，就是6号哨位！因为哨位已经被炸平了。敌人知道在这附近，但一时无法准确找到。

韦昌进知道情况不妙，即便自己不被发现，阵地易手之后，自己也会被活活困死在洞里。他靠在湿漉漉的石壁上，下意识地整了整衣服。当手摸索到口袋里那个笔记本时，稍微放松了一下，他想着是否应该在本子上写点什么话……也许自己就要永远倒在这片焦地之上，但作为一名士兵，能用自己的生命真正守住一分祖国的尊严，这是他从来没有奢望过的。既然现在哨位上必须迎接死亡，那么自己的牺牲该是多么有价值、多让家人荣耀啊！

漫长的休息间歇里，筋疲力尽的韦昌进像是要给自己这短暂的一生做个总结似的，特别是自己参军后的一件件往事，如电影回放一般浮现在眼前——

1983年10月，新兵韦昌进被分到了山东青州。他感觉那应该是自己从小到大度过的最冷的一个冬天，鹅毛般的大雪几乎没有停歇地连续下着。青州的雪积得有几尺厚，营房屋檐的冰凌就有一米多长。这对南方长大的韦昌进来说，非常难熬。那时候，他常常需要一动不动地趴在雪地里两三个小时，两只手长满冻疮，肿得像发泡的馒头，连军用手套也戴不进去。双手就这个样子了，他还惭愧地在心底责怪自己为什么那么笨，别人的手都没事！

后来，韦昌进就常在半夜悄悄起床跑去打扫连队的猪圈，做完后又神不知鬼不觉地回到床铺上。自己悄悄做了好事，还很谨慎地注意不让部队发现。这让身边那些想起早学雷锋打扫猪圈的战友常常落了空。想到这里，韦昌进咧了咧干渴得出血的嘴角，笑了一下。

1984年5月底，瘦弱却勤快的韦昌进被营领导抽调到了面包房。那个时候，部队刚刚提出"两用人才培训"这个概念，终于被大家发现半夜打扫猪圈的韦昌进，其实已经被副营长"盯"了很久，并最终把这个新岗位给了韦昌进。

王和平比韦昌进当兵早了整整一年。韦昌进抽调到面包房时，王和平已经在那工作了很久，并成为面包房"军地两用人才"能手。同在后勤岗位，两人结下深厚友谊。1984年底，连队开始盛传南方参战的消息，并很快被相当级别的军官证实。在面包房的韦昌进，从编制上属于营部，参战这种行动主要抽调建制班排战士，他完全可以不去。但韦昌进不这样想，他常常激动得睡不着，半夜和王和平聊天，表达想去参战的愿望。

接到上级的任命后，韦昌进从面包房被分配到六连九班。九班班长沈长庚原来是连队的文化教员，这在兴趣爱好上与韦昌进比较投缘。在九班，韦昌进迅速进入了战斗班的氛围。沉静下来，他有了点亢奋之后的成熟。接下来的几天，韦昌进不停做梦。有一次，他梦到有一颗子弹从黑暗处射来，正中自己颈动脉。醒来后，韦昌进辗转反侧，起来给正在读高中的大妹韦海燕写了一封信，说："这次战场，我必须得去。如果我回不来，咱爸妈得由你照顾好……嫁到哪儿带到哪儿。我不在了，你就得像个男子汉一样替我顶起来。如果你能答应做到，我就能一切放心地扛枪走向战场了。"

信发出去，韦昌进一直揪心地想象着海燕拿到信会哭得怎么地不知所措。可谁知很快接到海燕的回信，上面写着："混蛋！哥哥你混蛋！你现在人还没到战场，就说死啊活啊的！你还是个男人吗？还是个当兵的吗？当兵会死人，一定是你吗？作为一名战士，就是死了又怎么样？！"

被海燕"痛扁"了一通的韦昌进，反而觉得浑身轻松，一股自豪之情油然而生：自家妹妹长大了，巾帼不让须眉！从这封信之后，他好像看到了事情的另一面，站在问题的深层的本质去想问题，也不再恐怖战场。他觉得自己可以面对了。

送自己笔记本的秦岩，是韦昌进在部队唯一的女性朋友。认识她是在一次韦昌进受伤住院时，这个性格爽快的女护士一针扎下去，两人便成了无话不说的好朋友。上战场之前，韦昌进曾有过一些恐惧，但也被秦岩回了一顿臭骂。后来，韦昌进以为秦岩心里会瞧不起他，但从驻地出发时，秦岩以好友身份专门来送行……

正想着，洞口方向有了少许光线，是从石头缝隙里照进来的。韦昌进爬到苗挺龙身边，看到又昏迷过去的苗挺龙像是熟睡一样安静。韦昌进不敢发出声音，就使劲摇着苗挺龙。摇了半天没有动静，看到苗挺龙干裂的嘴唇，韦昌进就从脚边摸过来一盒肉罐头，借助微弱的力气，用枪刺把罐头盒扎了两个小孔，然后把肉汁对着苗挺龙的双唇之间，一滴滴灌下去。

过了很久，血肉模糊的苗挺龙终于轻轻动了一下喉咙，开口说了句："啊呀！"韦昌进连忙唤着他的名字。听到是韦昌进的声音，苗挺龙问道："我们在哪？"韦昌进压着嗓子说："小点声，外面有敌人。我们在云南前线打仗呢！"苗挺龙又说："我怎么看不见呀？"韦昌进想想自己的眼睛，明白苗挺龙肯定双目失明了，于是想转移话题，向苗挺龙说了排指挥所让坚持到天黑的事。苗挺龙又说："我看不见怎么办？"韦昌进对他说："不怕，只要我们还活着！"

苗挺龙又挣扎着说自己渴得不行，渴得想死，罐头汁液也解决不了大问题。

韦昌进实在没办法，就把罐头瓶子拿过来，问苗挺龙有没有尿，苗挺龙说有一点。韦昌进看了看不够，自己又尿了一些。闻闻味道太浓，韦昌进摸到一包橘子粉倒进里面，他喝了两口觉得味道还行，就对苗挺龙说："这是咱俩尿的，你喝吧，不喝不行。"

听着苗挺龙在艰难地吞咽，韦昌进长长吁出一口气，热泪夺眶而出。这是他上战场以来的第一次流泪，也或许是最后一次流泪。

浑身是伤的韦昌进静静地抱着双目失明的战友苗挺龙，觉得一切都值了：在寸土必争的军人荣誉面前，在祖国面前，自己的性命又算什么？！

这时候，韦昌进的几处伤口渗血严重，感觉自己身体已经一点力气也没有了。他无法知道自己生命能够维持的时间长短，便一点点地慢慢爬到洞口，用仅有的一点力气将堆积在洞口的山石扒开一个小小的缺口。阵地外面硝烟飘散，路面崎岖不平，都是被敌军炮弹轰出来的、深浅不一的弹坑；在地表温度将近五十度的阵地上，尸体已经开始发酵涨破，空气中弥漫着肉体腐烂的气息，刺鼻的硝烟也把韦昌进呛得几乎要窒息过去。

等渐渐恢复了一些体力，韦昌进说："你这命还真硬啊！"重伤中的苗挺龙还不忘调侃，小声说："我这小命啊，送过去了，可惜马克思不要！"苗挺龙又问："外面咋样啊？"韦昌进趴在洞口，顺着缝隙仔细观察了一会，然后趴在耳边告诉苗挺龙说："千万别大声，咱们头顶上就有敌人。"

把笔记本塞进贴身的衣兜里，韦昌进顺手摸了摸自己身上的衣服，一寸寸地摸过去，想着这次自己光荣了，那也是值得骄傲的，祖国的五星红旗上也有了士兵韦昌进的热血。但韦昌进唯一担心父母听到消息后无法接受，心底还是暗暗希望妹妹以后能够替自己好好地照顾他们。

突然，韦昌进心里被一个念头震动了一下：人没了，哨位咋办？这个形势，仅躲在地洞里不出声就能守住阵地吗？

韦昌进再也无法平静了，双手在地上努力摸索到了报话机。稍微停顿了一下，他回头看了看苗挺龙。凭着感觉，苗挺龙知道韦昌进要干什么。他使劲点了点头："呼叫吧！"

哑寂许久的 6 号哨位重新发出的呼叫声，在部队指挥所里几乎是掀起了一场战斗信心的巨浪。

"我是 6 号哨位！我是士兵韦昌进！报告连队，我还活着！报告连队，我还在阵地！另外一个战友苗挺龙受伤严重，也活着！"韦昌进拼尽全力、沙哑着嗓音向指挥所精确地报告了自己的哨位。这，也正是敌军当天志在必得的进攻重点……

"敌人已经上来，请立即向我开炮，敌人已经上来，请立即向我开炮！敌人已经攻上来了，请立即向我开炮！请立即向我开炮！"

自出征以来，六连就希望打一个漂亮的翻身仗，一洗"狗熊六连"的耻辱。此时，6号哨位极有可能因官兵全体牺牲而失守的现实，也让全连压力倍增。在集团军前指高度关注6号哨位存亡的巨大压力下，团政治处主任亲自坐镇二营指挥所，等待战场侦察确认哨位存在与否。

正当气氛极度沉闷之时，六连指挥所里的报话机突然传来韦昌进在6号哨位的疾呼，线路随即被接入营部指挥所。

"我们被掩埋在山洞里，洞外全是敌人！"这时候，韦昌进几乎发不出声音，从气管里呼着气，声嘶力竭地喊道："我以6号哨位的名义，命令你们立即开炮，向我开炮！"

一旁的团政治处主任热泪盈眶地一把抓起报话机，向前方大喊："韦昌进！根据你的表现，我立即向师党委给你报请一等功！"

挂了报话机后，韦昌进慢慢依靠在溶洞壁旁，等待着炮火的来袭，这一刻周围好像一下子安静了下来，整个天地间就只有自己微弱的呼吸……

那 厕

　　小时候的农村庄落，除了树叶绿的时节，一眼望去全是灰溜溜的泥土房子。条件好点的，可能会在土墙的底层摆上一米高的石头基石，俗称硬腰墙。我家虽不属于条件好一些的，但作为爱慕虚荣的农民大家庭，为了撑住面子，还是省吃俭用摆了那一米的硬腰石头。但也正是这一米多高的硬腰石头，差点要了我的命，我也屠了无数的命。

　　土坯为主的房屋有它的特点，建造时要特别考虑到它的承重。一般情况下，农村的土墙厚度都在一米左右，有冬暖夏凉之功效，这是住在洋楼里的城市人享受不到的，即便他们穿着大裤衩子吹着空调，也找不到那种凉爽的感觉。

　　土地是农民的祖宗。农村不缺泥土，别说一米的厚墙，就是十米厚也摆得起。但是对于要撑住面子就行的我家来说，却不宜太厚，因为根基已决定用石料，如果墙体设计得太厚了，费的石头就比较多，这个太不划算了。当然，也不能太薄了，那样又不安全。所以，祖辈采取了一个折中的办法，石头墙仍按照一米厚，但内外用石料，中间则填了碎土。正是这塞满的碎土，在若干年之后，慢慢褶沉、流失，最后中空，成了繁衍噩运的好场地。

那一年我才五岁，稍有记忆力。半夜憋尿醒来，正听得一阵咚咚的声响。我侧着身向门口一看，门缝闪进来一道月光，就是在那皎洁的月光里，一群黄鼠狼竟在那儿翩翩起舞，它们眼睛一片闪亮，发出一道道交叉而集束的光芒。

母亲看我醒来，就扬扬胳膊冲黄鼠狼说了几句"去去去！"原来母亲根本就没敢睡觉。后来，十几年后谈及此事，她说："哪里敢睡，附近村子里经常发生黄鼠狼子吃掉小孩脑袋的事情。"尽管母亲大声催赶那一堆翩翩起舞的黄鼠狼子，但根本无济于事，它们似乎听不见，毫无顾忌地在月光下交谈。母亲无奈，找了一个盆子，让我尿在里面，然后安抚我快点入睡，尽量别看到这些。母亲后来说，黄鼠狼子并不是每天都在，但每逢月圆之时必成群结队在我家堂屋门前的青石板上起舞。母亲说，房子的硬腰石头墙全都被掏空了，做成了黄鼠狼的窝棚。母亲曾经大略地数过，常年生存在我家硬腰石头墙里面的黄鼠狼子，大约有八十多只。每逢夜间归宿时刻，咚咚的脚步声如部队行进一样，非常壮观。

长大后我曾经问过父亲，为何不下功夫驱赶它们。父亲说，黄鼠狼子是有灵性的，招惹不得，否则家人必遭殃。但是，家人对黄鼠狼的尊崇并未换来平安。没过多久，我奶奶一场大病倒下了。在

248

病床上，根据症状观察，我奶奶显然是被什么邪气附了体，她一天学没上过，竟然满口流利的英语，当然，到底是不是英语，那个时候我还没上学，无法分辨，但是我奶奶的各种症状让医院无法治疗确是真实的。最后，医院的诊断说，这不是普通的病，这是冲撞了某种带有灵气的生命物种。我父亲火了，对着医生说："你好好说人话，什么生物物种，你他娘的是什么物种！"医生不高兴了，嚷嚷道："你不听我的那就算了，怎么还骂人？"然后索性不理我们了。

医院治不了病，就只能在家挺着。在家也不是法，就想土办法。听得邻村人说，几十公里外，有一婆娘是黄鼠狼成精后的替身，可以治疗此症。我们辗转找到此人，倒也没有多少花费，一盒孬烟，拿出两颗，点燃后，一根插在门前泥土里，一根吸进嘴里后猛地喷在我奶奶脸上，边说："你走吧，不要再招惹事了，他们一家人待你们不错。"然后，我奶奶就真的好了。这个事，是不是科学，我实在不好回答。但这些事，我在现场目睹过，实在是无法质疑。

我奶奶回去后好了，我父亲把无用的医生又臭骂了一通，指责他们纯属饭桶。我奶奶没事了，但年幼的我接着出事了。和我奶奶相似，我也是一场大病倒下。倒下以后，让那婆娘用同样的办法用烟熏了。此后，人虽然能站起来，但却站不久，随便走几步，头都会眩晕得厉害。再去找那婆娘，婆娘闭口不语。实在无奈，我又晕得不行，父亲只得再去求被他骂为饭桶的医生。根据治疗情况，骂他们饭桶一点也没委屈，他们先是按照贫血给我治疗，让我猛吃猛补，结果把家里的鸡仔狗仔猪仔，甚至一头耕牛全都干进肚子里去了，也未见好转。医生反过来又说，可能是吃太多了，导致血压升高。那段时间，我这小个子，体重竟猛增到一百六十多斤，整个一个圆球。再去医院检查，说我是心脏病，而且是晚期了。一家人慌了，眼看住院没法了，也住不起了，牛都吃进肚里了，家徒四壁，就把我接回家了。我爷爷说，农民有农村的套路，死也得死家里。

躺在家里等死的那段时间，我已是十几岁的少年了，由于身体虚弱，白天家人在地里干活，我就躺在家里，说是看门，其实也不过是应个景。

有一天，我拖着疲惫的身体从阴暗的房间里挪出来，想晒晒太阳，才刚出门，就听得一阵"咯咯"的鸡的慌叫声。根据医生的建议，我连散步这样的活动量都不能有，一定要静养。除了吃就是睡，我也虚胖得厉害，稍走几步就会喘起来。我还没来得及好好喘几口呢，鸡的惊叫声打断了我。

鸡窝棚那边，十几只鸡崽往一起挤，恐慌不安。鸡窝棚是就着一堆碎砖瓦刚刚搭建起来的，外面兜了一圈砖头算是鸡仔们的小院子。小鸡仔是早晨才赊来的，农民买卖鸡仔鸭仔都没有给现钱的，先记着账，等到麦子熟了之后再还钱。庄稼人讲究信用，一般不会出什么差错。鸡仔赊回来了，喂养是个大问题。奶奶搭建好鸡窝棚说，这个地方白天给鸡仔放风可以，晚上必须拿出来藏好，那些吃肉的家伙会很快盯着它们呢，中午就有过来侦察地形的了。奶奶还说，以后的白天，都要由我来照看一下鸡仔，算是废物利用吧。

鸡还在拼命叫。循着眼神看过去，一只黄鼠狼子站在不远处，我想扬高了声音威吓它，黄鼠狼子根本不看我，变换了一下角度，仍旧盯着鸡窝棚，一副沉思的样子。老人常说，病人身上阳气较弱，顶不过邪气。我病到如此地步，而且已被医生判了死刑，精神上早就亡了，身上哪里还有什么阳气？黄鼠狼子自然也对我无畏惧之感，反倒是对着我这身鼓鼓囊囊的肥肉感了兴趣。踱完仪态万分的步子，黄鼠狼子停了下来，转过头，它目光变了，笑吟吟地打量着我，仿佛是遇到一个多年的熟人，意味深长。我有些头皮冒汗，身上的肉也颤抖，黄鼠狼子狡黠地伸出舌头舔了一下嘴唇，冲我挤了下眼睛，像是一个调皮的动作，然后走开。它来回走了几圈后，走到很远，又一次回头，而且笑容展开地张了张嘴。我身上的肉再一跳，心脏病变得重了。

傍晚，我已经非常饿了，我就坐在门口，奄奄一息地靠在门框上，我的屁股下面是那块大青石板。当然，几个小时以后，这里将是黄鼠狼子聚会的地点。一只老猫从我身边经过，这是我姥姥送给我家的，老猫大约十来斤，老成稳重。姥姥说，十斤的狸猫能降千斤的鼠，我们不需要它降千斤的鼠，只要能降住那些二三十斤的黄鼠狼子就够了。但是，老猫来了一个月了，毫无建树。而今天这个傍晚，注定是个不寻常的傍晚。在那个放养鸡仔的砖瓦堆旁，在那周围繁茂的杂草之间，它们，成群地来了。

黑暗将至，它们的眼睛越发显得光亮。家人们都在田里劳作没回，我也没有精力去收拾鸡仔，但我还算敬业，一直坐在那块青石板上等它们。它们确实来了。黑夜里，一束幽蓝的光四处摇曳。一束光闪了一下黯淡了，突然亮起，闪出两道、三道……以至几十道光来。光束交叉着向前推进，像是电影里的侦察兵。但是到了鸡窝棚旁边，一部分光束停下来了，一部分光束继续前进。

幽蓝的光束竟然冲着我来了。它们远远地蹲在我面前，即便黑暗，我仍能感觉它们面带笑容地看着我。它们似乎和蔼的笑容里藏着一丝不易察觉的杀机，挂在嘴角，它们稀疏的胡须也在微笑时翘向两边。

最近的那一只向我走近几步，抬头发出一阵笑，笑声细长，但震荡心肺。我想站起来找根棍子，但是我却已经吓得站不起来，我的腿都软了，听过黄鼠狼笑声的人这辈子都不会忘掉。

动物的语言或许有相同之处，我听到的黄鼠狼子笑声，可能包含着更多的内涵。那一声过后，鸡窝棚里发出一阵哀鸣，鸡仔绝望地、稚嫩地声嘶力竭。三四只黄鼠狼子一齐扑向鸡窝棚。应该是条件反射，我腾地站了起来。与之同时，我正对面的几道幽蓝的光也直立起来。一道凉气从我的脖颈顺着脊梁一路欢下，我头一懵，知道完了。

一声虎一般的咆哮从房顶一闪而过，紧接着一道闪电般的身影直扑鸡窝棚，与刚刚攻到鸡窝棚的幽蓝光束狭路相逢。老猫来了！

我看不见它们在如何搏斗，我只能听得一阵阵咆哮与嚎叫，翻滚声时远时近，接连三道蓝光落荒而逃。很快，它们都隐于草丛中。而一直盯着我的那几只，也悻悻离开，向另一个方向逃去。

老猫立于鸡窝棚棚顶，黑暗中，我仍感到它威严的目光。幽蓝的光渐渐散开，远去，黑夜重新给出了黑夜的安静。老猫下到地上，它瘸着一条腿蹲在我面前，远远地端着脸。一袭暖流划过我的身体，也滑过我的眼眶。我知道那些黄鼠狼子觊觎我已很久，有好几次，黄鼠狼子们公然上了我的床，把那骚哄哄的嘴巴凑到了我的脸上。对于一个毫无招架之力、浑身阳气殆尽的少年来说，它们早就有吃掉我的打算。而之前，那些被啃了脑袋的邻居小孩，不就是活生生的例子？

说实话，再后来我真的一点也不怕，一个等死的人还有啥可怕的。于是，我不但不怕，还想了很多。白天睡多了，到了晚上，我是彻底睡不着的。父母劳累一天呼呼大睡，任黄鼠狼子千军万马走过。我则是唯一的看客，看着那群被称为生灵的东西夜夜笙歌。这样看得久了，我就有点烦了，豁出去的心态慢慢滋生。想想家人因为活命吃苦已很多，还要受这帮玩意的折磨，真是悲痛万分。想着想着，我就不管三七二十一了，决定干他娘的一票！

那时候，枪支管理还比较松，几乎家家都有猎枪，我家也不例外，父亲的床头就放着一把。一个坐等死亡的人是什么事都敢干出来的！这估计就是亡命徒的内涵。心中怦然一动之后，就再也没有平静下来。终于在一个月圆之夜，父母酣睡之时，黄鼠狼正载歌载舞之际，我强忍住眩晕，悄悄翻身下床，摸起猎枪。那枪里装有霰弹和硝药，一扣即响。我站不住，就坐在地上。我把枪体伸出去，都快够到门前那黄鼠狼子的身体了，它们则根本不拿这当回事。尽管在这个闭塞的农村，辈辈都谨记着黄鼠狼子不能招惹的古训，我还是啪啦一声拉开了枪栓，无须刻意瞄准，我本来头晕也就举枪不准，迷糊间，轰地一枪放响。一阵鬼哭狼嚎的奔逃之后，几具黄鼠狼子死尸留在惨白的月光里，迸裂的脑浆掺和着火红的血水，层层荡漾。

父母几乎是跳起来了，父亲说："这回造了大孽了！"母亲一声不吭，最后才说了一句："都是快死的人了，杀几个黄鼠狼子就杀了吧，一人做事一人当，和咱们无关！"就这样，我瞬间和家人有了共鸣。

父母肯定睡不着，我也不愿起来，大家保持各自的姿势直到天亮。我是先于父母走出门的，我要给死掉的几个黄鼠狼子收尸。尽管我还有些头晕，但我一点不害怕。我捡起它们走到院子里，本想扔到粪池里，但自从吃了家里的耕牛之后，我就很少吃肉了。我觉得舍不得，要死也死个痛快，我摸起剪刀，剪开皮子从头扯掉，一具具血淋淋红乎乎的肉体就一字排开摆那儿了。

因为我枪杀了大家敬畏为神灵的黄鼠狼子，大家都视我为怪物。爷爷说我的这一行动，可能会在当天晚上遭到黄鼠狼子的集体报复，建议我们全部搬出去住。父母带着弟弟妹妹去亲戚家躲祸去了，我坚持住在原地不走。我说，如果真有报复，人都走空了，黄鼠狼子也会撵着报复其他人，反正冲我来的，不如我就在这等，横竖一死。爷爷悲伤地流着泪给我支了灶台，说让我自己做饭自己吃，能熬过几天是几天。

我啥也不管了，找来木柴，把几条黄鼠狼子肉放进去，抓了一把咸盐，倒了两桶水，大火烧将起来。傍晚时分，香气四溢，我也忍不住了，揭了锅盖，拽出肉身，大口啃咬，直烫得我满嘴是泡，不停骂娘！吃饱了，我就抱着猎枪静候祸端。

十五的月亮十六圆，但是明晃晃的大门前却毫无动静。不仅如此，墙壁里也再没有过部队的声音了。我不信这厮会放过我，就跳起来又骂了一通娘。骂完累了，骂得头也发晕，想犯病，才停下，但直到早晨，我还是安然无恙。不但无恙，我还感觉比前一天好多了，不久走路能平行了，没事还能跳个高。蹑手蹑脚回来看我的家人有点不相信，当看到我明显病情好转后，禁不住抱着我哭了。我也哭了，哭完我说："有啥好哭的，吃了它们我就舒服多了，还得接着吃这帮孙子。"

对于我要接着吃黄鼠狼子的说法，家人无一反对，只是不参与。父亲说，死马当作活马医，就看我的造化了。那我也不亏待自己，当确认房子里再无黄鼠狼子之后，我反而慌了：没的吃了！想想这样不行，我就背着猎枪出了门，想起夜里的坟地上黄鼠狼子应该比较多，因为它们喜欢活动于墓穴之中。我找来一个矿灯，戴在头上，周边的坟地转了个遍，一晚上竟射杀十余条黄鼠狼。我有点回光返照的感觉，枪法极准，枪枪毙黄鼠狼子命于脑壳，而且个个都是脑浆迸裂四射。到天明时，只累得我背不动了。

回到家仍是如此，剥皮吃肉，大火炖煮。第二天第三天仍是如此。一个月下来，方圆十几里地再无黄鼠狼子的动静。村民虽普遍视我为怪人，但却无比感激我，他们的鸡鸭等家禽再无这些东西袭扰了。

打不到黄鼠狼子了，我的头晕就又开始犯病，这说明我对黄鼠狼子肉有了依赖症。既然依赖，就别等待，我在田野里四处找洞，挖地三尺。但黄鼠狼子狡猾异常，直往坟墓棺材板子里钻，我再能也不敢挖人家祖坟。我又想办法，回家，把门旁晒干的辣椒串拿到坟地里，看着黄鼠狼子进去的洞，点燃后扔进去。一刻钟不到，王八羔子们就被熏得晃悠悠出来了。我早已手拿铁锹守在洞口，出来一个拍死一个，拍够吃的了就回去。

半年下来，我身体强壮，竟有些彪悍的味道，不仅头晕全无，告别病秧子形象，没事还想打个架，颇有武松当年在景阳冈的影子。几年后，父母终于改变看法，视我正常，并以我为荣。而我，则颠覆性地改变了村民对黄鼠狼子的畏惧，从那之后，村里凡有头晕者，皆举枪直向黄鼠狼子！

那一年，我十八岁，已整整吃了二百条黄鼠狼子肉身。

如今，我奔命水泥城市，藏身高楼大厦，早已晴空难寻，蚊蝇难入，但每当罕见月圆之时，凭栏之处，我都会回想村里的黄皮往事，回想起那厮笑声……

裆部档案

一

　　镇里每年走新兵，张敬轩都忍不住过去显摆一下。而每一年这个时候，他的问话都大体相同。张敬轩倒背双手，来回踱着步子，但眼神一点不散，像聚光灯泡一样直烤在年轻接兵干部的脸上："小伙子，哪个部队的？你们部队属于几野几纵啊？知道以前打的仗吗？"

　　接兵的小排长大多军校刚毕业，对自己的部队还不是特别熟悉，至少对历史掌握得还有欠缺，每逢此时，直接就被问懵了："这不是个老古董吗？"但在革命前辈面前也不能太怂，答曰："知道一点……"

　　张敬轩嘴不饶人，随即接过话题："知道一点？你知道个屁。你年轻，那时候连液体都算不上呢。"看着小排长头上冒出汗珠来，

257

张敬轩才满意地点点头，拉长声音说："那个年代，可谓风云变幻，转眼间灰飞烟灭……"

那个年代确实如此。那年春天的胶东，一支解放军骑兵部队消灭了这里的国民党反动派，随后在一个渔村村头的杨树林里驻扎下来进行休整。那年张敬轩二十七岁，因为父母早亡，家境一贫如洗，他连个老婆也没讨到。张敬轩一人吃饱全家不饿，平日闲着没事，就爱扯树叶子放在嘴里吹曲儿。碰到谁家大姑娘小媳妇，张敬轩都会主动献技，但却吓得别人绕着道走，以为他是个神经病。这事也不怪别人，张敬轩这么大岁数的男人没个家室，只会流里流气地吹曲，哪个女子看着不怕呢。

没人理会张敬轩，他就吹给自己听。部队来了之后，他就吹给战士听，吹给战马听。张敬轩常常去村头杨树林里，看骑兵部队拴在那里的战马。张敬轩专门为战马编了曲儿，这曲儿好，能吹得让战马都陶醉，常常不由自主地淋出尿来。时间久了，张敬轩也就与骑兵战士们混得熟悉，成了朋友。

半月之后，骑兵营接到向西进发命令，紧急从胶东小镇开拔。部队临行那天，刚刚解放的小镇沸腾了。村民围拢到道路两旁，为骑兵营官兵壮行，希望此去能一路红旗高扬。那些年老的渔人张罗着，按照当地的本族习俗，在路口摆香案，垒祭台，由祭师主持，杀牲献祭。队伍一停，男女老少，一拥而上，献黄酒，递旱烟，犒劳官兵。

一个发须全白的老人，带着一家老小立在路旁，等待敬酒。骑兵营长胡立人端坐马上，看着眼前的这壮怀一幕，止不住眼角湿润，他接过酒杯一饮而尽，随即一甩手，"当"，摔了个粉碎，然后大声喊叫："张敬轩！司号！"这时的张敬轩，已经是骑兵营的一员，并暂时担任司号。胡立人大手一挥："司号员！吹战马出征曲，出发！"一队骑兵卷起烟尘向西滚滚而去。

张敬轩正心旷神怡地和接兵小排长边说边浮想呢，张子腾就过来了。张敬轩看见张子腾就不说了，想掉转身走开。但是张子腾堵住了张敬轩，当着小排长的面就批评起来，说："你又吓唬人家干啥，这算个啥本事？有本事你就到政府上访去闹啊，给你恢复个名誉，我也落个实惠。"张敬轩不理他，扭头就走。

张敬轩是老革命军人，参加过解放战争，打过仗，身上有伤，对革命有功，这一点大家都没什么疑问。但张敬轩说自己当初是相当级别的军官，还有名有姓地说曾经跟随某某大首长冲锋陷阵过，大家就不吭声了。

大家不完全相信张敬轩是有理由的。张敬轩是胶东人，跟随一支骑兵队伍来到这里时，队伍几乎已经拼光了。张敬轩受了伤，无法继续跟随部队，只能作为伤员留在这里。老百姓知道张敬轩是解放军伤员，但并不知道他在部队的身份，那个年代兵荒马乱，也没人去理会这个。倒是张敬轩伤愈之后便脱了军装留在这里，再后来，就和村里一个大他十几岁的长脸寡妇好上了，生下几个孩子。

张敬轩说自己是军官，大家有疑问也可以理解。如果张敬轩是相当级别的干部，那为何不在伤好以后回去找部队？就算找不回部队，一个军官，脱军装回到地方也得有个说法，不至于不声不响地窝在这里，隐姓埋名一般。退一万步来说，即便张敬轩找不到组织，那总能找到家吧。一个军官，受了伤，回到老家是很风光的。而张敬轩从不回老家，宁可在这里过着流浪汉一样的生活，大家觉得有点不可思议。

大家还觉得，一个相当级别的军官绝不是像张敬轩这样。张敬轩嘴上功夫了得，大家公认。论技艺，张敬轩可以用树叶子吹出各种曲儿；论口才，张敬轩可以三天三夜不睡觉反复吹嘘那些他自认为的光荣过去。除此之外，他的生活如一团乱麻：老婆忍受不了这样的贫穷，拍拍屁股跑了；为了换点粮食，大女儿被迫嫁给一个瘸子；儿子已经三十多岁了，至今光棍，满世界找不到老婆。所以，只要提起张敬轩，张子腾就会用上最解恨的话："别说你是个军官，咱这日子过得配不上那称呼，丢不起那人。"张敬轩说："过得咋了？"张子腾说："咋了？不咋，吃屎都赶不上热乎的。"

张子腾对张敬轩有意见可以理解，这是有他的道理的。这几年，政府陆续推出新政策，各地都在积极救助生活贫困的老红军老八路老解放。不但解决了温饱，有一些还被从农村送到大城市荣军所，甚至给子女挣来了一套不小的房子。隔壁村的老张，那算个啥，就是解放战争时推过几天独轮车支前，现在也捞到了一个革命家庭的称号，逢年过节，镇民政都要吹吹打打送几斤猪肉过去。人要脸树要皮，做灯泡还得要玻璃。你张敬轩混得是个啥，难怪张子腾越来越不给你面子。

张子腾偷摸去过老家镇政府了解情况，但人家民政所长说得明白："既然你老子还活着，让你老子过来就是。"可不管张子腾怎么磨张敬轩，张敬轩都坚决不去。张子腾气得扬言要去老家镇政府闹一通，张敬轩左推右挡不允许："闹腾那些干什么？有什么用？又不是我一个，那个年代，脱下军装就扛锄头当农民的多得是。再说了，我都这把年纪了，你让我跟着也去闹腾，我的老脸往哪搁？就算我无所谓，为了你这个兔崽子舍掉我老脸，闹腾大了我当年的战友怎么看我？组织怎么看我？"

张子腾手指来回比画着说："你还有组织吗？组织知道你是谁吗？我告诉你，咱这是反映情况，正常的，是咱们的权利，你懂吗？要么只能说明一点，你是个假的。"

张敬轩气得哆嗦："我是假的？我是假的你算啥！"张敬轩此刻气张子腾，也气自己。气张子腾，是因为张子腾太能撺掇事了，至少有两个事让他很上火：第一，他偷摸地去胶东老家打探情况；第二，他居然还把大姐张子音、二姐张子美都动员起来，三个人一块去胶东那边老家的镇政府闹腾了一场。气自己呢，是因为这么多年都忍过去了，咋就到了快合眼的年龄就忍不住了呢，非得说出自己的老家村里还有一个表妹名叫蓝莓，说自己当年在军官训练团当营长时威武雄风。唉，事到如今，就是扇自己的嘴巴，也晚喽，只是自己闹心得每晚睡不着。

二

张子腾不能和张敬轩硬顶，有两个方面的原因，一是老家那边镇政府说了，一切都得张敬轩亲自去了才能解决，如果把他彻底惹火了，有个三长两短就啥也别指望了。张子腾觉得张敬轩就像一笔存款，只是暂时没找到取钱的密码，但取出现款来那是早晚的事，不过目前还得敬着他；二是张敬轩是他张子腾的亲爹，老爷子实在不同意，也不能霸王硬上弓，逼急眼了谁都没好处，还是得想迂回战术。

张子腾确实把两个姐姐都动员起来，提出要回来钱之后三个人平均分，前提是让老爷子出马回老家到镇民政所说明情况，张子腾要求两个姐姐要发挥一哭二闹三上吊的本事。但这些都不济事。张敬轩无动于衷，如老僧人定。

张子腾有些窝火，毕竟到现在他还光棍一条，穷得娶不到媳妇，做梦都想有钱花。但是老爷子不愿意，两个姐姐也就撒了气。张子腾呢，坚决不撒气，关键时候还得靠自己，办法都是人想出来的。

张子腾又去和张敬轩谈判："现在都是官二代、富二代的，我成了个光棍二代，现在是没吃没喝没女人。"

张敬轩说："你光棍那是你混的，我可不是光棍，我有儿有女。"

张子腾说："是，你有儿有女，可是我娘早跑了，你和光棍有啥区别？天天自己睡凉被窝，咋没再娶一个女人给你暖脚？"

张敬轩气得浑身直颤："你，你给我过来，我把狗腿给你砸了。"

张子腾伸着腿到张敬轩的眼前："来，砸吧，砸断这狗腿。不过，我这要是狗腿，我可就是狗日的了。"

张敬轩老脸发白，嗷的一下晕过去了。张子腾赶紧掐人中："我的亲爹，你可不能咽气，我这榆木疙瘩还指望着你翻个身呢。"

张子腾没辙，决定还是再回老家一趟。因为上次镇政府就说了，既然本人不来，他们只能没有针对性大海捞针似的找找。镇政府在各类复员退伍转业军人中都翻了，查无此人；但如果再仔细查查呢，说不定就能查得到，这叫功夫不负有心人。这样想着，张子腾也就有了信心。

　　对于张敬轩的老家，张子腾并不是太清楚。第一次来的时候，是因为听张敬轩无意说了句老家在山东黄县某个镇，才估摸着过来的，好在真找到了。按道理，张敬轩这个年龄应该在老家有很多堂兄弟堂姐妹，或者其他亲人。但是这么多年来，张敬轩只字不提老家的事，偶尔提某个人，也只是说应该多大了，或者说早该见阎王去了，别的一概不说。

　　或许母亲会了解一些父亲的情况，但在张子腾五岁那年，母亲就跟着一个小贩失踪了。张子腾知道的情况都只能是村民口中的说法，张敬轩是部队途经这里留下的。什么叫留下的？怎么就留下了？这个说法就让张子腾不能接受，觉得不明不白。

　　张子腾按照当年部队的战斗足迹找到张敬轩老家渔村。老家渔村的人对张敬轩没啥特别的印象，说他8岁时父母死于战乱成了孤儿，长大后有点游手好闲，但也有点能耐，会用树叶吹不同曲儿，吹得大姑娘小媳妇见了就得跑。再后来，张敬轩就跟着解放军的骑兵部队走了，走的时候还是他吹着军号部队出了村子。还有一部分人说张敬轩跟着胡营长走的，后来应该是个军官了。也有一部分老人坚持说，张敬轩游手好闲，不能吃苦，也可能后来就当了逃兵。极个别的人还说，这事本身没什么好说的，那个年代，军官脱了军装就回地方的军人有的是，一个张敬轩有什么稀罕的。但张子腾对这些说法都不能全部接受，他有一种强烈的感觉，事情绝不是这样的。

张子腾第一次找到渔村的时候，是前年秋天；张子腾到了村子的时候，是夕阳高悬的下午。血红的太阳衬托着海面，这种美，张子腾以前没见过。张子腾生活在城市郊区的农村，附近建了不少化工厂，从记事起看到的蓝天就不多，整天黑云笼罩，如魔鬼出没的感觉。

这一次来渔村，张子腾有点轻车熟路了，下了车一头扎到海边。胶东的渔村美得让张子腾心醉，这当然还别的原因：按照农民习俗，这里才是他的根，他的家。

渔村的房子比较稀疏，高高低低的砖瓦房错落不一。宽敞的巷道直通到海边，打鱼的人们经年在此穿梭。年衰的婆娘们坐在房门前熟练地补着渔网。渔网白如绸缎或者发黄，婆娘们的手灵巧得不得了，一只梭子上下翻飞，勾挑穿织，如工厂的生产流水线一样，修补后的渔网一段段从手下流出。几只短腿狗在村子里走来走去，没有什么警惕性，头也不抬。

张子腾读过几年书，有点艺术情操，就是性格暴躁，经常揍同学，甚至揍老师，不得不被勒令退学。后来，张敬轩带着他去看过医生，说是强迫症。张敬轩气得把医生骂了一顿，就带着张子腾回家。张子腾在家也不安生，今天打架明天滋事，坏了名声。

张子腾从不从自己这里找原因，一门心思怪罪到张敬轩身上。磨刀不误砍柴工，张子腾认准了把精力用在磨着父亲上访恢复名誉待遇上。一旦这一步走通了，张子腾好日子就有了，身份也变了，还怕娶不到老婆？

张子腾站在村子后面的沙滩上，波光粼粼的大海在不停闪动。秋天正是开海的季节，渔船都驶进了深海，岸边空荡荡的。一处简易码头上垂下无数粗壮的拖绳，那是用来固定渔船的。张子腾放下背着的帆布包，蹲在海边向着远处眯起了双眼。已经来过几次的张子腾对这里并不陌生，他想起第一次来这里时碰到过的一个打鱼女子。那个女子穿着一般，长得可是水灵，小花裤子挽着，小腿白皙皙的，像一节藕，上身的蓝布褂子随风轻盈，隐隐约约衬托出直挺的身材。张子腾很稀罕她的小辫子，有点散了，被风吹得半盖住脸庞。想着想着，一个浪头突然迎面劈了下来，张子腾浑身浇了个透，他大骂一句往后退了几步。

想到渔村的女子，张子腾就想起了张敬轩在老家的表妹蓝莓。前几次张子腾主要是去了镇政府，没太注意这个事，这次他想从这里下手了解一下。张子腾又回到村子里，向那些留在家里修补渔网的老人打听了蓝莓的情况。大家回忆说，并不知道张敬轩有什么表妹在老家。而对于张子腾提到的蓝莓，大家说都知道，也是随大军南下的，后来复员回了家。张子腾说蓝莓是张敬轩表妹，大家一阵晒笑，说那不可能，八竿子打不着。但是老人们告诉张子腾，蓝莓住在距离十公里远的另一个渔村里。可惜的是，三年前蓝莓已经不在人世了。渔村的人还说，蓝莓的女儿就嫁在这个渔村里，如果想打听什么事，找她女儿也可以。

三

张子腾第一次来渔村时见到的那个女子，竟然就是蓝莓的女儿。张子腾半开玩笑地对那女子说，怪不得心里老惦记呢，原来是表妹啊。那女子正好对面站着，被他说得脸一阵红，人也向后退了两步。

张子腾正说得得意，冷不防被飞来的一个足球打在脑门子上。一群踢沙滩足球的小子旋风一样刮走了，傻傻站着的张子腾有点发懵，女子一阵好笑。

女子可能觉得多少算个亲戚，又见张子腾的脑袋被皮球砸了一下，有点不好意思，就把张子腾请到家里，倒了茶水。刚要坐下，又见那群小子正旋风般地刮过门口。其中一个孩子进了房间，瞅了一眼张子腾，到储水罐那里拿起一个水瓢，咕咚咕咚灌了一气凉水，拔腿又跑走了。

和女子聊了半天，张子腾不走正调，几次套近乎都被女子绕开。最后天快晚了，张子腾才往正题上扯。女子说，听母亲说过，有个舅舅穿着军装走了，后来当了军官，然后别的情况就不知道了。张子腾问了些蓝莓的事，女子避而不答，只说母亲一直身体不好，也很少提及往事。当张子腾提出让女子和他一起去镇政府上访时，女子情绪激烈。女子不但直接拒绝，并且严厉劝阻张子腾也不要去镇政府。当张子腾强调自己必须要去，而且已经去了四次时，女子突然失色，喝令张子腾立即出去。

女子态度的剧烈变化让张子腾更觉蹊跷,他越发觉得这里面有什么问题,更坚定地要去探个究竟。张子腾第五次来到镇政府时,以前接待他的民政所长老李已经升职为副镇长了。对方看到张子腾又来了,知道这不是个善茬,心里很不悦。张子腾却不管这些,开始还有耐性,也比较懂礼貌,一口一个所长地喊着。这个老李新官上任,正在找副镇长的感觉,被张子腾这么一喊,又成了所长,很不乐意。老李对张子腾提出的问题一概不答,对称呼的事却一点没有含糊,他打了下嗓子,客气地提醒一下张子腾需要改改称呼,说这是新情况不知道也不能怪他。

张子腾看出老李的不耐烦,一直觉得压抑。现在老李不但不理会他的问题,反过来这样教导他,张子腾的驴脾气顿时上来了:"我管你什么副镇长副县长的,我今天是来告诉你我的要求。第一,张敬轩是干部身份,按道理应该安置工作,他的岗位理所当然由他的儿子来接替;如果第一你们做不到,就第二,按照他一九四六年离开部队算起,营长级别,在政府部门该拿多少工资,补够六十年的。"

副镇长听得有点懵叨叨的,也不管称呼的事了,从椅子上坐起来说:"你说的这个根本就是狗屁,你说怎么就怎么,那还要我们人民政府干什么!你老实待着,认真听着,咱们按照实事、按照程序办。如果你要撒野,我就让警察过来。"

张子腾头一扭:"少拿警察吓唬我,老子见多了,我今天就问你这事怎么办。"副镇长也不含糊,硬气地回答他:"首先,让老爷子过来一趟,他最能说说清楚,我们不见人,谁知道死活。"

张子腾一听这话就发飙了："你这是咒人死呢，我操你祖宗十八辈女子，你狗日的不给我办利索了你等着。"骂完还砸了玻璃门。

还没等张子腾走出大门，民警就来了。副镇长报了警，张子腾因寻衅滋事被拘留七天罚款二百。这七天把张子腾的虚火驴脾气治得差不多了，七天一过，啥也不说，直接回家。张子腾回家这一看，可不得了了，真是那狗日的副镇长咒的，老爷子在医院躺着呢。两个姐姐守在那里，说老爷子是因为他又去老家上访，过于激动导致突发脑溢血，现在嘴歪眼斜的已经不能说话了。

一面口口声声说自己是军官，每年都把接兵干部唬得出虚汗；一面又坚决反对上访争取待遇，甚至能激动得脑溢血。这个不说也罢，那个什么表妹的女儿也不让说不让访的，这是给自己家人玩的什么谜呢。到这个时候，张子腾心里已经有了清晰的判定，父亲是军官无疑。但至于后来是如何落到这个下场的，张子腾恒心已定，非搞个水落石出看看到底是怎么回事不可。而拘留了七天，更让他咽不下这口气。

好不容易等到老爷子可以出院，张子腾和两个姐姐商量："老爷子已经不会说话不能走路了，再不抓紧，一切都没机会了。"两个姐姐说："你是儿子你说了算，我们都支持。"

张子腾咬咬牙租了一辆车，把老爷子固定在后箱，再拉上两个姐姐，腰里别上一把杀猪刀，一路尘土飞扬开回胶东老家。张子腾主意已定，既然镇政府说非要老爷子来，这次就给他拉来。如果再达不到自己的要求，这次他要大闹一场。老爷子不能行动不能说话，也只能任凭折腾了，他蜷缩在后箱里，满眼老泪，往事一幕幕浮起。

268

四

1948 年，张敬轩随胶东解放军西下南进，攻打徐州的国民党军队。打起冲锋的那天，信号弹在晴朗的天空升起，先是集束的炮火，炮火一停，黑压压的解放军骑兵开始全线前扑。在一个叫刘家村的外围，有两道战壕挡住了张敬轩和战友进攻的步伐，趴在地壕里的国军士兵用冲锋枪不停扫射，进行亡命还击。

胯下的战马吓得到处乱窜不知如何是好，满眼都是被子弹激起的土浪。村子里的高大树木已被炸得全无踪迹，裸露在地表的除了一堆堆士兵尸体，就是被血浸红的黄土。

一个一米八几的国军士兵端着长长的步枪窜出壕沟，狠命朝张敬轩刺来，张敬轩闪身一躲，手里的步枪也刺了个空。但国军士兵的刺刀却像长了眼的一样，一下子扎在他的阴部，阴茎直接被两瓣切开。

在后方医院，前期治疗结束后，是一个叫蓝莓的护士负责照顾他。蓝莓是胶东同乡，这让张敬轩觉得亲切又有点难为情。第一次敷药检查，张敬轩就给蓝莓来了个下马威，虽然被切成两瓣，但侥幸并未切断神经，阴茎还是一下子直勾勾地翘起来，这让蓝莓有点紧张，她不知所措地顺手拿棉球镊子敲了一下。这一下不要紧，把张敬轩敲出心理障碍和生理障碍来，他从此再没硬起来。这件事不知道怎么被医院领导知道了，不仅狠狠批评了蓝莓，还要求蓝莓必须把张敬轩的性功能恢复起来。

这是个天大的难题，张敬轩不知所措，蓝莓也不知道如何下手。度过了最初的尴尬，蓝莓开始试着去挑逗张敬轩，用手去抚摸他的下面。终于有一天，张敬轩雄赳赳地将蓝莓压在了身下。

这样过了很长一段日子，终于有一天，蓝莓的肚子微微起了小变化，整个冬天穿着厚厚的棉袄，一脱掉才知道小腹是那样丰满，渐渐隆起的胸像刚刚上来的苞谷儿。

刚过春节，就要脱去棉衣了。蓝莓的肚子也就快要隐瞒不住别人了。当然，这样天大的事更瞒不过组织。张敬轩是一个近三十岁的骑兵连长，蓝莓是一个才十九岁的卫生队女兵。当张敬轩再一次和蓝莓翻滚于病床上时，被早有准备的卫生队长抓个正着。而为了尊严，蓝莓拒绝了卫生队长提出的一切要求。

张子腾真的带来了老爷子，这让副镇长感觉有点意外。尽管之前和张子腾有些矛盾冲突，但在老革命英雄面前，副镇长没敢怠慢，先安排他们一行住下，说接下来会慢慢去查。张子腾却不干了，说："啥慢慢查，我等不及，今天就得办完。"副镇长说："你这是胡搅蛮缠！"气得转身就要走开。张子腾不知哪根筋不对了，又和副镇长吵了起来，副镇长说："你要这样我还得叫警察来。"张子腾说："好，你叫警察来吧！"说完拿出背后菜刀，咔嚓一声剁掉了自己的小拇指，塞进嘴里吧唧吧唧吃掉，副镇长吓得直接晕倒在地上。

根据镇政府的情况报告，县领导、人武部高度重视，专门批示：一定要查清查细，确定情况后，妥善安排好老革命军人的相关保障待遇，不让英雄流血又流泪。为此，张子腾一家又被接到县人武部。

黄县是当年胶东抗日革命根据地的发源地，也是抗战后较早被解放的地域之一。此后，胶东军队渡海北上，拉开解放战争三大战役的帷幕。因此，黄县的人武部档案室可谓资料浩瀚。不仅档案室工作人员，就连张子腾和张子音也参与其中，共同查找父亲的信息。

经过近一周的详细翻阅，搜遍上世纪四十至七十年代的大量资料。在一本泛黄的战事日志中，张子腾发现了一张卡片，上面记载着父亲张敬轩的情况认定。

但还没来得及欣喜，张子腾就如同雷击般丢掉卡片。他一声不吭地拉起张子音，走出资料室，快步远去。

唐社会也有春天

春天的田野一片碧绿，甚至有些发出黑色，间或泛着油腻腻的光泽。麦苗一簇簇地相互紧抱着，像是大地长出的绿色体毛，更像是女人的怀抱，很柔弱，也很有力量。风就像还在吃奶的淘气孩子，在麦地的怀抱里东一头西一头地窜着，麦苗被风闹得浑身发痒，呜呜啦啦地叫着，像是女人的歌声。一只鸟从地头飞起，紧接着飞走一片麻雀。再往前走，就是早年的村小学。

唐社会站在三间老房子前，面对着它，如同看着一堆金灿灿的元宝。仅仅片刻，唐社会就毫不在乎地否定了这种说法。唐社会根本不爱黄金，他爱吃甜，他现在看着的应该是一堆白银般的冰糖，在放射着甜滋滋的光芒。唐社会想着，含着糖果的嘴巴就很难合拢了，黑漆漆的外翻嘴唇刚刚露出一道缝隙，口腔里分泌出的一串甜甜的黏液，就稀稀拉拉滴在粗布褂襟子上。唐社会低头看了看被甜液弄湿的粗布褂子，他想起了院子里每天早晨的鸟儿，总喜欢蹲在屋檐的边缘，屁股冲着外，稀稀拉拉排下白色的粪便。

房子是上世纪六十年代建起来的，原先是村公所，后来是村小学，再后来被乡政府以扶贫物品的名义赠送给唐社会家。

房子周围的空地都种上了庄稼，被绿色包围着。靠近公路的一侧有一条小道，是留出来给人进出的。房屋后墙一直向外裂开着，好像一个女人在伸懒腰时的腰身那样，比较婀娜。唐社会当然不懂婀娜，他的那个女人是花了五百元从人贩子手里买来的。这五百块钱，是唐社会家所有亲戚捐助凑齐的。再怎么也是亲戚，不能看着这家人绝了后。

买来的女人来自云南边陲，可以免去姿色二字。腰身像个巨大的水葫芦，面相有点类人猿，下巴长长地凸出来向上打着弯。唐社会觉得和这个女人一起睡觉很安全，白天黑夜没有啥区别，像搂着一只大猩猩。

女人是个哑巴，却爱说，爱笑，总是哇啦哇啦地脚手一起比画。唐社会基本上能懂，但要把自己的想法告诉她，却也很难。女人能干活，白天黑夜使不完的劲，十几亩耕地竟被她整治得服服帖帖，不停地翻新产量。除此之外，哑巴还开荒造田近十亩。

哑巴开荒的地方是一片盐碱地。在这块靠近淮河北部的平原上，杂草永远长得比庄稼多。繁衍几百年的唐氏子孙在近几十年来发生了一些变化，能走出去的都走出去了。哪怕是在外面打工拾破烂，都比在地里刨食吃得饱。走出去的都绝了心，不仅逢年过节不回来，就是爹娘老子生病卧床也只是打点款罢了。

去外面能吃饱肚子了，裤裆里那些事就有了精力，疯一样地生孩子，村里走出去的大人没见回来过，但家家老人都拖着一窝小娃子。村长因为计划生育工作开展得一塌糊涂被大胖子乡长免了职，不久又恢复他的职务，让他把走出去的人找回来结扎、流产、上环。村长谁也找不到，抬眼到处都是撂荒的地。乡里就把跑出去超生的土地没收，分给在家里没跑的人。

唐社会多分了地，但是仍不够哑巴挥霍体力的，她就把黄河边上的盐碱地开了荒。哑巴那是真有力气啊，刨地钢叉一叉下去就能掀起磨盘一样大小的土块来，然后打碎，敲成颗粒，再把捡来的牛羊粪便撒在上面搅拌均匀。几百年来无人问津的盐碱地里居然长出了沉甸甸的麦穗，连乡长都惊呆了，说哑巴是个农业典型，要给她发奖状。

村里人半羡慕半笑话唐社会："你夜里是把女人闲着了，劲多得没处使，盐碱地都能开荒，你那个小苗苗能受得了？"

别人怎么说，唐社会就是嘿嘿一笑。唐社会觉得哑巴好，受用，而且还能解决这么多人的吃饭问题。唐社会家论人口是村里大户，除了已经老的走不动路的父母，还有五个女儿两个儿子。

哑巴女人生孩子没怎么去过医院，和牛马一样，田间地头都是好地方，还真是应验了那句古话：地里的牛蛙，墒沟的人娃。生第一个娃那天上午，哑巴女人还在麦田里收割小麦。小麦地倒是离家不远，隔着一条沟。一大早，哑巴女人就到了地里，按照这个速度每趟五垄，太阳不落山就能全部收割完这块地了。哑巴女人会干活，也会赶时间，都是带着干粮，中午吃饭不用回家。

哑巴女人拖着大肚子，但这丝毫不耽误她干活，她的速度似乎比别人还要快些。就在临近中午的时候，她突然感觉腹部一阵剧痛，紧接着裆部一阵热流，凭着直觉，羊水破了，她甚至不用别人的搀扶，稳稳当当地走回了家。

唐社会不在，她就一个人爬上用麻绳攀织的软床，软床的麻绳已经很松很松了，像一个巨大的口袋兜住了哑巴女人巨大的肚子，她两只手把住床沿，使劲地用力，时间并不是很久，哧溜，大女儿就出生了。她挣扎着想起来，这时候她的婆婆才一寸寸地挪到床边，颤巍巍地用火烫了剪刀，剪断了婴儿的脐带。

唐社会有点智力问题，但不太严重，反应上断断续续，就像电线开关接触不良一样，所以并不能判断他什么时候是不正常的。但这丝毫不影响唐社会的性能力，他制造下一代的能力非常惊人，堪比牛马，这让他成了村里计生工作的重灾区。当计生工作第一次到这里来的时候，唐社会就已经超生到第四个了。召开计生工作群众大会时，村长让唐社会当典型发言表决心，这样更有冲击力。

考虑到唐社会可能会有语言上的障碍，村长指定计划生育专干反复教他练习台词。虽然台词只有几句，但唐社会就是说不好，不是少了前边就是忘了后边，最后算是勉强过关。计生专干满头大汗地说："唐社会啊，到了会场千万可别掉链子了，那是把我往死里整啊！"

会场选在大队部门前宽阔场的广场上，一溜排开摆了五张各式各样的桌子。有从就近群众家借的，有从小学搬来的，桌子下放着几吊壶热水，桌子上摆着几个纯白崭新的茶杯。

台上台下，几个身穿白衣白帽的医生在那忙活。台下的，在现场发套子，但这边刚发，群众那边就拆开吹成气球，一时间满场飘飘，煞是风光。台上的正在捣鼓一台电影机子，说是要播放一点城里人避孕方法给大家看看，开放一下大脑思维。

就像电影一样，果然在大墙上有人影了。播放的内容是一个关于保险套使用的片子，有手拉式、口服式。接下来又放了许多关于性知识的问题。这一大胆的举动让老太太老头子们无地自容大骂不止地要回去，小伙子、小姑娘们则被演员们那些刺激性的镜头撩拨得春心荡漾、跃跃欲试，一时间整个场地笑、声欢叫声、泻意的谩骂声不绝于耳。

台下入口处，唐社会正好碰到村里的另一个超生户铲头，铲头爱搞恶作剧，瞅瞅计生专干正好不在，摆手让唐社会过去耳语一番教他如何如何。唐社会听得欢喜，嘴都笑歪了。村长看场面混乱，就拍拍桌子，说热烈欢迎唐社会表决心发言。唐社会不紧不慢上了台，手里拎着一个刚刚吹起来的避孕套，结结巴巴背了六句打油诗："脚穿小白鞋，头戴小白帽，身穿白大褂，手戴白手套，说话翻白眼，满嘴冒白泡。"可把村长整傻眼了，气得直挥手："去去去！"

作为村计生工作的突破口，村长曾打算给哑巴女人结扎。但唐社会的堂弟柱子说："哑巴女人有羊癫疯，你们要是做结扎，没准能把她做死。"计生工作组怕了，不管她了，她就疯了一样地生，接连生了六个。

生了一大堆孩子的唐社会，仅靠着一个哑巴女人干活去养活十来张嘴，确实有点费劲。馒头稀饭勉强够吃，但是要想经常吃糖就没那么容易了。唐社会自己想办法，每逢春天，他就会带着一群孩子到北湖沟的荒草地里去吃草芽子。阳春三月份，虽然河里还有薄冰，但是漫山遍野的荒草地已经悄悄地有了春意，露出尖尖的嫩芽。在这块土地上，有一种叫茅草的嫩芽，根芽都含有丰富的蔗糖，放在嘴里嚼着，有浓浓的甜意，这是唐社会需要的味道。

唐社会走在一人高的荒草地里，手里握着一把镰刀，镰刀的头已经磨秃了，刀刃也不锋利了，但足以挖菜，足以防身。那几年淮河发水收成不好，人被饿得半死不活，狗却很有精神。那些以粪便为生的野狗有时候也会有改善伙食的心思，经常对着虚弱的人类磨牙瞪眼。

草丛遮眼，唐社会小心地弯腰瞅着，那些生在洼地的茅草，已经发出锋利的草芽，甚至可以刺破手指。唐社会小心地把镰刀头伸进土里，轻轻一别，茅草连根带芽就起来了。

唐社会坐在地上，伸手把身边一棵瘦弱的茅草拔出来，尖细尖细的根芽也带着微微的红色，摸起来温湿细腻。唐社会抖了抖茅草，还算干净，基本上没有土，他塞到嘴里，刚嚼了一下，那股子甘甜就直冲嗓子眼进去了，勾着肚子里的馋虫拼命地往嘴里爬。唐社会狠狠地猛嚼几下，一口汁液吞咽到肚子里，馋虫们才安定下来。

孩子们自己去挖草根了，唐社会握着一把草根找了一个向阳的地方，他要静静地躺下来享受这甜意。晌午的北湖沟格外安静，他听到有一种声音在耳边响起。到底是什么声音？唐社会觉得这个声音很熟悉。对了，想起来了，是驴子吃草的声音。那是驴子大口吃草才有的声音，像是咀嚼，也像是拉锯。当然，驴子吃的草里必须拌上小麦皮，这样驴子才能吃得香甜。不过，如果驴子天天都有甜草根吃的话，那自己宁愿死了托命成驴。

做驴子有什么不好？不是不好，是得碰到好主人，碰到给自己挖甜草根的主人。唐社会想到小时候，家里养过一头骡子。骡子是马和驴的杂交品种，在说驴的问题时，把骡子拉出来说事一点不偏，至少骡子是驴的姑舅表亲，唐社会居然还记得父亲常挂在嘴边的一句话：做啥别做马，是马三分假，驴日生骡子，马日还生马。父亲这几句话虽然粗俗，但唐社会觉得在理。

父亲对骡子训练有方，一套上装满的粪车，骡子自己就稳稳地走出了村子，绳子搭在骡子的脖子上，父亲根本不用跟着。等在地里的娘把粪车卸完，骡子就会慢悠悠把空车子拉回到父亲跟前，而这个间隙，就是父亲窝上烟叶咂吧烟袋的最好时候了。

父亲曾发话，这个骡子日后死了，必须埋掉，不能吃它的肉。娘说他神经病，这么好的肉也埋地下？父亲说："不但埋地下，还要和我百年之后埋一起！"娘就火了，指着父亲大骂："你这个没良心的，你和骡子埋一起，我埋哪？！"两年前，骡子死了，死的时候正好赶上淮河抗洪，村里摊派劳力时照顾了唐社会家，没让去人，但死去的骡子却没放过，被抬到了淮河堤堰的大伙房。父亲大哭三天，大病一场，险些要了老命。

唐社会觉得耳边就是自家那头骡子的咀嚼声，是老骡子托魂给他？别难过了，老骡子，牲口被人吃的时候都一样，先剥皮，再大卸八块，放在大锅里煮，你是个老骡子，可能火势会很猛烈，煮的时间长一些，但不要再去想了，那都是你死后的事情了。吃你的爷们儿会一只脚踏在凳子上，一边啃一边骂："妈的，这肉真硬实。"然后过不了多久，就会从他们的肛门中作为粪便排泄出来。

唐社会得意地笑了，往嘴里塞了最后两棵甜草根。瞅瞅手里没了，便爬起来向左侧一片稀疏的草地走过去。

唐社会的窘况让村干部们很痛心，唐社会严重的超生问题又让村干部们很揪心。他们觉得这样下去也不是事啊，总不能看着这家人活活饿死，饿死了自己作为村干部也脱不了干系，都什么年代了还能出现饿死人的事情，那可是政治问题！村干部们召开闭门会议，决定从计生工作入手来解决唐社会的贫困根源以及不健康下一代的遗传问题。

话好说，事难做。别看唐社会心眼不够用，但是计划生育割蛋子的事他一点不含糊。因此，这事要说让他主动点，那不可能；要是来硬头的，又有点不太现实，村干部都知道哑巴女人力气大，一般人近不了身。村干部决定智取，蹲在他家门口等时机。终于等到哑巴女人去地里干活去了，村干部和几个民兵这才一哄而上，把唐社会摁倒抬走。

到了乡医院，像杀猪一样地把他按倒在手术台上，水洗，刮毛，刮毛时唐社会甚至都听得见嘶嘶的声音；但至于再后来的事，除了一疼一麻，唐社会就一切全不知道了。

手术后，唐社会坐在乡政府不走，一个劲地哭。村长不知咋说好，就劝他说没事的，还能用，只不过割去一段猪大肠，唐社会要村长赌咒，村长只得赌咒，说如果骗他断子绝孙，唐社会才乐意回家。

唐社会在某些方面有很强的自尊感，他对一堆儿女就颇有意见。因为这几个孩子长相上没有一个像他，满院子乱爬的，全部都托着下巴像是黑猩猩。唐社会觉得每天就像生活在动物园一样，很开心，也很伤心。

唐社会不会干农活，更重要的是懒。哑巴女人一个人在地里忙庄稼，唐社会带着一众儿女在家睡觉，或者找甜食吃。春天时可以挖甜草根，夏天时可以啃高粱秆，秋天时可以喝烂柿子，冬天时可以舔冻红薯，这些都是天然的蔗糖，唐社会吃出了一大把经验。如果这些糖分还不过瘾，那就要去村里小卖店赊糖吃了，各种糖，或者高粱饴，或者金丝猴，只要是甜的就行。等到庄稼有收成了，拿粮食顶糖的账。

唐社会还有一个铁皮做的冰糖盒子，那是他爹给他做的。爹怕唐社会亏了嘴，有点钱首先就给唐社会买冰糖放盒子里。唐社会对铁皮盒子视若宝贝，一直藏在贴身的衣兜里，由于唐社会经常发烧体温过高，铁皮盒子里面装着的冰糖常常化成了糖水。村里的光棍老九说："看看唐社会，我觉得一个人过值了。我不吃糖，都比他活得甜。"

唐社会倒背小手搭在后腰上，这是他这几天才学会的。唐社会看村长在村民会议上讲话时就是这个动作，他记住了，做了几次实验成功了，也就把手固定在后腰了。

倒背小手的唐社会差点被脚下的一根木桩绊倒。后墙向后裂开得很严重了，柱子帮着他在后面顶了一排树身，以确保后墙能支撑住。横跨在前后墙上的木梁头，几乎就要掉下来，只有几毫米的地方搭在后墙内侧的岩壁上。唐社会观察过，但没有搭理它，没工夫。唐社会要把更多的时间放在嘴巴上，他嗜糖如命。

命运不是设定好的，不是说非得让谁过得苦不堪言。唐社会有过八年寒窗苦读一朝咸鱼翻身的机会，只是没有把握好。八年时间，在唐社会的生命中不算短，但他却原地踏步一寸未曾前进过。三十年前，唐社会在这所小学的一年级连续上了八年，熬走了四任小学校长，熬死了七位民办教师。唐社会历经的最后一任小学校长对唐社会说："我看见你腿都哆嗦，我看见你就想喊唐社会万岁。"

唐社会咧嘴笑笑，算是回答。上了八年一年级，唐社会有四年是站着上的，作业不交，课文不背，就是跟着老师上下班。当然，老师站着的时候他就得站，罚站。

唐社会的父母老年得子，兴奋得几夜没睡好，眼角都熬烂了，碰一下心疼得眼泪直流。为了给儿子起个好名字，老两口子激烈争吵好几次，最后定名为唐社会，为的是让他长大成才能报答社会。

唐社会出生时，全家就住在一间牛圈里，唐社会家的牛圈没有牛，最富有的时候有几只鸡，通常鸡睡这边，全家睡那边，比较挤巴。后来鸡都拿到小卖店换糖吃了，住得就宽敞一点。

村小学搬迁新址的时候，唐社会家的牛圈塌了。那时候唐社会刚从一年级下学不久，个子虽然不高，但已经很成熟了，并且有过一次成功的梦中遗精。负责扶贫的副乡长从村子里过了一趟，对村长说，这三间老掉牙的校房给唐社会家扶贫吧，还让唐社会作为代表在扶贫大会上签了字。签完字，唐社会没忘记从主席台的点心盘子里取一块糖走。

三十年来，唐社会一直睡在他上学的那间屋里。每天晚上闭上眼，唐社会都感觉到被他熬死的那些老师们又回来了，轮流着给他上课。只是唐社会再不用站着了，而是躺着听，睡着听，他幸福得很。

唐社会又围着房子转了一圈，他把嘴里软软的糖芯咔嚓咔嚓嚼碎吞进肚子里才踏实了，不禁心情澎湃起来。唐社会当然不懂啥叫澎湃，只有见到成堆的糖果时，他才会像黄鼠狼子看见鸡一样，两眼放出异样的光泽。村里人都说唐社会是极度缺乏营养导致嗜糖的毛病，可以这么说。唐社会至死个头都没超过一米六，虽然他的父母都不矮。

但不懂澎湃的唐社会有别的感觉，此刻想尿尿，便掏出来对着墙根就滋过去。哑巴媳妇哇哇大叫，又指指上面裂口的后墙，唐社会不耐烦地骂了一句："哇哇个屁，一泡尿没那么厉害，后墙上顶了木桩，结实呢！"

其实，即便倒塌了也没事，命运如同严冬的唐社会也有了春天，而且这个春天说来就来。三天前，唐社会接到了让他准备搬迁的通知。

在村子里默默繁衍了数百年的唐氏宗族，突然被一纸城镇化建设的指示彻底改变，村民说："这是要变天了。"村长说："这话不敢胡说。"村民说："俺是说农民的日子变天了，要翻身当地主了！"村长继续纠正："不是当地主，是当城里人。咱们住高楼，大楼高得头发晕；修马路，马路光得底打滑。"村长想到了唐社会，补充说："天天吃糖果，幸福得能尿糖！"

一切不是憧憬，也不是幻想。唐社会觉得是一泡屎没拉完的工夫，工作组就拉着皮卷尺过来了，东量量，西丈丈。孩子们都跟着工作组跑，唐社会也跟着跑。孩子们是图热闹，唐社会是跟着捡瓶子的。工作组头头张师傅有喝饮料的习惯，从城里来的时候，他带了两箱子过来。像酱油一样颜色的叫可乐，像苍蝇眼一样绿色的叫雪碧。

张师傅扔下的瓶子，唐社会都掉过头举起来往嘴里控，虽然没有几滴，但是太甜了，唐社会喜欢。有一次阴天，张师傅不太渴，拿着一瓶可乐一直没喝，唐社会一刻不停地跟着，盯着张师傅手里看。张师傅被他看怕了，就把那瓶可乐送给唐社会了，让他以后不得再跟着。

工作组丈量画线后，跟着就来了大卡车，一辆接着一辆，屁股一翘，拉下一堆煤矸石下来，工作人员说这是先把几条主干道修起来。村里有矿工，知道煤矸石里面有好东西。卡车到哪里，人群就到哪里，煤矸石倒下来，至少得被村民拿走四分之一。煤块拿回去烧火，铁块拿回去卖钱。

哑巴力气大，把一堆煤矸石块搬回家，唐社会说："你个熊娘们拿这干什么，砸脑袋自杀用啊！"哑巴哇哇地指着门前水汪汪的路，那是要垫出小道呢。村长也不拦，说："早晚都要垫，你们这是帮着修路呢。"

垫荒滩空地可以，垫到个人自家的耕地麻烦来了。一帮老少爷们抢煤矸石时还眼睛笑成缝，这会儿立马翻脸，举着勾叉棍棒要灭了开卡车的，司机吓得扔下车跑了。胖嘟嘟的乡长过来解释，很快就有补偿。老少爷们不依，把棍棒在乡长面前晃晃说："大胖子你少废话，必须得先给钱后卸料，否则我把命给你！"乡长吓得钻进轿车里，摇开窗玻璃说："给我两天时间去协调。"爷们儿们把泥叉子往地上一竖："大胖子，我等你两天。"

乡长不负众望，两天后通知每家一个代表去乡里信用社办存折，补偿钱款一律打到各家账户上。唐社会一年级学的几个字全忘光了，一切委托给柱子办理。

补偿相当诱人，每亩地两万元，还有人头安置费每人两万。这些已经穷疯了的庄稼汉子哪里一下子见过这么多钱，从信用社出来，看着那一串阿拉伯数字，个个兴奋得发慌，眼睛泛光。这得够吃多少辈子的啊，大家似乎再也不用为子孙后代着急了。

那些走出去的人也一下子回来了，那速度，就像坐了火箭回来的一样。但是没用，上有红头文件，下有各家老人摁的手印。有几个寻死觅活地折腾了几天自己就收场了，算了算，赔偿的钱不够给孩子交罚款的。于是，骂咧了几句，从天涯海角来的，又蒸发到天涯海角了。

哑巴女人真正成了勤劳致富的典型。丈量耕地时，哑巴硬拉着工作组去看她的开荒地。哑巴哇啦哇啦半天，工作组长也哇啦哇啦半天，两人谁也没听懂。村长提醒说："哑巴是问开荒地怎么算。"工作组头头伸开两把手比画说："开荒地十年以上的一样算数。"哑巴高兴得一蹦三尺高。

凭借着十一个人的耕地和人头安置费，在信用社打完钱的两秒钟后，连光棍老九都看不上的唐社会，一下子成了村子里第一大户，钱款近百万！

生活的巨变让整个村子浮躁起来，超大的电视机，崭新的小轿车，光鲜但低档的生活用品……繁衍几百年的村子里突然爆发了惊人的消费力。

别人有了钱知道咋花出去，唐社会有了钱怎么办？听说有这么多钱，他莫名地害怕，浑身哆嗦了一整天。人生总有几个想不到，只是时候没到。唐社会居住的三间老校舍正好是新城镇规划中的镇政府所在地。政府为了表达对残疾家庭的尊重与关怀，在新规划的大街上给唐社会先盖了三间沿街的门面作为对等补偿。

三间门面，又都是上下两层的，这可不能让它白闲着，这是帮他掌管钱财的堂兄弟柱子说的。柱子对三间门面做了周密细致又让自己非常满意的规划：二层三间把唐社会三代人正好区分开，底层的一间留给柱子开个修车铺，当然了，柱子给租赁费。另外两间，柱子帮着收拾，唐社会开了一家百货店。

新城镇建设有的方面快，有的方面慢，比如让老百姓搬房子腾出地方，那就快；再比如，建了高楼大厦，还要修建道路，那就慢。唐社会和村里所有人一样，住着楼房，却守着烂泥滩。

按照规划，唐社会商店门口向东应该是条官道。但是如果现在说它是官道，实在是对不起这两个字，其实它就是一条黄泥大道。晴天时道路烟尘滚滚，迎面看不清你我，回到家灰头土脸的得洗澡；下雨天就不用提了，被水泡成黄汤一般的泥浆会有二十公分深，一脚下去就找不到鞋了。所以村里人一到下雨全是赤脚，穿鞋是没有用的，即便雨鞋也无济于事，那如同胶水的黏黏的黄泥会在三步之内让你的雨鞋变成巨大无比的泥饼子，如果你想抬腿甩掉泥浆，甩掉的绝对是鞋子，而且无论鞋子飞出多远，黄泥都会纹丝不动。

因为门口道路问题，影响了唐社会的商店生意，根据柱子的建议，唐社会决定自费修路，当然，即便只有很短一段距离，即便只是他自己家门口那点地方，但对于村民来说，这是多么宏伟的壮举！村中走了一辈子泥泞路的老人们纷纷伸出大拇指："这样的事，现在也只有唐社会有能力做了。"这些话让唐社会无比高兴，他觉得活这一辈子值了。

为了吃糖，唐社会从小在村里百货店赊账、拿鸡顶账，打死没想到有一天自己还能开这么一个百货店。啥也别说，就卖糖，卖施工队张师傅喝的那啥饮料。有钱不怕压货，唐社会一下子进了一百多箱可乐、雪碧回家，码得到处都是。

唐社会一夜暴富，村里人虽然心里有些波动，但并没有多少人妒忌。这个自古就是唐姓繁衍的封闭小村，民风还算淳朴。唐社会这个情况复杂的家庭，不是能乐观看到未来的。唐社会有了这些钱，也未必能解决那一窝酷似猩猩的子女的未来问题。

突然住了楼房，一家人不适应，但高兴；突然有了钱，一家人不知所措，但也能适应；突然没有了地，别人都能接受，哑巴一点都不适应。哑巴闲不住，看着施工的推土机在破败的村子里横冲直撞，哑巴女人跟着捡拾老房子上散落的木头，没多久，门前就垒起了一座小山一样的柴堆。别人家用煤气做饭，哑巴继续用锅灶，烧柴火。经常到处混吃的老九说，煤气灶做的饭就是不如柴火烧出来的，他开始羡慕起唐社会来。

自从开了店，唐社会就换了一种生活，里外都换了。唐社会穿了十几年的对襟棉布褂子被柱子给他扔猪圈去了，柱子说他家母猪闹窝呢，扔里面让衔去。柱子租着唐社会的一间门面，唐社会打死不要房租，柱子多说几句，唐社会就着急了，说那就不租给你了。柱子这才扔了唐社会的对襟褂子，给他换了一套廉价的西装。

个头不高的唐社会把西服的袖子挽了好几道才露出手来，他坐在柜台后面的大藤椅上，仿佛是睡在里面。唐社会手把着可乐瓶子，做梦般地过上了百货店小老板的生活。

唐社会不懂买卖经，但百货店的生意却一直不错。新镇建设，一派昂扬气象，车水马龙，总有渴的时候，就连施工队的张师傅都光顾过好几趟。柱子无限感慨地呷着嘴，拍拍唐社会说："兄弟，这辈子我是不如你了。"

开店八个月来，唐社会也过足了瘾。除了吃面条汤之外，他几乎滴水不进，全喝的可乐雪碧，这让他非常满足，有种想高声骂娘的冲动。当然，他也确实喝累了，开始频繁地打着嗝，不停地撒着尿。

日子一天天过去，新城镇建设如火如荼，高楼大厦遍地起云霄，新修的马路遍地跑不尽。唐社会依然忙碌在百货店里，依然手拿饮料瓶子，但他已经在藤椅上坐不住了，他不停地成天撒尿，最频繁的时候十几分钟尿一次。尿着尿着，唐社会他觉得腿软了，头发晕，而且眼睛也模糊起来。

柱子说："你快去医院看看吧，怕不是得了尿糖症吧？"唐社会不知啥是尿糖症，他想起村长说过，以后的日子幸福得能尿糖。自己这么快就幸福了？村子里第一个有资格尿糖的竟然是他唐社会，他不禁有些得意起来。

从医院出来后，唐社会有些沮丧，怀里抱着一堆中药，他知道自己真的是害病了，而且是非常严重的病。他想骂村长个狗日的，明明尿糖是病，为什么还说日子好了能尿糖，要是这样，那算什么狗日的好日子。他想骂乡长个狗日的，他住三间破房子里啥病没有，乡长给他盖了楼房开店，他就得上了尿糖的病。

他还想骂很多人狗日的，骂那些让农民过城里人日子的，庄稼种得好好的，为啥让改成城里人？人的命如钉钉子，瞎胡折腾没有用。担不起这样的福气，只有生病。他又恨起哑巴老婆，为什么要开荒地？他找不到合适的理由骂人，心里乱得像一把猪草，难过得想哭。

唐社会的脑子越来越茫然，比三十年前上一年级时还严重。他怕死，怕得要命，他要回家把饮料全部扔河里去。不，倒出来给柱子家的猪喝，看猪会不会尿糖。他游魂一样荡着腿到了家，一楼商店没人，柱子的修车铺也没人。唐社会心里没底，他打开家门，盯着柜台后的饮料瓶子，半天没见眼睛就直了。管不了那么多了，他扭开一瓶可乐，一饮而尽。

吃了几天药，确实有些好转，甚至有一夜只尿了三四次。但唐社会觉得药就是药，太苦；糖就是糖，很甜。活着就为个舒坦，如果要苦死在药汤上，还不如甜死在尿糖上。

唐社会没把饮料倒在柱子家的猪圈里，而是把中药扔进去了。

唐社会又坐在柜台后的藤椅上了，好像作为一项制度，还是每天坚持喝可乐。唐社会一辈子有两件事坚持得比较好，上了八年一年级在课堂上基本都站着，开了一年百货店天天都喝三瓶以上饮料。

一年级能上八年，饮料就应该能喝八年，唐社会觉得这个道理是一样的。他也坚持着每天都马不停蹄地提着裤子往返于后院墙根，直到水泥墙皮上泛着白白的一层尿碱。

唐社会的眼睛终于模糊到什么都看不见了，人瘦得像一把骨头，他的所有动作都迟缓下来，唯独尿液哗哗地未曾消停过。他从藤椅上滑落下来，像一只鸽子折翅扑地。孩子们都在喝着自己手里的饮料，没有人知道父亲是怎么一回事。柱子帮着把唐社会家里所有的饮料都转卖出去，并让哑巴二十四小时看护在跟前。

新城镇的建设在唐社会的停停尿尿中终于完工了，已呼吸急促的唐社会用最后的力气指了指床铺，他是想吃甜。柱子赶忙掀开他身下的铺板，里面有唐社会藏着的十几箱饮料。

新政府大楼启用那天，礼炮轰鸣。唐社会声若游丝地问是什么在响，柱子告诉他是新镇政府开张了。唐社会没再说话，他无力说出太多，流出两串浑浊的泪水，顺着瘦骨嶙峋的脸流在脖子上。

唐社会的大脑突然出奇地清醒，也似乎明白很多，这是几十年来的第一次。礼炮的声响像牵着他的魂灵，他想起了他的八年一年级，想起了那些让他罚站又被他熬死的老师，想起了老师笑他"唐社会万岁"。他又不觉得难过了：你们是好老师，但和我比，你们都是日子苦死的；我是笨学生，但我却是尿着糖死的。

隔着窗户，唐社会看到太阳西下，艳红的残阳像鲜血一样涂抹在远处的山巅。怎么这么熟悉呢？鲜血抹得到处都是，成片的，咕咕地流淌着，流下来的血液咕嘟着，像沸腾了一样，起伏着身子向下冲去，从腹腔经过鼻腔，经过鼻孔，顺着嘴唇，流经嘴角，最后间断着，又滴滴相连，鲜血染红了整个床单中间，像一朵盛开的红牡丹，那么鲜艳，那么夺目……

礼炮过后，高音喇叭里播放着流行歌曲。在飘扬着的微风中，唐社会下意识地动了动嘴唇，他听懂了微风中飘过来的一句歌词：野百合也有春天。他有些心满意足，笑着看了一眼哑巴和孩子们拼命吃糖时的笑脸，合上了眨动四十多年的眼皮。

出殡那天，柱子几个人拿了铁锁链子，把唐社会的小儿子蚂蚱五花大绑地拴在一个距家比较远的一处磨坊里。蚂蚱在兄弟姐妹里属于比较正常一点的，但也仅限于一阵子。蚂蚱有和唐社会一样的嗜好——吃糖。

主事的老人王天朝说："唐社会太疼这个孩子，把吃糖的爱好都交给他了，所以必须拴起来，防止把他带走，然后才能进行回魂。"

柱子告诉蚂蚱："你的魂灵现在已经被你爹带到村口了，一旦出了村子就再也回不来了。现在先锁住你就没大碍了，但埋你爹那天还得给你喝鸡血还魂。"

蚂蚱就被紧紧地拴在磨坊的大磨上。铁链子是从磨眼里穿过去的，又加了一把崭新的三环锁，蚂蚱听到外面噼里啪啦的鞭炮声想去看个热闹是不可能了，他暗自在骂那些捡被炸散开鞭炮的伙伴："今番把老子锁住了，便宜了这些狗日的，要不都是我的，死的是我爹又不是你爹！"

　　按照规矩，至少须凭吊三天才能把死人埋葬入土，哑巴女人一天三顿给蚂蚱送饭，蚂蚱在磨坊里被锁得太紧，以至于只能站着却坐不下。

　　蚂蚱很快就累了，便爬到磨上蜷着去了，他把从家里带出来的一个铁皮罐子从怀里拿了出来，斜着眼从缝隙里瞅了瞅，里面还存着几颗冰糖，那是唐社会临死前才从怀里掏出来给他的。

　　冰糖很少了，蚂蚱没舍得吃，他靠在磨盘上，胡乱遐想着，想着想着，他觉得自己就猛地用力，胳膊上的肌肉叽地撑断了铁链子。蚂蚱突然发觉自己长高了，和父亲一样帅气。他跳了一下试试，甚至可以蹦进柱子叔家的院墙。

　　蚂蚱溜出了磨坊，觉得首先应该去看看爹，那么熟悉的路竟让他找了那么久。蚂蚱最后找到了一处陌生的老房子，房子里面空无一人，但爹的床在那儿，墙上绿莹莹的黏痰正往下坠着呢，分明是刚刚才有人吐上去的，兴许爹是拉屎去了，蚂蚱想就在这等会儿吧。

　　没等多大会儿就有一阵鞭炮的声音传了过来，接着是呜里哇啦的唢呐声音。蚂蚱诧异，这谁家又娶媳妇了？但旋即那些声音就到跟前了，他首先看到的是一口暗红发亮的大棺材，他懂得那是棺材上浸了猪血，防水的。再一看就呆住了，走过一个穿白衣白帽的人来，边走边呜里哇啦地叫。蚂蚱想起来了：是爹死了。

　　蚂蚱认出来了，那个哭的就是他的哑巴娘。

　　蚂蚱就又看到举得很高的旌帆，还有花圈和纸做的马。

　　人群从蚂蚱面前经过时，他试探地走过去摸了一下爹的棺材，想掀开再看看爹，他想爹肯定坐在里面呢，手里肯定拿着他的铁皮罐子等自己来看他。

但马上有人呵斥他："干什么你！他妈的想死啊！"

蚂蚱说："我是蚂蚱啊！"

马上有人骂他："滚！还蝗虫呢！"

蚂蚱就跑过去拉住自己的娘："娘，我是蚂蚱，爹死了怎么不带我一起去呢？"

娘回过头像不认识他似的："蚂蚱？蚂蚱被锁住了。"突然又像想起来似的："来人啊逮住蚂蚱，蚂蚱跑了，快逮住让他喝鸡血。"

蚂蚱气得一屁股坐在地上说："娘，你别喊，我不跑，你也别让我喝鸡血。"

"那不行，得马上有人过来揪住他，起来起来……"

把蚂蚱从梦里揪起来的是堂叔柱子。

蚂蚱一骨碌下了石磨站好，正听到柱子手里鸡的叫声，他转了转头，发现房子外面全是人，一些邻居也在。

喝鸡血回魂是很重要的一件事，亲人都要在场。蚂蚱懂得这个规矩，知道为了爹，这不是件坏事。

"没事吧娃？"王天朝问蚂蚱。

"没事，就是想去看看爹。"蚂蚱一字一顿地说。

"可以，喝了鸡血就能去，孩子，只有你将来能托起你爹的福分，你好命啊。"

柱子只轻轻一刀便将一只芦花大公鸡的头斩了去，鲜血直涌流进碗里。

"哎哟！"外面的女人们一阵惊奇声。

"来！"王天朝把血碗接过来放了些东西进去，柱子告诉蚂蚱这是他爹脚丫里面的灰，喝了能保佑他。

"嗯。"蚂蚱接过了碗一仰脖一饮而尽。

"哎哟！"门外的女人又是一阵惊奇声。蚂蚱后来把这段喝鸡血的过程就归纳为两声女人的惊奇。

"好了。"王天朝打开了三环锁示意哑巴带他去吧。

爹已经埋入土里了，蚂蚱跪在高耸的坟前，哭得泪人儿一般，他掏出铁皮罐子泣不成声："爹啊，我不要你死，你只给了我空罐子，还没有给我装好冰糖啊！"

回来的路上，发生了一件灵验事，很多人都隐隐约约听到了唐社会的声音。他的声音耳熟却又陌生："野百合都有春天，我唐社会也会有春天……"

登陆艇搁浅之夜

登陆艇驶出威海卫军港不久，就遇上了台风，船体颠簸得如一只跳跃的蔚蓝的球，剧烈的眩晕连老鼠都扛不住了，纷纷跑到甲板上不要命地往海里跳。水兵们全都蔫了，吐净了一天来肚子里的食物，抱着栏杆不敢走进住舱。

傍晚，大海短浪换长波，船体不再跳跃，而是如秋千般荡起，紧接着发出一阵阵断裂般的声响，令人惊悚的事情发生了，巨浪横跨二十米长的前甲板直扑到驾驶室玻璃上，雷达一片浑浊。我们不得不向着一处岛礁附近停靠，几年前，经常路过的水兵们在这里修了简易码头。

五大三粗的枪帆兵快速抛下五根缆绳固定船体，登陆艇获得了暂时的平静。机枪手负责值锚更，其余的都横七竖八地躺在住舱内，谁也没有理会那个干部二人舱里的"新兵蛋子"大学生干部，在我们真正的水兵眼里，那不过是艇上的一个"奇葩"。

一

一周前，船上来了一个新毕业干部。当时指导员派我去干部股领人，我怕行李太多，就带了一个班长一同去机关。到了政治处，干部干事说："就这位，李二五同志，你把他领回去吧，你们艇上新来的航海长。"

啥？他是新来的航海长？那我呢？！我一听就有点不高兴，我是一直在艇上负责航海的老班长了，这个部门就是我说了算。现在弄个航海长给我，不是硬生生安上个太上皇吗？但是当着干部干事的面我没好吭声。

这个时候我才看清楚人，站在墙角的一个毛头小伙子，嘴巴上毛都没长几根，头发倒乱得可以，穿着一件制式短袖，不知道多少日子没洗了，泛着绿莹莹的光泽。我不禁一乐："你是武警？"李二五着急解释："我不是武警，我是陆军。"干部干事也诧异地看着我，想不出我怎么问出这么个问题。"哦。"我笑着解释，"我看他的服装颜色以为是武警呢。"李二五没明白过来，干部干事明白了，半笑着说："滚蛋，别胡扯，领走吧。"

走在路上，李二五好像没明白，还在问我："你怎么看我像武警呢？我这正规解放军服装啊。"我一笑差点喷出来："没事没事，说着玩的，你真是个李二五！"

李二五红着脸跟我来到船上。指导员和他简单聊完几句，说安排航海长住干部二人舱，我就把他带到宿舍。他也不收拾，一屁股坐在床板上。我本打算走的，看来还不能走了，作为一名资深老航海兵，我得给他交代一下"行内规矩"。

我问他哪个学校毕业的，他说是大连海事学院。"地方生入伍？"他说是。"也没去军校'过过炉膛'？"他反问啥意思，我说："你没去正规军校再学习一下？"他说没有，说毕业了正准备去越南那边打工，去了几个当兵的到学校招船艇航海专业的军官，没多想跟着就来了。

我一听乐了："咋想着去越南？去那边找媳妇？越南新娘在中国比较多？"他呵呵一笑："是跑越南那边的货船，工资待遇比较高。"

"哦，那你会不会三大步法叠被子？"他说知道一点点。

我得整点干货震震他："航海这东西只懂书本没有用，关键还在于实践，我也是船艇学院航海专业毕业的，在船上摸索了十几年，是老航海了。"他突然很兴奋："那你以后多指点我一下，我实践真不是太多。"

这就对路了。干部怎么了？来了就得听咱的，咱是老航海，过来人。我说："我给你讲讲咱这艘艇。"

他高兴地说好，支着耳朵听。

"咱这艘艇是我在第三年兵的时候接过来的。我是第三年的时候，你想想，那很早了，八年前哪！那时候我班长正面临退伍，他当了十多年兵，一直待在一艘破水船上，是最老式的067型，好不容易熬到换代了，而且一换就是最新的271Ⅲ型，能舍得走吗？能甘心吗？那是哭得鼻涕一把泪一把的不想走，想去接新船，说哪怕接了船待一天都行，但是没办法呀，等不到那一天，只能回去了。走的时候信誓旦旦说一定还要回来看看。"

李二五关心地问："后来回来了吗？"

"回来个屁！回家不久就结婚生孩子，火力太猛，一下子生了三胞胎，天天在家洗尿片，家又远在四川，哪有工夫来看船了。"

李二五说真可惜。

这时，门缝闪过一个人影。怎么是他？令人生厌！一股子怒火冲上我脑门子，我咣叽一脚把门踢上。李二五有点诧异地看着我："怎么了？"我说："没事，以后你就知道了，这艇上有个神经病。"

二

章光业是我在艇上这么多年来带的最失败的一个航海兵，作为航海班长，我有责任。不用说别的，就看他那副德行吧，满脸胡子拉碴的从来没光溜过，眼角总是有眼屎，衣服好像从来没洗过，用火柴在前襟上一划拉，绝对能燃出火花来。我就不埋汰他了，因为只要你见了一眼，就会觉得我所有的形容都是多余的。

但是不用我收拾他，他自己就会送上门的。

那个周末，艇上大部分人员都到码头俱乐部去了，只有艇长和章光业在，按道理章光业也要上去的，参加集体活动。可是这小子非得说肚子疼，艇长就让他留下打扫甲板。

艇长在驾驶舱旁边的单人宿舍，稍微伸头就能看到甲板上。艇长在看小说，看完一章伸头看看，章光业在那呢，再看完一章再伸头看看，章光业仍在。看完两章再伸头，章光业不在了。这小子，溜滑溜滑的，当然也有可能去厕所闹肚子去了。艇长接着看小说，大周末的，懒得搭理他。

正在精彩处，艇长被忽然当的一声轰响镇住。定了定神，没动静了，艇长想可能是风把哪根杆子刮掉了。他连喊两声章光业，但没动静，便坐下来继续翻小说。突然又是当的一声。艇长放下小说，走出来，看看甲板没人，航海室没人，二层宿舍都没人，他叫了几声章光业，更没动静。正当他打算回房间的时候，突然一阵急促的当当声从底舱传来。六七声过后，声音骤停。

艇长惊出一身汗：机电兵一个不在，咋从发电机房出来这大动静？！他悄悄打开底舱门，一片黑咕隆咚，他啪地打开壁灯，走下旋梯，被眼前的景象惊呆了：章光业双手是油，满脸乌黑，拿着一只大扳手正在撬输油管子。

在早几年，船艇在海上出航时候，碰到渔民，机电兵会打开输油管子放出柴油向渔民换取海鲜。后来机关进行了专项整治，给油罐都增加了测油器，这种现象才杜绝了，更没有人敢碰这根纪律红线。

现在，偏偏是章光业，在这里拿着扳手撬油管子，艇长有点发憷。章光业擦擦脸上的机油，对着艇长说："我……"艇长摆摆手："你不用说了，等着开军人大会。"

三

在干部二人舱里，我对李二五说："你命真好，来到就能跟着

298

这么老的班长干，省心！"

李二五笑了笑，没回应我的话，而是问我："咱们艇出过什么状况？发动机怎么样？多长时间中修一次？"让我有点不悦。

我说："咱这艇参加的演习无数，状况还真没出过，发动机那是机电部门的，不要多管闲事，咱们的任务是航海。至于中修的问题，至今没有被提上日程。"

他不紧不慢地说："看这成色，给我的感觉，估计该中修了。"

我说："你净会做好梦，想这好事，等着吧。我当兵十多年就参加过一次中修，八个月，那日子过得爽啊，都快能飞上天了。"

他说："中修就能这么爽？"我说："是啊，军艇中修和地方船中修，那是两码事，你想，单独在外执行任务，天天没啥事就看着工人整修，相对于在营区大院的严格管理来说，那是神仙日子啊！"

他笑了笑，不置可否。

又聊了一会，我感觉这李二五还确实懂得不少。我起身拍拍他："好好休息一下吧，没事，放心，有我在，啥不懂都没事，全方位的！对了，就是你这个名字怎么起成这样？"

他乐呵一笑："我爹起的名，我哥叫大五，我叫二五。"

此后的几周，李二五在登陆艇上跑上跑下，窜来窜去，特别是到底舱比较多，后来竟然和那个无赖机电兵章光业混到了一起，两人经常在底舱弄点零食，喝瓶啤酒，李二五一边和章光业吹牛，一边还往随身带着的小本本上不时记着东西，像是个情报员一样。我偷摸去看了几次，他的小本本都锁在抽屉里，好像记着重大秘密一样。我把这个情况反馈给艇长，艇长说："他也是个干部，咱也不知道他要干啥，这个不要干涉。"艇长又说："如果再发现他在下面饮酒，我就对他不客气了。"

我说话也不是没谱的，那机电兵章光业简直就是个无赖，好吃懒做，爱喝酒惹事，和艇上差不多的同年兵都干过仗，打赢了啥事没有，打输了往地上一躺。除了这个，还在服务社和外面商店到处欠账，见人就借钱，大家都躲他远远的。偏偏这个李二五会和这么个人走在一起，不仅是我，全艇的人都对他有了看法。

看法归看法，但是李二五的嘴还是挺灵验的。李二五到艇上第二个月，我们接到了去青岛中修的通知，一周后出发，时间半年。

这下艇上可炸锅了。通知有明确要求，中修期间只有五个人在那负责，其余留在营区。艇上可是二十多号人哪，谁能争到那五分之一的名额，就看自己的本事了。

而这时我也才明白，这个新毕业干部李二五可不是他说的那么简单，迷迷糊糊就来部队了，绝对有很硬实的关系，要不怎么会来到这个船上，而且到了船上之后就说很快会去中修。好啊，这是抢我饭碗子来了。要知道，如果他不来，我是百分之百的五分之一名额，一个船没有航海兵不可想象，我带的徒弟是没有一个和我有竞争力的。这个李二五可就没法说了，他是干部，明确的航海长，从身份上我没有和他竞争的实力。

他妈的！白眼狼。我心里愤愤地骂了半天。亏了刚来时我对他那么好，又是过去拎包，又是和他聊天。不行，我得想办法才行！

四

风浪越来越大，大家心里开始打鼓了，艇长扶着栏杆绕艇走了一圈看看天气，恨恨地骂："狗日的天气预报，报的什么狗屁天气！"指导员满脸愁容："这是遇上台风了！"艇长摁下应急铃："全体前甲板集合，抗台！"

前甲板上，全部人员到位，但是李二五不在。艇长怒吼："李二五呢？！喊李二五出来！"

李二五是我部门的人，不可推卸，我摇摇晃晃地抓着船体护栏进舱找李二五，迎头发现他从底舱里爬上来。我一怔："你跑那地方干什么？"

李二五支支吾吾说："我……"

我说："你赶紧吧！现在是抗台，要命的时候！"

李二五到了前甲板，艇长、指导员都不看他。艇长手扶护栏半弓着腰布置任务："机电班长去底舱，看好机房，一旦岩石撞破底舱进水，立即返回甲板报告；航海班长坐镇驾驶室，看住仪器以防摔坏，其余所有人员全部留在甲板。枪帆班长亲自抛缆，继续加重缆！"

风浪一起一伏中，船体像挣脱的野马，先前抛下的五根缆绳在暴风浪的作用下犹如橡皮筋一样伸缩弹跳，瞬间断了两根。如果另外三根也断掉，面临的就是船毁人亡。

所有水兵们都瞪大了眼睛，不敢有一丝懈怠。枪帆班长手拎缆绳在船体随浪头磕向岸边石墙的时候飞快撇出缆绳，缆绳挽出的绳圈精准地套住岸边的缆桩，抛出一根缆绳就是一份希望，我们其他的人都在后面听指挥。枪帆班长在浪涛转向瞬间发着"收""松"的口令，双手飞快地缠缆、盘缆。很快，第一根加固的重缆稳定了，但是船体并没有丝毫稳定，继续在浪涛中荡着，每次撞向岸边石墙，都发出耀眼的火光。

刚刚加固的缆绳断了，继续抛下第二根。艇长急得眼珠子都出来了："这次台风太大了，我没有别的要求，今晚不惜一切代价，一定要把船保下来！"

风暴潮在后半夜一度消减，我们抛出了艇上全部二十根备用缆绳，登陆艇虽然暂时保住了，但被风浪扯得远远离开了岸边，这种情况相当危险，一旦大风暴再次来临，缆绳非常容易被扯断。

当务之急，就是要把登陆艇靠岸，紧紧贴住石墙。但是机电班长打开机器后听了听，说："声音不对，发动机出故障了。"艇长蹲下来听了听，说："好像螺旋桨缠住东西了。"在海里，螺旋桨缠住渔网是常事，艇长说这次缠住的应该是断掉的缆绳，比较麻烦。

这边正想着对策，那边风浪突然来了一个袭击，我们全在剧烈的摇晃中摔在地上，滚在一起。底舱里的机电班长听到一阵咯噔咯噔的剧烈响声震动着船体底部，有点手忙脚乱。浪头不停地越过前甲板覆盖到二层会议室的玻璃上，发出沉闷的声音。

艇长下达命令："抢时间，尽力往岸边贴靠！"我说："我去航海室试试。"刚走到航海室门口，情况突变，轰的一声巨响从航海室传来，我一把没抓住把手，被浪头打倒在地。劲浪越过前甲板震碎了挡风玻璃，震落了整个航海指挥仪器平台。

这下可完了！我心里一凉，看到上百根线路齐刷刷地断掉，绞拧在一起。

五

军人大会没开成，章光业成了"英雄"，尽管艇长这么认为，当然，他的认为里有几分无奈，章光业确实拿着机关的王高工来压艇长，这事只能不了了之。但是对我来说，最容忍不了的，是这个王八犊子吃里爬外，明明是跟我学航海的，不知啥时候自己转行"研究"机电去了，到处发表机电方面的言论，对于他撬油管子这事，他的解释是要给输油管道开洞加空气，可把那机电班长厌恶得不行。

不过你厌恶也不行，这小子糊里糊涂就调到机电部门去了。机电班长不干了，和艇长大闹，艇长也没办法，说章光业关系挺大的，机关有领导打电话过来让他去机电部门，这是铁定了的，你要是真不干，我就得让他当机电班长。艇长这可把机电班长治草鸡了，气得躺铺上三天没吃饭。那也得干呐，气话归气话，和那小子憋劲，得不偿失。

章光业没别的能耐，整天鼓吹给输油管道加空气的理论，时不时跑到底舱摆弄一堆零件，弄得满脸是油。后来，传言出来，章光业是想提干，这就不足为奇了，大家都知道，他的关系是机关里的王高工，因为王高工好几次越过中队直接打电话给章光业，谁也不知道他们说了什么，但肯定是和提干有关。每次电话后，大家都能看到章光业容光焕发，所以，大家心里明白，他弄出这么一个话题来，就是为了想立功。简直是笑话，你想怎么就怎么？对不起，我们会在关键时候揭穿的。

去掉艇长、指导员两个固定名额，航海、机电、枪帆每个部门只有一个名额，别的部门我管不着，我部门我的徒弟们我不用考虑，我要集中一切精力对付新来的"眼中钉肉中刺"李二五。

在艇上，我和艇长、指导员三人都是同年兵，他俩是提干的，有能力没学历，我知道他们的心病，学历低，站在高学历的干部面前，他们心里发虚，从李二五刚来到艇上时他们的态度我就明白了。艇长直接没见他，指导员礼节性地和他聊了两句。我绝对相信我的判断，就分别去了他俩宿舍，给他俩提了点意见："弄这么个新兵蛋子过来，学历虽高，未必好使，麻烦多得是，军事上等于零，技术也是纸上谈兵，总之啥也指望不上，就能给艇上添份伙食费。"艇长眼珠转了转，说："那你就抓紧把自己的航海兵都带出师，别老留后手。"我说："那你放心，等到了中修地点，有的是工夫给这帮小子们补课。"指导员和艇长对了个眼神，却啥也没说，摆摆手示意他知道了。我回到宿舍好久，心情都还是忐忑的。

李二五自己不争气，让艇长终于忍不住了。在一次李二五和章光业躲在二人舱喝酒的时候，艇长推门进去了，对着李二五劈头就是一顿狠批，并责令李二五对艇上饮酒问题写出深刻检查。从此之后，李二五就几乎销声匿迹了一样，没有事的时候基本不出房间。

我曾经悄悄从门缝里看过，他背对着门一直在看书，这样的人，估计也看不了什么好书，但不管如何，我在艇长、指导员那里的话起到作用了。

六

机关王高工打电话让李二五和章光业去办公室，在办公室，王高工拿出上级单位关于"对船艇输油管道增加氧气助燃"研究的批示，认为可行，大力支持。

李二五和章光业鬼混到一起是到了艇上不久的事。

章光业蹲在底舱的发动机输油管道旁，跟前是一堆工具。章光业很认真，根本没注意到李二五站在他跟前。

章光业看到李二五的时候，李二五显然看出了章光业摆弄那些东西的奥秘，他是不由自主蹲下来凑过去的。章光业看到李二五蹲下来，不自然地站起来。李二五摆摆手让他蹲下来，拿起一个铁块看了看文字说明后，指着一个地方说："这个泵的功率不够。"

章光业认为差不多，拿出之前计算的数据给李二五看，李二五看着数据，大脑飞快地计算。最后还是指出，这个泵不足以起到作用，必须增大功率，以确保氧气能充足地打入输油管道，使之充分燃烧，达到节约燃油的目的。

王高工非常赞同这个方案，说："这是咱们的一项革新成果，我已汇报给相关领导，咱们要秘密点，给他们一个惊喜。"李二五问什么惊喜，王高工说："我已申报全军创新研究成果鉴定，如果评审通过，这不是给单位的惊喜吗！"

一切都是场大玩笑，临走前一天，新的通知下来了：全体水兵全部参加中修。尽管是个好消息，但也把我气得够呛。对于李二五，我还是坚持那个态度，在我的航海领域，他别想成为"太上皇"。

出航那天早晨，李二五起床起晚了，误了备航的时间点，被艇长、指导员狠狠批评了一顿。我觉得李二五挺会配合我的，我才说过他不行，他立马就出岔子，是真行。

中午吃饭李二五晕船晕得没有参加。过了中午就开始大吐不止，小脸蜡黄蜡黄的，然后躲在宿舍里再也没出来。我心想，就这样，还打算去越南？云南你都到不了就趴下了。

没想到，这场大台风让我们全体都差点趴下了。那个夜晚，考验了我们这个集体。不能不说，这是一个奇迹。

七

我们在会议室研究问题的时候，谁也没注意机电班长出了舱门。大家讨论的重点是如何接通航海驾驶台的线路和清理螺旋桨里面的杂物。第一个问题当然离不了我，我拍着胸脯说这个问题可以跳过，直接讨论第二个就行了。

下到海里清理螺旋桨面显然不现实，危险性太大，一旦被风暴潮卷走，后果不堪设想。艇长让大家多发言，这时才发现机电班长不见了。艇长怕出意外，让赶紧出去找找。我们刚走到前甲板就惊呆了，机电班长用绳子绑住身体，半截身子探出船体，用粗长的铁丝弯成钩子，陆续从螺旋桨外围拉出成截的断缆绳。

但是海浪的冲劲很容易使被拨开的断绳再次聚拢到螺旋桨下面，机电班长回头喊章光业给他送一根长点的竹竿过来，准备把断绳全部挑上来。

章光业答应了一声就进住舱了，和也回身进舱的李二五撞在一起，章光业问李二五进舱干啥，李二五说回房间找点资料。章光业说："找什么资料，你没看他们都排挤你吗？让他们弄去，一个个牛皮哄哄的。"李二五没说别的就进了自己的住舱。章光业看自己说的话不起作用，也跟着进来了，和李二五说船上的人特别是干部骨干是如何看待他的，李二五说管好自己就行了，管那么多干吗，两个人就聊了一会儿。

船头上，大家在轮流用铁丝钩断缆绳，机电班长趴在船沿上等了半天也没等到章光业，气得回住舱去找，刚进会议室看到章光业从干部二人舱下来，就上去推搡了一下。章光业就势躺倒在地，大叫心口疼。机电班长知道章光业是个什么兵，也不管那么多了，上去一顿揍，艇长赶过来问发生什么事了，机电班长说："我让他找竹竿，他跑去航海长那里吹牛去了。"艇长狠狠盯了一眼从干部二人舱走出来的李二五："都什么时候了，你跑到住舱干什么？！"

解决完螺旋桨的问题，就剩下驾驶台的线路了。艇长看着我，镇定地说："不要着急，慢慢来，一定接准了。我们拉着安全绳全部站在前窗挡水，你抓紧时间维修。"说完又征询地小声问我："要不要李二五做帮手？"我说："拉倒吧，越帮越乱，我有数。"

李二五往前凑了凑，看艇长、指导员都没吱声，又老老实实地退回到前甲板上挡水去了。

到了凌晨三点多，我实在是修不好了，艇长和水兵们也冷得不行了，艇长只得宣布暂时回住舱，所有人都要把救生衣穿好系牢，以防万一，至于登陆艇，也只能放弃了。

我们无法躺下，都蜷缩在会议室里，晃动中，极度的疲劳让大家很快入睡了。谁也没注意，这个时候，一个黑影溜了出去。

一觉醒来天还没亮，风浪也没有丝毫减弱，我摇晃着先去了住舱。出远航的人，一般有三样通病，多吃，便秘，胡须长得快。我的习惯是每天必须先刮胡须才能干别的，艇长说我这是强迫症。

刮了胡须，我还是惦记着航海平台那些线路，但是远远地我就看到航海室里有灯光，两个身影站在那里，一个是艇长，一个是指导员，手里拿着工具，一个人蹲在那里双手熟练地接着线路，动作熟练至极，根本不用测量电向，我仔细辨认着，确实是他。

早晨起床的电铃响了，机电班长也清理完了螺旋桨，趁着第二波大风浪还没到来，全船人员紧急集合，驾驶船只停靠码头。

我心里闷闷不乐，站在那里斜眼看着队伍前面的艇长和指导员。指导员说："昨天晚上，航海班长再次起来完成了航海平台的线路连接工作，现在我们终于可以把艇靠近码头了，航海班长功不可没。"

我怀疑我是听错了，更怀疑指导员是在玩什么花招，也相信这个李二五已经成了二百五了。但我没有作声，而大家对我的敬意，我则全盘照收。

登陆艇停靠安全之后，我去了会议室，艇长和指导员都在那儿，我刚想张口问个明白，艇长拦住我，举了举一份文件让我看，是一份李二五对船艇现状做出的检查报告，重点是发动机部分。艇长说："李二五在校时，曾经是机电、航海两项技能比武的一等奖获得者，上级机关是看到他这个报告后才决定中修的。这次完好地接好线路，我和指导员都亲眼看到人家的技术了，就是厉害。航海长很大度，照顾到你是老班长的面子，让说是你修好的。"

我有点惊愕，实在无法相信。指导员拍拍我的肩，叹口气说："我们，都搁浅了……"

图书在版编目(CIP)数据

绝非兵家常事 / 王昆著 . —济南 : 济南出版社, 2019.7
(2024.3 重印)
(文学新势力 / 张清华, 邱华栋主编)
ISBN 978-7-5488-3964-4

Ⅰ.①绝… Ⅱ.①王… Ⅲ.①短篇小说–小说集–中国–当代 Ⅳ.① I247.7

中国版本图书馆 CIP 数据核字(2019)第 156868 号

出 版 人	谢金岭
责任编辑	宋 涛 张慧敏 姜天一
封面设计	璞 间

出版发行	济南出版社
地 址	山东省济南市二环南路 1 号
邮 编	250002
印 刷	山东百润本色印刷有限公司
版 次	2019 年 7 月第 1 版
印 次	2024 年 3 月第 3 次印刷
成品尺寸	145 mm × 210 mm 32 开
印 张	10
字 数	199 千
定 价	69.80 元

(济南版图书,如有印装错误,请与出版社联系调换。联系电话:0531-86131736)